VLM

Lee Roddy

Die Feuerfalle

Durch den halben Kontinent gejagt und schließlich in die Enge getrieben

VLM

Verlag der
Liebenzeller Mission
Lahr

Die Deutsche Bibliothek – CIP-Einheitsaufnahme

Roddy Lee:
Ein amerikanisches Abenteuer / Lee Roddy. – Lahr : Verl. der Liebenzeller Mission.
Bd. 5. Die Feuerfalle : durch den halben Kontinent gejagt und schließlich in die Enge getrieben / [aus dem Amerikan. durch Johannes W. Volkert]. – 1993
(Edition C : K, Bücher für junge Leute ; 40)
ISBN 3-88002-528-2
NE: Edition C / K

Die amerikanische Originalausgabe erschien unter dem Titel »The Flaming Trap« by Bethany House Publishers, Minneapolis, USA

Aus dem Amerikanischen durch Johannes W. Volkert

ISBN 3-88002-528-2

Edition C-Bücher für junge Leute 56 140 (K 40)

im Verlag der St.-Johannis-Druckerei
Umschlaggestaltung: Grafisches Atelier Arnold, Dettingen/Erms
Umschlagbild: Bethany House Publishers, Minneapolis, USA
Herstellung: St.-Johannis-Druckerei, 77922 Lahr/Schwarzwald
Printed in Germany 11335/1993

Inhalt

1.	Ein Schatten aus der Vergangenheit	9
2.	Eine überraschende Nachricht	20
3.	Onkel Nates Neuigkeiten	30
4.	Vesters unausgesprochene Drohung	40
5.	Enttäuschung und Hoffnung	50
6.	Zurück in die Ozarks	59
7.	Das Wiedersehen	70
8.	Eine gescheiterte Familienzusammenführung	81
9.	Chris belauscht eine schreckliche Drohung	92
10.	Immer noch mehr Probleme	102
11.	Alte und neue Tragödien	111
12.	Alte Freunde sehen sich wieder	122
13.	Eine schreckliche Verfolgungsjagd in der Nacht	132
14.	Eine verblüffende Ankündigung	142
15.	Wer ist ein Mörder?	153
16.	Schwierigkeiten in der Kirche	163
17.	Eine schreckliche Überraschung	175
18.	In der Feuerfalle	185
19.	Angst und Schrecken am Rande des Abgrundes	196
20.	Die Heimreise	206
	Dank	

Für Norman und Virginia Rohrer,
die mir den ersten Anstoß gaben
für meine schriftstellerische Arbeit
auf diesem Gebiet

Kapitel 1

Ein Schatten aus der Vergangenheit

Plötzlich begann Chris' Herz schneller zu schlagen. *Ich glaube, es folgt mir jemand!* dachte sie, während sie barfuß an der vorletzten Straßenlaterne am Ende des Bürgersteiges vorüberging. Nach der letzten Laterne folgte eine Strecke von etwa vierhundert Metern, wo es stockfinster war und hinter der ihr Vater und ihre Cousine auf sie warteten.

Es sind die Schritte eines Mannes, schlußfolgerte das zwölfjährige Mädchen, während es intensiv auf die schleichenden Geräusche hinter sich lauschte. *Wenn ich zum Rand der Stadt komme, wo es kein Licht gibt –*

Chris schüttelte den Gedanken ab und schaute sich erneut vorsichtig um. Einen kurzen Augenblick lang erblickte sie etwa einen Häuserblock hinter sich die Silhouette einer Männergestalt. Das Gesicht des Mannes konnte sie nicht erkennen, weil er sich schnell tiefer in den Schatten der Platanen und holländischen Ulmen zurückzog.

Chris ging weiter. Als sie die schleichenden Fußschritte erneut hinter sich vernahm, schluckte sie schwer. Die Schritte waren zwar langsam, aber sie folgten ihr entschieden und unbeirrt. So ging das nun schon die ganze Zeit, seit sie die Villa von Matthew Farnham verlassen hatte, wo man sie gefragt hatte, ob sie bereit sei, der behinderten Frau des Hauses bei der Versorgung ihrer beiden kleinen Kinder zur Hand zu gehen.

Während das Mädchen noch immer ängstlich auf die Fußschritte hinter sich lauschte, zuckte es plötzlich zusammen. *Ich glaube, er geht schneller!* Chris unterdrückte das dringende Verlangen, den Saum ihres knöchellangen Kleides aufzuraffen und einfach davonzurennen. Statt dessen beschloß sie: *Ich werde die Straße überqueren; dann kann ich feststellen, ob er mir wirklich folgt.*

Sie ging quer über die verlassene Straße am Rande der kleinen kalifornischen Rancherstadt Lone River. Jeder Schritt führte sie weiter fort von der Sicherheit der vorletzten Straßenlaterne. Ihr Schatten wurde länger und zeigte ihren schmalen Körper in dem einfachen Kleid sowie ihre hüftlangen Zöpfe.

»Er geht auch über die Straße; also folgt er mir tatsächlich!« Entsetzt kamen diese Worte über ihre Lippen, die vor lauter Angst immer trockener wurden. »Wer immer mich da auch verfolgt – er will offensichtlich auf jeden Fall vermeiden, daß ich ihn sehe. Aber wer kann das nur sein? Warum verfolgt er mich?« flüsterte sie.

Das Mädchen war versucht, sich erneut umzuschauen, solange sein Verfolger im Licht der Straßenlaterne sichtbar war. Aber es widerstand dieser Versuchung, weil es dem Mann seine Angst nicht zeigen wollte.

Einen Augenblick lang überlegte sich Chris, ob sie nicht doch davonlaufen und an eines der stillen Häuser klopfen sollte, an denen ein elektrisches Licht brannte. Aber was hätte sie sagen können? *Rufen Sie die Polizei. Ein Mann verfolgt mich?*

Chris wußte, daß selbst, wenn der einzige Polizist der Stadt ihren Verfolger befragen würde, dieser bestreiten würde, die Absicht gehabt zu haben, dem Mädchen etwas Böses anzutun.

Wie soll ich mich nur verhalten? fragte sie sich, als sie sich der letzten Laterne näherte. Dahinter breitete sich die dunkle Septembernacht schwarz und drohend aus.

Chris versuchte, ihr klopfendes Herz zu beruhigen, indem sie sich einen Kompromiß überlegte. *Wenn ich an die Stadtgrenze komme, denn renne ich zu Vati und Ruby,* beschloß sie. *Es sind nur etwa vierhundert Meter. Und wer immer mir auch folgt, er wird meine bloßen Füße auf der ungepflasterten Straße nicht hören!*

Sie zwang sich, gleichmäßig und ohne scheinbare Eile weiterzugehen. Aber sie lauschte dabei intensiv auf die Schritte ihres Verfolgers. Es war nicht einfach, diese Schritte zu hören, da die Grillen in dem hohen Gras auf der anderen Seite des Stacheldrahtzaunes sie fast übertönten. Doch das schleichende Geräusch von Lederstiefelabsätzen auf dem Bürgersteig verfolgte sie unentwegt.

Chris' blaue Augen durchbohrten das Dunkel des frühen Septemberabends – die letzte Straßenlaterne lag nun direkt vor ihr. An dieser Stelle hörten sowohl der Bürgersteig wie die Straßenbeleuchtung auf. Dahinter lag das Land dunkel vor ihr. Das nächste lag etwa vierhundert Meter weiter. Chris konnte das Licht der einsamen Ranch, wo ihr Vater und ihre Cousine auf sie warteten, kaum erkennen. Was konnte nicht alles geschehen auf der dunklen Strecke zwischen der letzten Straßenlaterne und jenem Haus.

Plötzlich faßte das Mädchen einen Entschluß: *Ich muß wissen, wer da hinter mir her ist!*

Dieser Entschluß beinhaltete ein gewisses Risiko, denn um ihn auszuführen, mußte das Mädchen stehenbleiben und warten, bis derjenige, der hinter ihm herging, in den Schein der letzten Straßenlaterne kam. Chris durfte sich also nicht allzu weit von der Laterne entfernen, was den Abstand zwischen ihnen zwangsläufig verringerte. Aber – und das beruhigte Chris – ihr Verfolger würde sie in der Dunkelheit nicht sehen können. Sie selber war jedoch um so besser in der Lage, den Verfolger im Licht der Laterne zu erkennen. Und, so überlegte Chris, sie selber war barfuß und konnte, wenn es notwendig war, schneller laufen als der Mann in seinen schweren Stiefeln.

Während sie gegen ihre zunehmende Furcht ankämpfte, verließ Chris den Bürgersteig und betrat die ungepflasterte Landstraße. Ihre nackten Füße waren nicht zu hören, als sie durch den Sand zu einer riesigen Platane hinüberging.

Die Nacht bedeckte das Mädchen mit ihrer völligen Dunkelheit. Kaum erkannte Chris gegen den sternenübersäten Himmel die Umrisse der ausladenden Baumkrone. Vorsichtig tastete sich das Mädchen an dem Stamm der Platane entlang.

Schließlich drückte sich Chris befriedigt dicht an den Baumstamm und versuchte, ihr pochendes Herz und ihren unregelmäßigen Atem zu beruhigen. Vorsichtig blickte sie zurück auf die verlassene Straße im Laternenlicht. Abgesehen von den Grillen und den sich nähernden Fußschritten herrschte völlige Stille.

Es waren keine Autos oder Pferdewagen auf der Straße unterwegs. Die Wirtschaftskrise des Jahres 1934 hatte die kleine kalifornische Rancherstadt noch immer fest in ihrem Griff. Kaum jemand begab sich irgendwohin, wenn es nicht unbedingt notwendig war.

Eine leichte Brise erhob sich und ließ etwas ahnen von dem kommenden Herbst, der nun nach einem heißen Sommer nahte. Der Wind spielte in den Blättern der Platane über Chris' Kopf. Das Rascheln wirkte gespensterhaft und schien das einsame Mädchen warnend aufzufordern, nicht länger zu verweilen. Aber Chris blieb stehen, bereit, jeden Augenblick davonzurennen zu ihrem Vater und ihrer Cousine.

Chris beobachtete genau, wie der schwere Stiefel eines Mannes in den Schein der Straßenlaterne trat. Dann sah sie das Hosenbein eines zerschlissenen Arbeitsoveralls, dann den zweiten gestiefelten Fuß, und schließlich war die ganze Person im Licht zu erkennen.

O! Instinktiv zog Chris den Kopf in den Schatten des Baumstammes zurück. *Das kann doch nicht wahr sein!* Sie schloß ganz fest ihre Augen, als ob sie das, was sie gesehen hatte, damit vertreiben konnte. Aber das Bild hatte sich fest in ihren Kopf eingebrannt.

Ich muß ganz sicher sein! sagte sie sich schließlich. Sie öffnete daher wieder ihre Augen und lehnte sich gerade so weit vor, daß sie nochmals einen schnellen Blick zurückwerfen konnte. Das weiße Licht der Straßenlaterne bewegte sich etwas, als der Wind die elektrischen Drähte berührte. Der Mann verweilte dort, wo man ihn sehen konnte, nicht, sondern trat vom Bürgersteig auf die stille, ungepflasterte Straße, weg von dem Schein der Straßenlaterne.

Aber der zweite Blick hatte Chris genügt. *Er ist es!* sagte sie ungläubig zu sich selbst. *Es ist Vester Hardesty!*

Der schwergebaute Mann mit dem pockennarbigen Gesicht und dem rötlichen Bart trug denselben geflickten Overall, dasselbe zerschlissene, blaue Denimhemd und denselben schwarzen Hut mit der hängenden Krempe, mit denen er bekleidet gewesen war, als er einige Wochen zuvor Chris und ihre Cousine in Illinois in seine Gewalt gebracht hatte. Glücklicherweise war es den Mädchen gelungen, ihm zu entkommen. Zwar hatte die Polizei Vester verhaftet, aber offensichtlich hatte sie ihn nicht eingesperrt.

Ich muß hier weg – ganz schnell! Das Mädchen ergriff seinen langen Rock und zog den Saum bis über die Knie hoch.

Auf ihren bloßen Füßen rannte Chris die Landstraße hinunter, ohne das geringste Geräusch zu verursachen. Voller Dankbarkeit bemerkte sie, daß ihr die dumpfen Schritte der schweren Stiefel nicht mehr folgten. Dennoch wagte sie es nicht, sich umzusehen, sondern rannte immer weiter geradeaus. Ihre langen, braunen Zöpfe flogen beinahe waagerecht hinter ihr her.

»Ich schaffe es!« keuchte sie laut. Sie schluchzte beinahe vor Erleichterung, als sie in die kurze, sandige Auffahrt zu der kleinen Ranch einbog. Sie hastete um die Ecke, zu atemlos, um dem freundlichen, alten Wachhund, der alarmiert aufbellte, etwas zurufen zu können.

Chris rannte vorbei an dem Rickenbacker, den ihr Vater wenige Tage zuvor erworben hatte, und eilte zu der etwas abseits gelegenen Garage. In dem Licht einer einzigen elektrischen Glühbirne, die an einem zusammengedrehten Kabel von der Decke herunterhing, war ihr Vater bei der Arbeit an einem kleinen, zweitürigen Chevrolet-Personenwagen Baujahr 1929. Sein Kopf unter der Motorhaube war nicht zu sehen.

Chris stürzte in die Garage, die stark nach Benzin und Öl roch. Das Mädchen hielt inne, blickte befriedigt zurück und seufzte dann vor Erleichterung.

Chris' dreizehnjährige Cousine Ruby Konning streckte ihren Kopf aus dem Fenster des Beifahrersitzes. »Chris!« rief sie laut mit ihrem starken Ozark-Akzent. »Du siehst ja aus, als wärest du einem Geist begegnet!« Ruby war mit ihrer Cousine und ihrem Onkel in die Stadt gefahren, weil sie die Nacht bei Chris und ihrer Familie verbringen wollte.

»Er ist es!« stieß Chris hervor, während sie versuchte, zu Atem zu kommen. Sie drehte sich um und wies keuchend hinter sich. »Er ist hier!«

Chris' Vater richtete sich auf. Seine blauen Augen waren blutunterlaufen vor Müdigkeit, als er seine fettige Hand an einem öligen Tuch abwischte. »Wer ist hier?« fragte er, während er an seiner Tochter vorbei in die Dunkelheit schaute. »Von wem redest du?«

»Vester!« schrie Chris und versuchte den Schauer, der über ihre Schultern und ihre bloßen Arme lief, abzuschütteln. »Ich habe ihn gesehen, ganz deutlich! Er ist mir gefolgt, seit ich die Villa von Herrn Farnham verlassen habe!«

»Vester Hardesty?« wiederholte Ruby. Ihre Stimme klang entsetzt. Sie riß die Tür des Wagens auf und sprang auf den Lehmboden der Garage. Sie war barfuß und trug ihre übliche Jungenkleidung, einen blauen Overall und ein Arbeitshemd. Ruby war zweieinhalb Zentimeter größer als Chris und hatte blondes Haar, das nach Jungenart kurz geschnitten war. »Du willst uns nur zum Spaß erschrecken, nicht wahr, Chris?«

Chris schüttelte ihren Kopf so heftig, daß ihre hüftlangen Zöpfe wild hin und herflogen. »Ich sage die reine Wahrheit! Er muß darauf gewartet haben, daß ich das Haus von Herrn Farnham verließ, denn er ist mir fast sofort von dort aus gefolgt.«

Schnell erklärte Chris, was geschehen war, und sofort fuhr ihr Vater die Mädchen dorthin zurück, wo Chris den Mann im Schein der letzten Straßenlaterne gesehen hatte.

Chris lehnte sich mit einem schweren Seufzer in ihren Sitz zurück. »Er ist weg! Aber ich sage euch, es war Vester!«

Ihre Cousine streckte ihre kräftige Hand aus und streichelte beruhigend Chris' Arm. »Wir glauben dir ja, nicht wahr, Onkel Joe?«

Chris' Vater nickte; sein breitkrempliger Cowboyhut bewegte sich in dem schwachen Licht des Armaturenbrettes.

»Ja, wir glauben dir, Chris. Aber ich möchte gerne wissen, warum er hier und jetzt auftaucht. Und wieso hat er gewußt, daß du heute abend aus dem Haus von Matthew Farnham kommen würdest?«

Chris' Herzschlag hatte inzwischen fast seinen normalen Rhythmus zurückerlangt, aber ihre Gedanken rasten noch immer. »Ich weiß es nicht! Ich habe auch überhaupt keine Ahnung, wie er uns hier in Kalifornien gefunden hat! Aber er ist nicht ohne Grund gut dreieinhalbtausend Kilometer gereist!«

»Du hast recht«, stimmte Ruby ihr zu. »Und du weißt auch genau, warum er hier ist! Deine gemeine alte Großmutter hat ihn geschickt, genauso wie sie es tat, als wir im Juni davongelaufen sind!«

Chris schüttelte ihren Kopf so heftig, daß ihre Zöpfe auf die nackten Arme ihrer Cousine schlugen. »Großmutter würde ihn doch nicht unseretwegen den ganzen Weg von den Ozarks bis nach Kalifornien schicken! Vester muß es von sich aus getan haben – vielleicht, weil ihn die Polizei erwischt hat in Illinois, nachdem er uns dort entführt hatte und wir ihm entkommen waren.«

Ruby erschauerte; ihre haselnußbraunen Augen waren weit aufgerissen. »Daran kann ich mich noch gut erinnern! Ich möchte wetten, daß er außer sich war vor Wut, daß wir ihm entwischen konnten! Aber ich bin ganz fest davon überzeugt, daß deine Großmutter ihn geschickt hat, um uns zurückzubringen.«

Chris war sich da nicht so sicher wie ihre Cousine. »Das glaube ich einfach nicht. Aber vielleicht hat *deine* Großmutter ihn geschickt, um *dich* zu suchen! Ich meine, weil wir doch die Ozarks verlassen haben, ohne ihr auch nur das Geringste davon zu sagen – «

Ruby unterbrach sie, während sie sich auf ihrem Sitz umdrehte, um Chris anzusehen. »Nein, das ist ganz sicher nicht der Fall. Meine Großmutter interessiert nicht die Bohne, was mit mir geschieht. Aber deine Großmutter würde, ich weiß nicht was dafür geben, um dich wieder bei sich zu haben.«

Joe Corrigan wendete den Wagen in einer Haltebucht und fuhr dann hinaus auf das Land. »Nun, was immer er auch für einen Grund hat, es gefällt mir nicht, ihn hier zu wissen. Er hat mit Sicherheit keine guten Absichten!«

Ruby rief aus: »Du hast völlig recht! Ich bin ganz sicher, daß Chris' Großmutter ihn hinter uns hergeschickt hat – genauso, wie sie es im letzten Juni getan hat!« Ängstlich fügte Ruby hinzu: »Onkel Joe, meinst du, wir sollten den Sheriff auf ihn aufmerksam machen?«

Chris' Vater schob seinen Cowboyhut ein wenig zurück und kratzte sich mit seiner von der Arbeit hart gewordenen Hand am Kopf. »Ich glaube nicht, daß der Sheriff irgendwie eingreifen könnte, weil Vester bisher nichts getan hat, was gegen das Gesetz verstößt.«

»Aber er wird es tun!« explodierte Ruby. »Er wird versuchen, Chris und mich zu entführen, wie er es schon einmal getan hat – das heißt, zumindest wird er versuchen, Chris in seine Finger zu bekommen. Und dann ist es zu spät, Onkel Joe!«

Joe Corrigan dachte einen Augenblick lang nach, bevor er seinen Kopf erneut schüttelte. »Nein, ich glaube nicht, daß Vester vorhat, einer von euch beiden zu nahe zu kommen, solange ich in eurer Nähe bin. Was mir allerdings Sorgen macht, ist, was wir tun sollen, während ich zur Arbeit bin.«

Chris schluckte schwer, denn ihr war dasselbe durch den Kopf gegangen. Sie war so entsetzt, weil aus der Vergangenheit eine Gefahr wieder aufgetaucht war, daß sie völlig zu berichten vergaß, was sich in der einzigen großen Villa von Lone River getan hatte.

Ihr Vater jedoch hatte es nicht vergessen. »Ich spreche mit deiner Stiefmutter und beschließe dann, was wir tun sollen.« Er lenkte das Auto zur Straßenmitte, um einem langohrigen Feldhasen auszuweichen, der in das Licht der Scheinwerfer rannte.

»Nun erzähle uns, Chris, wie dein Gespräch mit Herrn Farnham verlaufen ist.«

»O«, rief Chris aus, »ich habe mir soviel Sorgen gemacht,

weil ich Vester gesehen habe, daß ich völlig vergaß, davon zu berichten! Ich brauche nicht zu warten, bis die Schule beginnt, um stundenweise bei Herrn Farnham arbeiten zu können. Herr Farnham möchte, daß ich seiner Frau helfe, die beiden kleinen Kinder auf einer Reise von Sacramento nach St. Louis zu betreuen. Wir brechen übermorgen auf. Darf ich mit ihnen fahren, Vati?«

Bevor dieser antworten konnte, beschwerte sich Ruby: »Wie kannst du über ein Arbeitsangebot sprechen, wenn Vester hinter dir her ist?«

Chris überhörte Rubys Bemerkung und legte statt dessen eine Hand auf den starken Arm ihres Vaters. »Bitte, sag' ja!«

»Ganz nach St. Louis?« fragte dieser zweifelnd. »Ich nehme doch an, daß die Farnhams ein gutes Auto besitzen, aber trotzdem –«

»Nicht mit dem Auto!« unterbrach Chris ihn. »Mit dem Zug! Mit dem neuen Stromlinienzug!«

Ruby staunte ehrfürchtig. »Du sollst mit einem Zug eine solch weite Reise machen?«

Chris nickte und erklärte eifrig: »So ist es! In St. Louis wollen die Farnhams aussteigen, weil Frau Farnham dort Verwandte hat. Dann – na, rate mal, was dann?«

Ruby zuckte die Schultern. »Was denn?«

»Frau Farnham hat mir gesagt, daß sie dafür sorgen will, daß ich von dort in die Ozarks komme, damit ich mich mit Großmutter aussprechen kann!«

Ruby explodierte: »Hast du deinen Verstand verloren, Chris Corrigan? Wenn du in die Nähe dieser schrecklichen alten Frau kommst, wird sie dich niemals wieder gehen lassen!«

»Sie ist doch meine Großmutter!« schrie Chris zurück. »Sie hat meine Briefe nicht beantwortet, als ich sie um Vergebung gebeten habe, weil ich im letzten Juni nach Kalifornien gegangen bin!«

»Du hast sie um Vergebung gebeten nach allem, was sie dir angetan hat?« fragte Ruby ungläubig. »Sie hat deine Stiefmutter angelogen, und sie hat auch dir nicht die Wahrheit gesagt! Deine Großmutter müßte dich um Vergebung bitten, nicht umgekehrt!«

Chris versuchte, ruhig zu sein. »Was sie getan hat, ist vorbei und erledigt, Ruby! O, verstehst du denn nicht? Das ist für mich die Gelegenheit, persönlich mit Großmutter zu reden und die Dinge in Ordnung zu bringen und dafür zu sorgen, daß sie versteht, daß mein Platz bei meiner Familie ist und nicht dort unten bei ihr.«

Ruby seufzte. »Ich würde viel dafür geben, wenn mein Vati und ich in die Ozarks fahren könnten. Ich möchte ihn so gerne all diesen Leuten zeigen, die damals, als wir noch dort lebten, gesagt haben, daß ich ein Findling sei und gar keinen Vater hätte.«

»Ich wünschte, du und Onkel Nate könnten mitkommen«, antwortete Chris, als im Licht der Scheinwerfer eine Reihe schlanker Pappeln auftauchte. Die Bäume standen an der Auffahrt, die zu dem Scheunenhaus führte, in dem die Corrigans lebten, weil sie zu arm waren, um sich ein richtiges Haus zu mieten.

Der schwache Glanz einer Petroleumlampe begann sich im Haus zu bewegen. Chris wußte, daß ihre Stiefmutter das sich nähernde Auto gehört und die Lampe von ihrem üblichen Platz auf dem Küchentisch hochgehoben hatte, um sie zur Scheunentür zu tragen. Da es in dem Scheunenhaus kein elektrisches Licht gab, war die Lampe notwendig, um den Corrigans und Ruby zu leuchten, wenn die Wagenscheinwerfer ausgeschaltet waren.

Als er das Fahrzeug anhielt, meinte Chris' Vater warnend: »Chris, sag' deinen kleinen Schwestern kein Wort von Vester!«

»Ich erzähle es nur Molly«, versprach Chris.

Plötzlich schnappte Ruby mit den Fingern. »Chris, da fällt mir etwas ein! Die Schule beginnt doch in zwei Wochen, und dann bleibt nicht genug Zeit für die Hin und Rückreise. Deshalb kannst du gar nicht fahren!«

Die Wahrheit dieser Aussage traf Chris wie einen Schlag in den Magen. »O!« sagte sie mit schwacher, enttäuschter Stimme. »Das habe ich ja völlig vergessen!«

All ihre Hoffnungen hatten sich plötzlich zerschlagen, und sie saß da mit der schrecklichen Aussicht, in Lone River bleiben zu müssen, während Vester dort irgendwo herumschnüffelte und wartete – wartete worauf? Plötzlich fühlte sich Chris innerlich krank.

Kapitel 2

Eine überraschende Nachricht

Chris trat auf das breite Trittbrett des Rickenbackers. Sie war traurig, weil der Abend, der in der Villa der Farnhams so wunderbar verlaufen war, ein so unschönes Ende genommen hatte. Vesters unerwartetes Auftauchen war schon schlimm genug gewesen, aber Chris hatte zudem die Tatsache übersehen, daß sie nicht rechtzeitig zum Schulbeginn von der Reise nach St. Louis zurück sein konnte.

Chris' Stiefmutter Molly öffnete die kleine Tür, die in die größere Schiebetür der Scheune eingelassen worden war. Sie hielt die Lampe hoch. Als Chris, ihr Vater und ihre Cousine sich dem schwachen, gelben Schein näherten, bemerkte Chris, wie ihre zahme Waschbärin aus dem Scheunenhaus watschelte. Das kleine, maskierte Tier ging an Molly vorbei und begann aufgeregt zu zirpen, sobald es Chris erblickte.

»Hallo, Unfug!« sagte Chris und bückte sich, um das kleine Geschöpf hochzuheben. Das Tier kletterte auf seinen Lieblingsplatz und setzte sich rittlings auf Chris' Nacken; seine kleinen, empfindsamen Vorderpfoten ergriffen den Ansatz von Chris' Zöpfen, und ihre Hinterpfoten hingen neben Chris' Hals nach unten.

»Schhh!« warnte Molly, legte einen Finger auf ihre Lippen und ging dann den anderen voran in das Scheunenhaus und dort zum Küchentisch. »Alle Kinder schlafen schon.«

Der nordöstliche Teil der Scheune war vom Heuboden abgetrennt worden, um als Wohnbereich zu dienen. Der eine Raum war Küche, Eß-, Wohn- und Schlafzimmer zugleich. Das Baby, der sechzehn Monate alte Joey, schlief mitten auf einem Lager aus alten Mänteln und Decken zwischen dem leeren Kühlschrank und der hinteren Ecke der Scheune.

Ein weiteres Nachtlager lag an derselben Wand, aber näher zum Hof. Dort schliefen die vier flachsblonden Schwestern, die einen mit dem Kopf, die anderen mit den Füßen nach oben. Ihr Lager nahm etwa den Platz des Doppelbettes ein, von dem die Corrigans hofften, es sich eines Tages kaufen zu können. Chris schlief draußen auf einem anderen Lager hinter alten Mehlsäcken.

Ruby senkte ihre Stimme. »Molly, Chris hat Vester gesehen.«

»Was sagst du da?« Mit einem leisen Aufschrei fuhr die Frau herum. Vor Schreck sperrte sie ihre Augen weit auf, und ihr Mund stand offen.

»Nimm deine Waschbärin von den Schultern herunter, damit wir uns in Ruhe darüber unterhalten können, Chris«, ordnete ihr Vater in besorgtem Ton an.

Zögernd setzte Chris das Haustier mit dem geringelten Schwanz auf den Scheunenboden. »Geh in deine Höhle«, sagte das Mädchen freundlich, aber bestimmt, und wies dabei auf einige Kisten, in denen sich die Waschbärin selber einen Unterschlupf gebaut hatte. Unter lautem Protest watschelte das kleine Tier dort hinüber.

Molly stellte die Lampe auf den handgearbeiteten Tisch, der mit einem gesprungenen Wachstuch bedeckt war. Dann setzte sie sich neben ihren Mann auf die eine Bank, während sich Chris neben ihrer Cousine auf der ihnen gegenüberliegenden Bank niederließ.

Mit leiser Stimme berichtete Chris noch einmal, was an diesem Abend geschehen war: »Nachdem mich Vati bei der Villa von Herrn Farnham abgesetzt hatte, fuhren er und Ruby zu der Garage, wo er diesen alten Chevrolet repariert. Herr Farnham bot mir einen Job an. Er möchte, daß ich seiner Frau und seinen zwei Kindern während der Zugreise nach St. Louis, wo die Eltern von Frau Farnham leben, behilflich bin.«

Molly nickte, denn sie hatte bereits von der jungen Frau und ihren beiden kleinen Kindern gehört. Frau Farnham war knapp zwei Jahre zuvor an Kinderlähmung erkrankt und mußte seither die meiste Zeit in einem Rollstuhl verbringen.

Ihr Mann war Viehzüchter und besaß außerdem die einzige Bank von Lone River. Er hatte sich aus eigener Kraft emporgearbeitet und war heute ein reicher Mann.

»Denk' daran, Chris, Molly und ich haben dir die Reise, unabhängig von dem Schulproblem, noch nicht erlaubt«, erinnerte Joe Corrigan seine Tochter.

»Komm' endlich zu Vester«, drängte Ruby.

Chris nickte und berichtete nun überstürzt von all dem, was geschehen war, seit sie die Villa nach dem Vorstellungsgespräch verlassen hatte.

Nachdem sie geendet hatte, tröstete Molly ihre älteste Stieftochter. »Mach' dir keine Sorgen«, sagte sie und streckte ihre Hand über den Tisch, um die Hand des Mädchens zu ergreifen. »Vester wird euch Mädchen nichts tun, da eure Väter sich ja immer in der Nähe befinden.«

Chris starrte traurig in die schwach flackernde Flamme der Lampe. »Ich weiß«, sagte sie. Dann, einige Minuten später, fügte sie hinzu: »Ich möchte so gerne zu Großmutter fahren – aber dann komme ich zu spät zurück für die Schule. Ich sollte vom ersten Tag an dort sein. Schließlich ist es eine neue Schule in einem neuen Staat!«

»Ich werde ja auch in diese Schule gehen, wie du weißt«, murmelte Ruby verdrießlich. »Nur bin ich gar nicht so schrecklich versessen darauf!«

Chris' Vater stand auf. »Wir wollen morgen abend noch einmal darüber reden. Es ist Zeit, schlafen zu gehen. Ich muß bei Sonnenaufgang schon wieder im Sattel sitzen.«

Auch Molly erhob sich von ihrem Platz. Chris hielt ihre Stiefmutter für eine hübsche Frau, auch wenn deren hartes Leben seinen Zoll verlangt hatte. Mollys erster Mann war 1930 gestorben. Ihr einziges Kind war ihm erst vor zwei Jahren in den Tod gefolgt.

Chris' eigene Mutter war im Mai 1933 in den Ozarks gestorben. Zu dieser Zeit hatte ihr Vater in Texas gearbeitet. In den folgenden neun Monaten ersetzte Chris ihren Schwestern und ihrem Bruder die Mutter. Im April des Wirtschaftskrisenjahres 1934 nahm ihr Vater dann unerwartet Molly zu seiner zweiten Frau.

Als Joe Corrigan den Tisch verließ, beugte sich Molly hinüber zu Chris. »Wir beide wollen nicht vergessen, dafür zu beten«, schlug sie lächelnd vor. Sie hatte ihr hellbraunes, zu einem Zopf geflochtenes Haar für die Nacht gelöst; jetzt fiel es über ihre Schultern herab. Einige graue Strähnen glitzerten im Lampenlicht. Dann fügte sie hinzu: »Ihr Mädchen solltet jetzt eure Füße waschen und dann auch zu Bett gehen.«

Mit einem Seufzer griff Chris nach ihrer Bürste und ihrem Kamm, die auf einem kleinen Regal an der Nordwand lagen. Dann begann sie, ihre Zöpfe zu lösen. Ruby zündete eine Laterne an, und die Mädchen gingen zu einem aus Kisten bestehenden Schrank, in dem sich ein verzinkter Eimer mit Wasser und ein Waschbecken aus Granit befanden.

Während Ruby die Laterne hielt, goß Chris mit einem langstieligen Schöpfer Wasser in das Becken. Ruby nahm ein Handtuch von einem Nagel in der Wand herunter. Den Luxus von Seife konnten sich die Corrigans nicht leisten.

Ohne zu sprechen, traten die Cousinen durch die kleinere Tür in der großen Schiebetür. Sobald die Mädchen das Scheunenhaus verlassen hatten, blies Chris' Vater die Lampe aus, und in dem Scheunenhaus wurde es vollständig dunkel.

Im Hof setzte sich Ruby auf eine umgekehrte Obstkiste und begann, im Laternenlicht ihre Füße zu waschen. Chris schaute zum Himmel hoch und sprach ein kurzes, stilles Gebet.

Ruby betete nicht, sondern betrachtete die Sterne und murmelte: »Ist das schön!«

»Wunderschön!« bestätigte Chris. »Es sieht so friedlich aus.« Dennoch hatte sie ein unangenehmes Gefühl, was sie veranlaßte, aufmerksam um sich zu blicken. Mit Ausnahme der Kerosin-Laterne war keine von Menschen geschaffene Lichtquelle zu sehen. Die wenigen Häuser im San Joaquin-Tal außerhalb von Lone River lagen bereits im Dunkeln. Die Rancher gingen früh zu Bett und standen vor Sonnenaufgang auf.

Ruby trocknete ihre Füße mit dem Handtuch, das aus einem Gerstesack gearbeitet war. Auch Chris wusch ihre Füße und goß dann das schmutzige Wasser in weitem Bogen über den staubigen Hof.

Nach einer Weile meinte Ruby: »Wie hältst du es nun mit deinem Job? Wirst du die Farnhams auf ihrer Reise nach Osten begleiten und die Schule später beginnen?«

Chris dachte ein wenig über die Worte ihrer Cousine nach, während ihr Blick über die friedvolle Landschaft glitt. Gegen den Himmel konnte sie die Silhouette des steinernen Schornsteins erkennen, der die Stelle bezeichnete, an der das eigentliche Wohnhaus der Ranch gestanden hatte, das jedoch niedergebrannt war. Die langen, dunklen Umrisse der verschlungenen Brombeerranken dehnten sich zum offenen Feld hin aus.

»Ich weiß es nicht«, erwiderte sie schließlich leise. »Ich möchte so gerne zu Großmutter! Ich möchte mich mit ihr aussöhnen, aber am wichtigsten ist mir, daß sie versteht, daß mein Platz hier bei meiner Familie ist. Sie hat deine Großmutter in der Nähe, so daß sie nicht allein zu sein braucht.«

Chris' und Rubys Großmütter waren Schwestern. Obwohl sie beide in derselben kleinen Stadt in den Ozarks lebten, hatten sie seit Jahren nicht mehr miteinander gesprochen.

Ruby rümpfte verächtlich die Nase, wie sie es immer tat, wenn sie etwas besonders empörte. »Die beiden hassen sich wie die Pest!«

»Ich weiß. O, ich wünschte, sie würden sich vertragen!«

»Mehr als du dir das bleibende Zuhause wünscht, von dem du immer sprichst?«

»Ich möchte beides«, sagte Chris und ergriff die Laterne.

»Selbst wenn du deine Großmutter aufsuchst, könnte es durchaus sein, daß sie nicht nett zu dir ist. Sie hat ja auch überhaupt nicht auf deine Briefe geantwortet.«

Chris hielt die Laterne nahe an ihre Füße, damit sie sehen konnte, wo sie entlanggehen mußte, um zu dem Spielhaus aus Mehlsäcken zu gelangen, in dem Ruby und sie übernachten wollten. »Ich weiß.«

»Wenn Großmutter Dunnigan Vester geschickt hat, um dich zu entführen, wie sie es schon einmal getan hat, und du gehst selber zu ihr zurück, dann läßt sie dich vielleicht nie wieder zu deinen Eltern zurückkehren.«

»Vati würde mich holen.«

»Er kann es sich nicht erlauben, der Arbeit fernzubleiben«, antwortete Ruby. »Und überleg' einmal, was die ganze Reise kosten würde. Deine Eltern sollten sich das überlegen und dich nicht mit den Farnhams reisen lassen.«

»Ich habe auch daran gedacht.« Chris ließ sich vor dem Spielhaus, das gegen die Scheunenwand errichtet worden war, auf Hände und Knie nieder. Sie schob das Eingangstuch beiseite und stellte die Laterne drinnen auf den Lehmboden. Dann hielt sie inne. »Horch!«

Die beiden Mädchen vernahmen das charakteristische Geräusch eines Fords, der langsam die Landstraße entlangfuhr. Es war ungewöhlich, daß so spät am Abend ein Fahrzeug unterwegs war. Chris drehte sich um, um in Richtung Stadt zu blicken. Die Scheinwerfer des Wagens schwenkten auf und nieder, während sich das Fahrzeug langsam vorwärtsbewegte.

»Vermutlich irgend so ein Bursche, der nach einem Stelldichein sein Mädchen heimbringt«, meinte Ruby.

»Vermutlich«, stimmte Chris zu. Sie schob den Mehlsack beiseite und krabbelte nach innen.

Ruby folgte schimpfend. »Nach all den schrecklichen Dingen, die deine Großmutter dir angetan hat, würde ich sie an deiner Stelle niemals mehr sehen wollen!«

Chris blies die Laterne aus, so daß sie sich im Dunkeln auskleiden konnte. »Darin unterscheiden wir uns beide eben, glaube ich«, entgegnete sie einfach.

»Wenn sie dich wieder in ihre Finger bekommt, wird sie dich bestimmt niemals wieder hierher zurückkehren lassen! Besonders dann, wenn Vester ihr dabei hilft!«

»Schhh!« unterbrach sie Chris versteifend. Ohne sich zu regen, lauschte sie angestrengt.

»Was hörst du denn?« flüsterte Ruby.

»Das Auto, das wir eben gesehen haben, hat offensichtlich angehalten. Es muß auch die Scheinwerfer gelöscht haben. Ich kann sie nicht mehr sehen.« Chris bemühte sich, ihre plötzliche Aufregung unter Kontrolle zu bekommen. Sie streckte ihren Kopf aus dem Spielhaus heraus und schaute schnell die Straße hinauf und hinab. Mit Ausnahme der Grillen im nahe gelegenen Gras und den Fröschen in dem Bewässerungskanal, der durch das Weideland verlief, war kein Laut zu hören.

Ruby kroch auf Händen und Knien näher, um ihren Kopf ebenfalls aus dem Verschlag herauszustrecken. »Glaubst du, daß es Vester ist?«

»Wenn er es ist, wie hat er dann herausgefunden, wo wir wohnen?«

»Wie hat er dich in der Stadt gefunden? Woher weiß er überhaupt, daß wir in Lone River sind?«

»Vielleicht ist es ja gar nicht Vester. Wie du schon gesagt hast – vielleicht ist es irgendein junges Paar, das angehalten hat, um zu schmusen.«

»Ja, vielleicht«, stimmte Ruby zu, »aber ich möchte wetten, daß es Vester ist! Ein Gutes hat die Sache: Er wird nichts unternehmen, solange dein Vati in der Nähe ist!«

»Aber er wird noch vor Sonnenaufgang zur Arbeit gehen!«

»Dann ist aber mein Vati wieder zurück. Aber vielleicht sollten wir für diese Nacht lieber in der Scheune schlafen.«

Chris überlegte diesen Vorschlag und schüttelte dann den Kopf. »Wenn es Vester ist, der dort draußen sitzt, dann versucht er nur, uns Angst einzujagen. Er würde es nicht wagen, hierher zu kommen, während Vati in der Scheune ist.«

Die Mädchen streckten sich auf ihrem Lager aus, bekleidet nur mit ihrer Unterwäsche, die aus alten Mehlsäcken gearbeitet war. Das Spielhaus hatte kein Dach, so daß die Mädchen zu den Sternen aufblicken konnten.

Ruby fragte leise: »Hast du Angst vor Vester?«

»Er ist ein gefährlicher Mann. Du weißt ja selber, wie es war, als er uns von den Ozarks nach Oklahoma folgte und dann nach Illinois –« Chris erschauerte leicht. »Und dann hat er uns erwischt und uns in einem alten Viehwaggon gefangengehalten –«

»Sicher weiß ich das noch. Ich kann mich besser daran erinnern, als mir lieb ist!«

»Wenn ihn meine Großmutter nicht hinter uns hergeschickt hat – und ich glaube nicht, daß sie es getan hat –, dann will Vester persönliche Rache an uns oder an mir nehmen.«

»Du meinst, weil wir ihm entkommen sind, nachdem er uns gefangengenommen hat, und die Polizei ihn dann festgenommen hat?«

»Es gibt noch einen anderen Grund, denke ich. Sein Stolz ist verletzt, und er ist wütend.«

»Ja! Nicht auszudenken, was er noch tut, wenn er die Gelegenheit dazu bekommt!«

Die Mädchen schwiegen. Unzählige Gedanken gingen Chris durch den Sinn. Als sie schließlich erkannte, daß sie im Augenblick absolut nichts tun konnte, betete sie leise und schlief dann ein.

Plötzlich erwachte Chris von dem Geräusch eines Fahrzeuges, das die lange, sandige Auffahrt heraufratterte. Erschrocken schoß das Mädchen in die Höhe. Es war Tag geworden, aber die Sonne war noch nicht über die Bäume gestiegen. Auch Ruby war aufgewacht und hatte sich aufgesetzt.

»Es ist mein Vati!« verkündete sie und griff nach ihrem Hemd und ihrem Overall. »Hast du eine Ahnung, warum er so früh kommt?«

»Wir werden es herausfinden«, erwiderte Chris. Schnell schlüpfte sie in dasselbe Kleid, das sie auch am Vortag getragen hatte.

Auf nackten Füßen verließen die Cousinen das Spielhaus genau in dem Moment, in dem der dachlose Ford auf dem Hof vor der Scheune anhielt. Das sauber rasierte Gesicht von Rubys Vater, Nate Konning, lächelte ihnen durch die Windschutzscheibe entgegen. Dann stieg Nate Konning aus. Er war groß und schlank. Sein blondes Haar war in der

Mitte gescheitelt und wurde durch Haargel in Form gehalten.

Mit langen, schnellen Schritten kam er zu den Mädchen herüber. Anstelle seiner üblichen abgetretenen Cowboystiefel trug er Gamaschen über glänzenden, schwarzen Schuhen und Kniehosen. Sie waren olivfarben wie die Armeehosen, die er vor sechzehn Jahren im Weltkrieg in Frankreich getragen hatte. An den Hüften wölbten sich die Hosen etwas, aber an den Knien waren sie eng. Chris erinnerte sich, daß sie diese Art von Hosen für achtundneunzig Cent in einem Versandkatalog gesehen hatte.

»Na, wie geht's?« fragte Nate Konning in seinem weichen, texanischen Tonfall. Er nahm seinen schweißgetränkten Westernhut ab. »Ich hatte gerade ein Treffen mit diesem Banker. Er steht gerne früh auf, und so haben wir gemeinsam in der Stadt gefrühstückt. Er hat mich als Arbeiter eingestellt.«

»O, Vati!« rief Ruby aus. »Darum wolltest du, daß ich die letzte Nacht bei Chris verbringen sollte!«

»Ich war nicht sicher, ob er mich einstellen würde«, erwiderte ihr Vater und senkte seinen Kopf. »Weißt du, ich hatte gehört, daß er nach einem unabhängigen Cowboy suchte, der mit dem Zug in den Osten fahren und Kindermädchen spielen könnte für einen preisgekrönten Hereford-Stier, den er gekauft hat, um seine Zucht aufzubessern. Natürlich muß ich mit dem Kerl im Viehwaggon reisen, aber Farnham bezahlt mir so viel, daß es der Mühe wert ist.«

»Du fährst fort und läßt mich alleine hier?« kreischte Ruby entsetzt.

»Wie solltest du denn mitfahren können? Etwa in demselben Waggon wie der große Stier?«

Chris erkannte, daß ihr Onkel Ruby neckte. Er grinste beinahe von Ohr zu Ohr. »Nein, wir beide fahren zusammen in einem ganz normalen Personenzug. Aber auf der Rückfahrt muß ich bei dem Stier im Viehwagen bleiben, während du im Abteil reist.«

Ruby schüttelte ihren Kopf. »Das verstehe ich nicht.«

»Es ist doch ganz einfach«, antwortete Rubys Vater. »Ich

fahre mit Matthew Farnham und seiner Familie mit dem Stromlinienzug nach St. Louis. Und vielleicht kannst auch du mitfahren, Liebes.«

Chris' Mund klappte überrascht auf. Sie wollte von ihrem Job erzählen, aber ihr Onkel setzte seine Rede ohne Pause fort.

»Du weißt, daß Frau Farnham sehr behindert ist mit ihrem lahmen Bein.« Als die Mädchen nickten, fuhr Nate fort: »Und ich habe mich daran erinnert, wie sehr meine Tochter danach verlangt, ihre Heimatstadt in den Ozarks wiederzusehen –«

»Um dich vorzuzeigen!« unterbrach ihn Ruby. »Damit alle Leute schamrot werden wegen all ihrer gemeinen Bemerkungen, die sie über mich gemacht haben, als ich dort aufwuchs!«

»Schhh!« meinte Chris. »Laß' ihn weitererzählen!«

»Vielen Dank, Chris«, erwiderte Rubys Vater mit gespielter Wichtigkeit. »Die Wahrheit ist, daß Farnham mir berichtete, er habe dir, Chris, einen Job angeboten, nämlich seiner Frau und den beiden Kindern zu helfen.«

Chris nickte und wollte es ihm erklären, aber schon fuhr ihr Onkel fort: »Heute morgen sagte mir Farnham nun, er habe sich entschlossen, zwei Mädchen zu engagieren – eines für die Kinder und das andere für seine Frau. Das heißt, Chris – und ein anderes Mädchen. Möglicherweise könntest du dieses Mädchen sein, Ruby!«

»Ich?« rief Ruby überrascht und voller Freude aus.

»Jawohl! Zuerst mußt du zu einem Gespräch zu Frau Farnham kommen. Aber wenn sie dich nimmt, können wir alle drei gemeinsam in die Ozarks fahren!«

Die Mädchen stießen Freudenschreie aus, doch plötzlich hörte Chris, wie ein Ford anfuhr.

Sie spähte die Straße herunter und bemerkte ein cremefarbenes Coupe, das vom Straßenrand auf die Straße fuhr. Es wendete und raste davon.

Kapitel 3

Onkel Nates Neuigkeiten

Chris starrte hinter dem Ford her. »Das war Vester!« rief sie aus.

Ruby protestierte. »Der Fahrer war viel zu weit entfernt, um ihn eindeutig erkennen zu können, Chris!«

»Trotzdem: Ich bin sicher, daß er es war! Er muß gewartet haben, bis Vati fortgefahren ist!«

»Ich habe Joe vorhin auf dem Weg zur Arbeit getroffen«, bestätigte Nate. »Aber wovon redet ihr Mädchen?«

Chris berichtete ihrem Onkel, daß sie am Tag zuvor in der Stadt verfolgt worden war, und daß Ruby und sie dann am Abend beim Zubettgehen gesehen hatten, wie der Ford an der Straße anhielt.

Rubys Vater nickte nachdenklich. Er hatte als Cowboy und Schafhirte gearbeitet und kürzlich den Ruf zur Evangeliumsverkündigung erhalten. Er würde sich künftig durch Nebenarbeiten seinen Lebensunterhalt verdienen müssen. Er wußte, was die Mädchen im Sommer mit Vester erlebt hatten.

Jetzt rieb er sein glattrasiertes Kinn. »Mir scheint, daß dieser Vester überhaupt keinen Grund hat, euch etwas anzutun, wenn ihr mit mir in die Ozarks zurückgeht. Daher braucht ihr euch gar keine Sorgen zu machen. Vergeßt ihn doch einfach.«

»Vati hat recht, Chris!« rief Ruby aus. »Steh' doch nicht so herum! Frag' lieber deine Stiefmutter, ob du mitfahren kannst!«

Chris schüttelte ihren Kopf. »Du vergißt ja die Schule. Sie beginnt schon in zwei Wochen. Außerdem würde Molly mir die Reise gar nicht erlauben, bevor mir nicht auch Vati seine Zustimmung gegeben hat. Und er wird mich wahrscheinlich deshalb nicht gehen lassen, weil ich dann zu spät zur Schule komme.«

»Von Schule gesprochen«, meinte ihr Onkel, während er sich umdrehte und auf den Rücksitz griff, »lest doch dies einmal.« Er hielt die Wochenzeitung in der Hand und machte Chris auf einen Artikel aufmerksam. »Herr Farnham gab sie mir heute morgen.«

Chris runzelte fragend die Stirn. Doch dann wurden ihre Augen groß, als sie die Schlagzeile der Zeitung erblickte: *Schulamt verschiebt Schulbeginn auf den 24. September.*

Chris sah auf. »Das ist ja erst in drei Wochen!«

Ihr Onkel grinste. »Jawohl! Und das bedeutet eine ganze Woche zusätzliche Zeit. Genügend Zeit, um in die Ozarks zu fahren und rechtzeitig zum ersten Schultag wieder hier zu sein!«

Chris' Blick fiel auf den ersten Absatz des Zeitungsartikels. Das Schulamt hatte sich dem Druck der Pfirsichbauern und Konservenfabrikanten gebeugt und der Verschiebung des Schulbeginns um eine Woche zugestimmt. Dadurch war es zahlreichen Lehrern und älteren Schülern möglich, ihre Ferienarbeit – das Obstpflücken in den Plantagen und die Arbeit in den Konservenfabriken – fortzusetzen. Ohne die zusätzlichen Arbeitstage würden mindestens zweihunderttausend Tonnen spät gereifter Pfirsiche verderben. Der Verdienstausfall würde alle Bürger der Region hart treffen.

Chris sah auf; in ihren Augen schimmerte Hoffnung. Zögernd meinte sie: »Falls Vati mich fahren läßt – «

»Nun hör' aber auf!« unterbrach Ruby sie. »Wenn mein Vati und ich ebenfalls in die Ozarks fahren, dann wird dir dein Vati die Fahrt mit Sicherheit erlauben! Mach' jetzt also voran und frag' deine Stiefmutter, ob du mit uns zu der Ranch hinausfahren darfst, um deinen Vater um seine Erlaubnis zu der Reise zu bitten!«

»Aber er wird bestimmt irgendwo entlang der Weidezäune reiten.«

»Das spielt doch keine Rolle! Wir leihen uns ein Pferd und suchen ihn!«

Chris bekam von Molly die Erlaubnis, zur Ranch der Wood-Brüder östlich von Lone River zu fahren. Eine knappe halbe Stunde später bog Nate Konning mit seinem geliehenen, alten Ford von der Landstraße ab und fuhr rüttelnd und schüttelnd über einen Bahnübergang. Auf dem Sandweg, der sich zwischen zwei Stacheldrahtzäunen zum niedrigen Wohnhaus der Ranch erstreckte, verlief die Fahrt wieder gleichmäßiger. Das Wohnhaus lag in der prallen Sonne oben auf einem Hügel, an dessen Fuß ein Bach strömte. Nur eine weit ausladende Eiche spendete dem Bau ein wenig Schatten.

Die Arbeiterbaracken befanden sich hinter der Windmühle und dem Tankhaus. Dann kamen die Viehgehege. Sie lagen neben der Scheune, auf deren einer Wand mit riesigen, verblaßten Buchstaben Werbung für Kautabak gemacht wurde.

In alle Richtungen dehnte sich kahles Hügelland aus. Es bildete den Anfang des Vorgebirges der riesigen Sierra Nevada. Die kühle Morgenbrise hatte sich gelegt, und obwohl es bereits Anfang September war, zeigte das Thermometer um die Mittagszeit über vierzig Grad Celsius.

Chris hatte erwartet, daß die Ranch still und verlassen daliegen würde, weil jeder sich draußen auf den Feldern bei der Arbeit befand. Sie war deshalb angenehm überrascht, als sie einen Mann mit Cowboyhut, -jeans und -stiefeln erblickte, der sich vor einem Viehgehege in den Sattel eines riesigen Falben schwang.

»Das ist ja Vati!« schrie sie. »Sein Pferd hat bestimmt ein Hufeisen verloren oder sonst irgendein Problem, so daß er zurückkommen mußte!«

Joe Corrigan trieb sein Pferd quer über das offene Gelände zwischen dem Gehege und der Auffahrt. Er sah besorgt aus, weil seine älteste Tochter so unerwartet auf seiner Arbeitsstelle auftauchte.

Chris erhob sich in dem dachlosen Fahrzeug und legte die Hände vor ihren Mund. »Es ist alles in Ordnung, Vati! Ich mußte nur sofort mit dir reden!«

Joe Corrigan lenkte den Falben neben den Ford und hörte

sich an, was Chris zu berichten hatte. Als sie geendet hatte, überschattete sich sein sonnengebräuntes Gesicht.

»Was hat deine Stiefmutter gesagt?« fragte er.

»Sie meinte, es sei deine Entscheidung.«

»Ich muß jetzt zurück zu meiner Arbeit. Ich werde darüber nachdenken – «

»O, Vati!« rief Chris enttäuscht aus.

»Heute abend erfährst du, was ich beschlossen habe. Aber zuvor will ich noch mit Molly sprechen«, brach Joe Corrigan das Gespräch ab. Er wendete das Pferd. »Danke, Nate, daß du Chris hergebracht hast.«

Während der heißen, trockenen Fahrt zurück nach Lone River bewegten sich Chris' Gefühle zwischen Hoffen und Bangen. *Ob ich wohl fahren darf?* fragte sie sich immer wieder. *Wenn ich hierbleiben muß, was wird Vester dann tun, wenn Ruby und Onkel Nate mich alleine lassen und Vati zur Arbeit ist?*

Rubys Vater beschloß, am Haus der Gilberts vorbeizufahren. Dort wohnte er zusammen mit Ruby, und diese wollte sich für den Besuch bei Frau Farnham ein Kleid anziehen. Die behinderte Frau würde bei diesem Besuch entscheiden, ob sie Ruby einstellen konnte, um ihren Rollstuhl zu schieben, während Chris sich um die beiden kleinen Kinder kümmern sollte.

Nachdem Ruby ihren Jungenanzug abgelegt und ein neues Schulkleid und Schuhe angezogen hatte, sah sie völlig verändert aus. »Ruby«, meinte Chris, »wenn deine Haare etwas länger sind, wirst du richtig hübsch aussehen!«

Rubys Vater grinste, als er sich wieder hinter das Lenkrad setzte. »Ich wette, ich muß mir sehr bald eine Bulldogge anschaffen, um dir die Jungens vom Leib zu halten.«

Sie fuhren zu dem Scheunenhaus, wo Molly Chris vorschlug, sich ebenfalls umzuziehen und Ruby zu dem Gespräch mit Frau Farnham zu begleiten. Chris wäre lieber daheim geblieben, um darüber nachzudenken, was sie einpacken mußte, wenn ihr Vater ihr die Fahrt erlaubte. Der bittende Blick in Rubys haselnußbraunen Augen ließ sie jedoch erkennen, daß ihre Cousine Angst hatte. Das war sehr ungewöhnlich, denn Ruby hatte noch nie vor etwas Angst gehabt. Aber sie hatte auch noch nie zuvor ein Bewerbungsgespräch geführt.

Zögernd zog Chris ein anderes Kleid und Schuhe für die Fahrt an. Kurz darauf war sie froh, mitgefahren zu sein, denn Ruby geriet in Panik, als ihr Vater den Wagen vor dem schmiedeeisernen Tor der Villa anhielt. Es stand zwischen zwei großen Ziegelsteinsäulen, die sich rechts und links der Auffahrt zum Haus der Farnhams befanden, und versperrte die Zufahrt.

»Ich kann dort nicht hineingehen!« rief Ruby aus und sank in den Vordersitz zurück. »Nein, ich kann einfach nicht!«

»Natürlich kannst du es!« versicherte Chris ihrer Cousine. »Es sind sehr nette Leute! Du wirst sie mögen! Außerdem bekommst du dadurch die Möglichkeit, mit deinem Vater in die Ozarks zu reisen und ihn dort vorzuzeigen!«

Chris sprang aus dem Wagen, um das Tor zu öffnen. Es fiel ihr nicht schwer, den rechten Torflügel nach hinten wegzuschieben gegen eine Hecke aus zehn Meter hohem Oleander mit rosa Blüten.

Bei ihrem Gespräch mit Frau Farnham hatte Chris ein wenig mehr über das Haus erfahren. Erbaut worden war es in den 1920ern im viktorianischen Stil. Nach dem Vorbild der Häuser in San Francisco besaß die Villa Erkerfenster, steile Dächer, die mit schiffstauähnlichen Verzierungen versehen waren und eine eigenwillig gestaltete Außenfassade. Auf der linken Seite des Hauses befand sich ein Turm, der das dritte Stockwerk überragte und sogar höher war als einige der Schornsteine.

Während Onkel Nate den Wagen durch das Tor fuhr, betrachtete Chris das dunkelgrau gestrichene Haus. Es erhob sich majestätisch in der Mitte eines über zwölftausend Quadratmeter großen Geländes voller Bäume, die dem Grundstück das Aussehen eines Parks verliehen.

Als der Wagen stehenblieb, damit sie wieder einsteigen konnte, schloß Chris schnell das Tor und kletterte zurück in den Ford, der dann langsam die gepflasterte, von alten

Ulmen und Platanen gesäumte Auffahrt entlangfuhr. Im Schatten dieser Bäume war man angenehm geschützt vor der glühenden Sonne.

Ruby war so aufgeregt, daß sie zu kichern begann. »Chris, was haben zwei Mädchen aus den Ozarks, wie wir es sind, an einem Ort wie diesem zu suchen?«

Chris lächelte ihrer Cousine zu. »Eines Tages werde ich genau so ein Haus haben. Es ist innen sehr hübsch; es gibt dort viele handgearbeitete Möbel und zahlreiche andere Dinge.«

Ruby schien ihre Angst zu verlieren. »Glaubst du etwa, daß dies eines Tages dein Haus sein wird? Dein bleibendes Zuhause?«

Chris schüttelte ihren Kopf, und ihre braunen Zöpfe wippten nach vorne und wieder zurück. »Es ist ein schönes Haus, aber zu groß. Ich möchte nur etwas dauerhaftes, so daß wir niemals wieder umziehen müssen.«

Sie schwieg einen Augenblick lang, während sie daran dachte, wie oft ihr Vater auf der Suche nach Arbeit mit seiner Familie von einem Staat in den nächsten gezogen war. Seit einigen Wochen lebten die Corrigans nun schon in dem Scheunenhaus. Chris sprach niemals davon, aber sie war erfüllt von der geheimen Furcht, daß ihr Vater eines Abends von der Arbeit nach Hause kommen und ankündigen würde, daß sie erneut umziehen müßten. Chris schüttelte heftig den Kopf, um so diesen schrecklichen Gedanken zu vertreiben.

Der Ford hielt vor dem Hauseingang, der mit einem sehr geräumigen, von Säulen getragenen Vordach versehen war. Chris erklärte: »Frau Farnham hat mir gesagt, daß hier früher die Kutschen vorgefahren sind. Als man noch Pferd und Wagen hatte, konnten die Leute hier aussteigen und das Haus betreten, ohne naß zu werden, wenn es regnete.«

Chris wollte das Auto verlassen, doch Ruby zögerte. Sie ließ ihren Blick ängstlich über das große Haus, die Bäume im Park, den gepflegten Rasen und die Blumenrabatten gleiten. Überall wuchsen Rosen. »Vielleicht sollten wir lieber ein anderes Mal wiederkommen?« schlug sie vor.

Chris lächelte und zog ihre Cousine am Arm mit sich. »Dazu ist keine Zeit mehr! Hab' doch keine Angst!«

»Ich habe keine Angst!«

»Also, dann mach' schon!« drängte Chris. Sie führte ihre Cousine die wenigen Holzstufen hinauf zu einem großen Wintergarten, der sich entlang der gesamten Länge des Hauses hinzog.

»Herr Farnham hat diesen Teil anbauen lassen, damit die Kinder im Winter einen Platz zum Spielen haben«, erklärte Chris. »Ich habe gehört, daß es in Kalifornien dann sehr heftig regnet und manchmal ganz schrecklich neblig ist.«

Rubys Vater ging vor den Mädchen her und drückte nun auf die Klingel in der Mitte einer Tür, in die ein Fenster aus Milchglas eingelassen worden war.

Chris vernahm, wie irgendwo tief innerhalb der Villa eine Glocke ertönte.

»Was soll ich bloß sagen?« klagte Ruby, während sie furchtsam um sich blickte. »Ich habe noch nie mit einer feinen Dame gesprochen!«

»Mach' dir keine Sorgen! Herr und Frau Farnham haben mir erzählt, daß sie beide ebenso arm gewesen sind wie wir! Sie sagten, daß man in Amerika alles erreichen kann, wenn man es wirklich will – zum Beispiel ein Haus wie dieses.«

»Selbst in der Wirtschaftskrise?« fragte Rubys Vater.

Chris nickte. »Frau Farnham erzählte mir, daß ihr Mann und sie dieses Haus unmittelbar vor dem großen Börsenkrach im Jahre 1929 gekauft hätten. Die meisten Banken im ganzen Land meldeten Konkurs an und mußten schließen, aber die kleine Bank von Herrn Farnham hat es überstanden.«

Rubys Vater drückte erneut auf die Klingel. »Wahrscheinlich deshalb, weil Herr Farnham viel Land und große Viehherden besitzt.«

Chris überlegte, daß dies zutreffen konnte. Sie wandte sich um, um einen Blick auf den Fluß jenseits des Rasens zu werfen. Sie roch ganz schwach den Duft der Weiden und Pappeln.

»Dies hier ist mit Sicherheit der schönste Platz in ganz Kalifornien«, überlegte Rubys Vater.

Chris wandte sich wieder um, als sie hörte, daß die Vordertür geöffnet wurde. Im Schatten des Hausinneren stand Matthew Farnham. Er war ein kleiner, eleganter Mann, sorgfältig bekleidet mit einem leichten, beigen Sommeranzug und weißen Schuhen. Durch seine rechteckigen, silbergefaßten Brillengläser schaute er seine Besucher an und begrüßte sie.

Diese beantworteten seinen Gruß; dann stellte Nate dem Hausherrn seine Tochter vor. Der Banker öffnete die Tür und bat die Besucher herein.

Zwei Kinder kamen aus dem Hausinneren herbeigesprungen. Chris beugte sich herab und breitete ihre Arme aus. Der ältere blonde Junge stürzte sich mit einem frohen Jauchzer hinein, aber seine jüngere Schwester versteckte sich scheu hinter dem Bein ihres Vaters.

Chris stellte die Kinder vor. »Onkel Nate, Ruby – das hier ist Dickie. Er ist sechs Jahre alt. Und das ist Constance – Connie. Sie ist beinahe vier. Dickie, Connie, dies sind mein Onkel Nate und meine Cousine Ruby.«

Ruby hatte mit offenem Mund die Deckengemälde und die schweren, dunklen Möbel bestaunt, die von einer einzigen, riesigen Gaslampe angestrahlt wurden. Die Lampe war aus Messing gearbeitet und hatte gläserne Lampenschirme mit eleganten Blumenmustern.

Jetzt kniete sie nieder, um die Kinder anzulächeln, die sie zurückhaltend begrüßten. »Hallo«, sagte Ruby.

Dickie war hellblond und hatte viele Locken und große blaue Augen. Die Augen seiner Schwester waren nicht so groß, aber genauso blau. Sie hatte glattes und sehr blondes, fast weißes Haar.

Als Chris das erste Mal bei den Farnhams gewesen war, hatte die Mutter der Kinder mit einem Seufzer gemeint, sie wünschte, die blonden Locken und die großen Augen gehörten dem Mädchen.

»Meine Frau kommt gleich«, kündigte Matthew Farnham an.

Chris stand auf. Ihre Hände ruhten auf den Schultern der Kinder, als der Rollstuhl von Frau Farnham herangerollt kam. Der kostbare Perserteppich, der durch den gesamten Hausflur verlief, bot einen weichen Untergrund, so daß die Räder kaum Geräusche verursachten.

»Chris, wie nett, dich wiederzusehen!« sagte Frau Farnham lächelnd. Ihr Anblick ließ Chris an eine zerbrechliche Porzellanpuppe denken, die sie hinter der Tür einer Glasvitrine im Speiseraum der Villa gesehen hatte.

Frau Farnham war blond und besaß eine durchscheinende, weiße Haut. Unter deren Oberfläche waren winzige, blaue Adern zu sehen. Die dunklen Ringe um ihre Augen und die Falten in ihrem Gesicht zeigten, welchen Preis die Kinderlähmung gefordert hatte. Chris bemühte sich, nicht auf das linke Bein von Frau Farnham zu starren, das dünn wie ein Streichholz unter ihrem geblümten Sommerkleid lag.

Matthew Farnham schlug vor, Nate das Haus zu zeigen, während sich seine Frau mit Ruby über die Arbeit unterhielt. Chris erbot sich freiwillig, mit Dickie und Connie zur Schaukel zu gehen. Bevor Chris sich mit den Kindern nach draußen begab, flüsterte sie Ruby zu: »Du wirst es prima schaffen, Ruby!«

»Ich hoffe es sehr!« erwiderte ihre Cousine leise.

Nachdem Chris den Hof betreten hatte, ging sie an einem alten, knorrigen Feigenbaum vorbei in den tiefen Schatten eines weißen Ahorns. Dort erwartete sie eine Schaukel, die an zwei Seilen hing. Sie hatte einen Sitz, der so breit war, daß zwei Personen bequem darauf sitzen konnten. Bisher hatte Chris nur solche Schaukeln gekannt, die an einem einzigen Seil hingen. Aus diesem Grunde gefiel ihr die Schaukel der Farnhams sehr. Sie konnte jeweils mit einem Kind zugleich schaukeln oder auch beide Kinder zusammen schaukeln lassen.

Chris besaß eine natürliche Art und Weise, mit Kindern umzugehen. Es fiel ihr daher auch nicht schwer, fröhlich mit den beiden Farnham-Kindern zu spielen. Sie lachten und riefen: »Jetzt bin ich an der Reihe!« Trotz des Spielens behielt Chris auch das Haus im Auge und fragte sich, wie Ruby dort wohl zurechtkam.

»Sie muß diesen Job einfach bekommen!« flüsterte sie vor sich hin. »Sie möchte doch so gerne all diesen Leuten in den Ozarks zeigen, daß sie wirklich einen Vater hat!«

Ihre Gedanken machten wieder einen Sprung; ihre eigenen Wünsche ließen sie immer aufgeregter werden. *Und ich möchte sie so gerne begleiten! O, Vati muß mich einfach mitfahren lassen! Aber wenn ich – ich meine, wenn – ich in die Ozarks zurückkehre, dann habe ich dort eine Menge zu erledigen!*

Abwesend gab Chris Connie einen neuen Anschwung, denn ihre Gedanken beschäftigten sich mit den Problemen, die sie in den Ozarks würde bewältigen müssen. *Was ist, wenn Großmutter mir nicht vergeben will? Was ist, wenn sie nicht einsehen will, daß ich hierher zu meiner Familie gehöre? Was ist, wenn sie Vester dazu gebraucht, mich gegen meinen Willen dort zu halten? Aber wenn ich hierbleibe, wird Vester bestimmt Schwierigkeiten machen! Wenn Vati arbeitet und Onkel Nate im Osten ist, was wird Vester dann mit mir anstellen?*

Chris erschauerte bei der Vorstellung, daß der brutale, Tabak kauende Alkoholschmuggler sie wieder in seine Gewalt bringen könnte. Sie war sehr aufgeregt, als sie hörte, wie sich die Tür des Wintergartens öffnete. Chris blickte auf und sah, wie Ruby heraustrat.

»Dickie, Connie!« rief Chris und ergriff die beiden Kinder bei der Hand. »Jetzt gehen wir ganz schnell zu Ruby, um zu hören, ob sie die Stelle bekommen hat! Wenn das der Fall ist –!«

Chris beendete ihren Satz nicht. Es hing ja so viel ab von dem, was ihre Cousine zu berichten hatte. So schnell es die Kinder erlaubten, lief Chris über den Hof zu Ruby, die im Schatten der Kutscheneinfahrt stand.

Kapitel 4

Vesters unausgesprochene Drohung

Chris hatte die Kutscheneinfahrt fast erreicht, als Ruby aus dem Schatten heraustrat. Ihr goldenes Haar glänzte in der Sonne. Sie lächelte.

»Ich habe den Job bekommen!« rief das Mädchen, während es mit ausgestreckten Händen auf Chris zuging. »Die Zofe, die Frau Farnham normalerweise betreut, kann die Reise nicht machen, und deshalb hat Frau Farnham mich eingestellt, um sie auf der Bahnfahrt zu begleiten und ihren Rollstuhl zu schieben!«

Chris ließ die kleinen Kinder los und ergriff Rubys Hände. »O, wie freue ich mich!«

Ruby wandte sich an die Kinder. »Eure Mutti möchte, daß ihr jetzt ins Haus kommt.«

Die Geschwister gehorchten sofort, und als sie im Haus verschwunden waren, blickte sich Ruby um. »Wo ist mein Vati?«

»Er ist mit Herrn Farnham zur Scheune hinübergegangen«, antwortete Chris und machte sich ebenfalls auf den Weg dorthin.

Ruby hängte sich bei ihr ein. »Mein Vati und ich müssen heimfahren und packen, denn wir brechen schon übermorgen auf.«

Einen Augenblick lang blieb Chris überrascht stehen. »Übermorgen schon –?«

»Ja!« Ruby ging weiter. »Die scheußlichen Leute von Possum Hollow werden solche Augen machen, wenn ich mit meinem Vati heranspaziert komme! Ich werde es ihnen heimzahlen, daß sie solch schreckliche Dinge über mich gesagt haben! Vor allem Bertha Killian werde ich es zeigen!«

Chris runzelte die Stirn, als sie sich an den gefürchteten

Namen erinnerte. »Die ›große‹ Bertha! Ich habe seit Monaten nicht mehr an sie gedacht.«

»Aber ich habe sie nicht vergessen! Sie hat mich immer gehänselt und unschöne Dinge gesagt.«

»Das hat sie bei mir auch getan«, gab Chris zu. »Sie und ihre Freundin Iris Hastings!«

»Ich habe gehört, daß Bertha ihren Namen von dem Gewehr erhalten hat, das die Soldaten in Frankreich benutzten. Ihre Freundin Iris ist nicht so ein großes Mädchen, aber sie hat etwas Hinterhältiges an sich.«

Chris schüttelte den Kopf. »Ich glaube, Iris ist einfach sauer auf Gott und die Welt, weil sie eine Waise ist und von ihrem Großvater großgezogen wurde.«

»O ja, das stimmt! Er heißt Rufus Hurley und war Prediger. Vielleicht ist Iris ja auch so ungern das Kind eines Predigers wie ich.«

»Ich dachte, daß du dich ein wenig damit ausgesöhnt hättest, seit dein Vater mit seiner Predigt am Donnerberg einen solch großen Erfolg hatte.«

»Ja, er war großartig, nicht wahr?« stellte Ruby stolz fest. »Er hat die gesamte Gemeinde auf den Kopf gestellt!«

Als die Mädchen das Tor erreichten, durch das man von der parkähnlichen Anlage zur Scheune gelangte, kam Ruby noch einmal auf Bertha und Iris zu sprechen. »Ich weiß nicht, wie oft die große Bertha und ich uns in die Haare geraten sind.«

»Das könnte ich dir auch nicht sagen!«

»Wie auch immer«, fuhr Ruby fort, »diesmal wird es mit Bertha und Iris anders sein, weil nämlich mein Vati bei mir ist! Natürlich käme ich mit den beiden auch alleine zurecht, wenn es sein müßte.«

»Du wirst allmählich zu alt, um dich mit anderen Leuten im Dreck zu wälzen und sie an den Haaren zu ziehen und so weiter«, meinte Chris.

Ruby lachte. »Vielleicht habe ich das ja gar nicht mehr nötig!« Das Mädchen schaute an seinem Kleid aus bedrucktem Baumwollstoff herunter und strich dann leicht über sein blondes Haar. Dieses war noch immer fast so kurz wie bei einer Jungenfrisur, aber es begann langsam zu wachsen.

»Was willst du denn dann tun?« fragte Chris.

Ein Lächeln huschte über Rubys Gesicht, und der Schalk lachte aus ihren Augen. »Kannst du dich noch daran erinnern, daß Bertha immer etwas in Elston Edwards verliebt war; ich meine, heimlich natürlich?«

Chris nickte. Elston war ein tyrannischer Junge und der Anführer der Kinder in der kleinen Dorfschule von Possum Hollow, die auch Chris und Ruby besucht hatten, bevor sie nach Kalifornien aufgebrochen waren.

»Elston hat immer Berthas Partei ergriffen«, beklagte sich Ruby. »Wie damals, als wir Fangen spielten und Bertha und ich aufeinanderprallten, als wir um die Ecke des Schulgebäudes rannten.«

Wieder nickte Chris. »Der Aufprall war so hart, daß ihr beide zu Boden gegangen seid. Dann seid ihr wie Jungen aufeinander losgegangen und habt euch geprügelt.«

»Ich hätte ihr eine ordentliche Abreibung verpaßt, wenn Elston nicht dazugekommen wäre und Bertha geholfen hätte!« unterbrach Ruby sie. »Aber jetzt habe ich eine Idee, wie ich sie alle beide hereinlegen kann!«

»Wie denn?«

»Sie haben mich noch nie in einem Kleid gesehen. Wie wäre es also, wenn ich Elston schöne Augen machen würde und Bertha mich dabei beobachten könnte?«

Chris schüttelte den Kopf. »Bertha würde dir erneut den Rang ablaufen!«

»Vielleicht auch nicht! Nehmen wir einmal an, Elston würde es gefallen, daß ich ihn anlächle? In dem Fall würde Bertha wahnsinnig eifersüchtig sein! Und das wiederum würde mir großartig gefallen!«

»Ich glaube nicht, daß das eine gute Idee ist.«

»Ich kann es kaum erwarten, die Gesichter der Leute zu sehen, wenn sie meinen Vati kennenlernen! Chris, ich hoffe so sehr, daß du mit uns nach Possum Hollow kommen kannst! Vielleicht erlaubt dir dein Vati ja doch die Reise, damit du auf die beiden kleinen Kinder aufpassen kannst!«

Chris seufzte sehnsüchtig. »Ich hoffe es sehr!«

Die Mädchen trafen Rubys Vater und Matthew Farnham im Schatten der Scheune, wo die Männer über den Fluß schauten und sich dabei unterhielten. Fröhlich teilte ihnen Ruby mit, daß Frau Farnham sie eingestellt habe.

Chris freute sich für ihre Cousine und hoffte zugleich aus ganzem Herzen, sie begleiten zu dürfen. Zugleich nagte jedoch auch die Angst an ihr. Wenn ihr Vater sie nun nicht fahren ließ? Und was würde Vester tun, wenn sie in Lone River blieb?

Auf der Rückfahrt zum Scheunenhaus in dem offenen Ford zogen die Mädchen ihre Schuhe aus, um sie zu schonen.

»Soll ich dir etwas sagen?« meinte Ruby nachdenklich. »Frau Farnham erzählte mir, daß sie aus ähnlichen Verhältnissen stamme wie ich, und daß sie erst später gelernt habe, wie eine Dame zu sprechen. Sie möchte, daß auch ich es lerne. Chris, glaubst du, daß du mir helfen kannst, eine bessere Aussprache zu bekommen?«

Chris nickte und erinnerte sich an ihren eigenen Entschluß, den sie vor einiger Zeit getroffen hatte. Seither gab sie sich große Mühe, richtig und möglichst ohne jeden Akzent zu sprechen. »Ja, ich helfe dir gerne«, antwortete sie.

Nate Konning ließ seine Hände über das Lenkrad gleiten, als er zur Seite blickte, um die neben ihm sitzenden Mädchen anzuschauen. »Chris hilft auch mir bereits, besser und möglichst akzentfrei zu sprechen. Es schickt sich nicht für einen Prediger, auf 'ne Art und Weise zu sprechen, die Gott nicht ehrt.«

»Eine Art und Weise«, verbesserte ihn Chris freundlich. »Du hast mich gebeten, es dir zu sagen, wenn du einen Fehler machst, Onkel Nate.«

»Ich danke dir, Chris«, erwiderte dieser ernst.

Ruby lächelte. »Wenn wir in die Ozarks kommen, hat Chris uns vielleicht schon so weit, daß die Leute dort denken, daß wir recht merkwürdig daherreden!«

Auch Chris lächelte. »Ich glaube nicht, daß das so schnell

geschehen wird! Außerdem wissen wir ja noch immer nicht, ob mein Vati mich fahren läßt.«

»Er wird dich schon fahren lassen«, erwiderte ihr Onkel überzeugt. »Ich habe dafür gebetet, Chris. Ich weiß, was es für dich bedeutet, dich mit deiner Großmutter zu versöhnen!«

»Ich danke dir«, erwiderte Chris. »Vati kommt in einigen Stunden wieder nach Hause, und dann werde ich es wissen.«

Sie fuhren durch die Einkaufsstraße von Lone River, als Nate Konning unerwartet den Ford an den Straßenrand lenkte und vor der einzigen Drogerie, die es in der Stadt gab, anhielt. Sie war zugleich auch ein Schnellrestaurant.

»Als ich das Schild dort im Fenster sah – ›Fünferpackung Rasierklingen sechs Cent‹ –, fiel mir ein, daß ich welche brauche«, erklärte er. »Bleibt ihr Mädchen im Auto, oder kommt ihr mit?«

Ruby rief aus: »Chris, wir könnten einkaufen gehen! Frau Farnham hat mir fünf Dollar gegeben, damit ich mir für die Reise alles besorgen kann, was ich brauche.« Das Mädchen holte einen Einkaufszettel hervor. »Wir sind gleich zurück, Vati!«

Auf ihren nackten Füßen liefen die Mädchen in eine Seitenstraße, wo sich ein Damenbekleidungsgeschäft befand. Ein Schild im Schaufenster verkündete: »Zwei Seidenkleider 4 Dollar 77 Cent.«

Die Mädchen betraten das Geschäft. Ruby zeigte dem Besitzer ihre fünf Dollar, wählte einige Kleider aus und betrat damit eine Umkleidekabine, um sie anzuprobieren.

Hinter dem Vorhang überlegte Ruby: »Ob ich dem scheußlichen Elston in diesem Kleid wohl gefalle?«

Verwundert schüttelte Chris den Kopf über die neue Einstellung, die ihre Cousine plötzlich an den Tag legte. Solange wie sie sich erinnern konnte, war Ruby ein Lausbub gewesen. Jetzt trug sie nicht nur ein Kleid, sondern fragte sich auch noch, ob sie einem Jungen darin gefallen würde.

Chris ging in dem Geschäft umher und überlegte, wann

sie wohl zum letzten Mal ein Kleid besessen hatte, das in einem Geschäft gekauft worden war. Ihre Mutter hatte bis zu ihrem Tod immer selber die Kleider für ihre Töchter genäht, und jetzt war es Molly, die ihrer Stieftochter dabei half, sich die Kleider selber anzufertigen.

In der Nähe des großen Schaufensters blieb Chris plötzlich wie angewurzelt stehen. Ihre Blicke hefteten sich auf einen Mann, der an dem Fenster vorüberging.

Er sieht wie Vester aus! sagte sie sich, und sie spürte, wie sich ihr Herzschlag beschleunigte. Einen Augenblick lang zögerte das Mädchen; dann rannte es impulsiv auf die Straße.

Der Mann im Overall verschwand gerade um die Ecke, aber Chris erhaschte einen kurzen Blick auf seine untersetzte Gestalt und den schwarzen Hut mit der herabhängenden Krempe.

»Jetzt will ich es aber genau wissen«, murmelte Chris und sprintete los. Ihre nackten Füße waren auf dem Bürgersteig beinahe nicht zu hören. Sie hastete um die Ecke und blieb dann plötzlich entsetzt stehen. »Vester!«

Vor sich sah Chris die pockennarbige Stirn Vesters unter dem schwarzen Hut. Der rötliche Bart des Mannes verzog sich zu dem bekannten, bösartigen Grinsen, an das Chris sich so gut erinnern konnte. Vesters gelbe Zähne wurden sichtbar, als er einen Pfropfen Kautabak von der linken in die rechte Wange schob.

»Das habe ich mir doch gedacht, daß es dich nicht in dem Geschäft halten würde, wenn ich mich vor dem Schaufenster zeige«, sagte er. Er berührte die Kaninchenpfote, die von der Brusttasche seines geflickten blauen Overalls herabhing.

Chris tat einige Schritte rückwärts, um außer Reichweite zu bleiben. Bereit, jeden Augenblick davonzulaufen, fragte sie nachdrücklich: »Was wollen Sie von mir?«

Unter seinen schweren, rotbraunen Augenbrauen musterte der Bergbewohner das Mädchen drohend mit seinen schwarzen Augen. »Ich bin gekommen, um dir eine Chance zu geben«, antwortete er langsam. In seinen Augen sah

Chris das gleiche intensive und beständige Glitzern, das sie in den Augen von Schlangen beobachtet hatte. »Entweder kehrst du freiwillig mit mir zu deiner Großmutter zurück, oder ich werde dich dazu zwingen.«

Chris bemühte sich, die Drohung des Mannes zu überhören. »Hat meine Großmutter Sie hinter mir hergeschickt?« fragte sie.

Vester zuckte unbehaglich mit den Schultern und schüttelte seinen Kopf. »Ich bin aus eigenem Antrieb gekommen, weil ich noch eine Rechnung mit dir und Ruby zu begleichen habe für das, was ihr mir angetan habt.«

Chris sah ihm fest in die Augen. »Ich glaube nicht, daß Sie nur aus eigenem Antrieb gekommen sind! Vermutlich hat Großmutter Sie mit irgendeinem Fluch so unter Druck gesetzt, daß Sie nun Angst vor ihr haben!«

»Ich habe keine Angst vor dieser alten Frau!«

»Das glaube ich doch, aber das ist dumm, denn sie kann weder auf Sie noch auf sonst jemanden einen Fluch legen! Das bilden Sie sich nur ein!«

»Das bilde ich mir nicht nur ein«, widersprach Vester. »Sie besitzt Fähigkeiten wie sonst niemand in den Bergen!«

Chris erkannte, daß sich dieser große Mann zutiefst fürchtete vor der angeblichen Macht einer kleinen, alten Frau, die behauptete, einen Fluch auf Menschen legen zu können. Sie sagte daher: »Großmutter hat Ihnen bestimmt gesagt, sie habe einen Fluch auf Sie gelegt, weil Ruby und ich Ihnen im Sommer entkommen sind. Vielleicht hat sie Ihnen sogar gesagt, daß Sie bis zu Ihrem Tode verhext blieben, wenn Sie mich nicht zurückbringen, nicht wahr?«

Vesters Finger bewegten sich noch schneller über die Kaninchenpfote, als suche er Schutz bei ihr. »Du bildest dir wohl ein, schrecklich klug zu sein, Chris.«

»Großmutter hat also versucht, Ihnen Angst einzujagen!« beharrte Chris und unterdrückte dabei ihren eigenen Wunsch, davonzulaufen, weil sie hoffte, diesem abergläubischen Mann seine törichten Ideen ausreden zu können. »Sie sind nicht verflucht!«

Nur widerwillig gestand Vester schließlich ein, daß Chris

recht hatte. »Doch, sie hat mich verflucht. Sie hat es mir ganz klar gesagt. Und ich kann diesem Fluch nur entgehen, wenn ich dich zurückbringe. Und das wird mir auch gelingen. Also, kommst du freiwillig mit?«

Chris blickte sich nervös um in der Hoffnung, daß sich andere Leute in der Nähe befanden. »Mein Vater wird niemals zulassen, daß Sie mich mitnehmen!« warnte sie. »Wenn Sie es versuchen, werden er und Onkel Nate dafür sorgen, daß es Ihnen sehr leid tun wird! Sie werden dafür sorgen, daß Sie eingesperrt werden!«

Der Bergbewohner zuckte mit den Schultern. »Damit jagst du mir keine Angst ein!«

Chris spürte, daß der Mann damit die Wahrheit sprach. Die übermäßige Furcht und der sichere Glaube an die Worte einer alten Frau besaßen mehr Macht über Vester als die Angst vor Menschen oder vor dem Gesetz.

Chris erkannte aber auch noch etwas anderes. *Ich hatte solche Angst, als er Ruby und mich im Sommer entführte, aber nun ist er derjenige, der Angst hat! Er hat solche Angst vor diesem Fluch, daß er eine Verzweiflungstat begehen könnte.*

Damit wurde Chris aber auch klar, daß es sinnlos war, vernünftig mit Vester zu argumentieren. Sie wandte sich deshalb um, um davonzulaufen. »Lassen Sie mich in Ruhe!« schrie sie.

»Das kann ich nicht, Chris, und das weißt du genau!« Vesters Stimme war gefährlich ruhig und drohend. »Ich habe auch davon gehört, daß Ruby ihren Vati gefunden hat, aber das wird mich nicht davon abhalten, euch beide in die Ozarks zurückzubringen!«

»Uns beide?« Chris zwang sich, stehenzubleiben, obwohl sie liebend gerne weitergelaufen wäre.

»Jawohl!«

»Was wollen Sie denn von Ruby?« wollte Chris ärgerlich wissen.

Der Mann zuckte wieder mit den Schultern. »Das ist meine Sache. Nun, ich habe dir eine Chance gegeben. Du kommst jetzt mit mir mit, nett und freiwillig, oder – !«

Chris wartete nicht, bis er seinen Satz beendet hatte. Sie stob ganz plötzlich davon, so schnell sie konnte. Als sie um die Ecke kam, sah sie Ruby in der Tür des Damenbekleidungsgeschäftes stehen und die Straße hinauf- und hinunterschauen. Chris verlangsamte nicht einmal ihre Schritte, sondern ergriff im Vorbeilaufen die Hand ihrer Cousine.

»Vester ist hinter uns her! Komm schnell! Wir müssen zu deinem Vater zurück, schnell!«

Ruby verlor beinahe das Gleichgewicht, aber sie erlangte es schnell wieder und lief auf ihren bloßen Füßen neben Chris her.

Ruby warf einen Blick zurück. »Ich sehe ihn nicht!«

Chris wandte ihren Kopf, um über ihre Schulter zu blikken. Vester war nirgendwo zu sehen. Mit einem Seufzer verlangsamte das Mädchen seine Geschwindigkeit und ließ Rubys Handgelenk los. »Er war da, sage ich dir! Ich habe mit ihm gesprochen, gerade hinter der Ecke! Er sagte, daß er gekommen sei, um uns beide in die Ozarks zurückzubringen, weil Großmutter einen Fluch auf ihn gelegt habe!«

»Hast du ihm gesagt, daß du vielleicht mit mir und meinem Vati zurückgehst?«

»Daran habe ich gar nicht gedacht! Aber mir kam etwas anderes in den Sinn, vielleicht deshalb, weil ich inzwischen ein wenig älter geworden bin. Ich habe nämlich festgestellt, daß Vester genau solche Angst vor Großmutter hat, wie wir sie bisher vor ihm hatten. Menschen tun manchmal grausame und gemeine Dinge, wenn sie mit einem großen Problem nicht fertig werden. Und verängstigte Menschen können sehr gefährlich sein!«

»Du meinst, Vester könnte eine Gefahr bedeuten – für uns *beide?«*

»Ja, das befürchte ich.«

»Als er uns in Illinois in die Hände bekam und uns in jenem alten Eisenbahnwaggon versteckt hielt, habe ich große Angst vor ihm gehabt! Ich bekomme noch heute eine Gänsehaut, wenn ich daran denke, wie er mich angeschaut hat. Was, glaubst du, wird er tun, wenn er uns wieder erwischt?«

»Wir dürfen uns eben nicht von ihm erwischen lassen! Wenn ich Großmutter besuche, kann ich sie vielleicht dazu bewegen, Vester zu sagen, daß kein Fluch auf ihm liegt! Dann wird er uns in Ruhe lassen.«

Die Mädchen rannten zu dem Ford zurück. Gleichzeitig kam auch Nate Konning aus der Drogerie. Chris berichtete ihm von ihrem Gespräch mit Vester, aber als Nate um die Ecke fuhr, um nach ihm zu suchen, war keine Spur mehr von dem Bergbewohner zu sehen.

»Vielleicht ist es am besten, wenn du mich wieder nach Hause fährst«, sagte Chris zu ihrem Onkel. »Ich möchte zu Hause sein, wenn Vati von der Arbeit kommt.«

»Wenn du ihm von Vester erzählst«, sagte Ruby, »glaubst du, daß Onkel Joe dich dann mit mir und meinem Vati gehen läßt? Es wäre sicherer.«

»Ich weiß es nicht. Aber wenn ihr beide abreist, dann habe ich Angst, alleine hierzubleiben.«

Der Ford fuhr aufs Land hinaus und brachte Chris zum Scheunenhaus zurück, wo sie bald die Entscheidung ihres Vaters erfahren sollte.

Kapitel 5

Enttäuschung und Hoffnung

Es dämmerte bereits, als Chris hörte, wie der Rickenbacker ihres Vaters die lange, staubige Auffahrt herauffuhr.

Alle fünf Corrigan-Töchter liefen nach draußen, um ihren Vater zu begrüßen. Chris eilte voraus, denn sie wollte nur zu gerne erfahren, ob sie nun mit den Farnhams reisen durfte oder nicht. Weit weniger gerne wollte sie ihrem Vater von ihrem Gespräch mit Vester berichten, aber sie wußte, daß auch das geschehen mußte.

Ein einziger Blick in das Gesicht ihres Vaters sagte ihr jedoch, daß etwas nicht in Ordnung war. Joe Corrigans Verhalten bestätigte diese Annahme. Er streckte seinen Kopf aus dem offenen Wagenfenster, als sich seine Töchter ihm näherten, und schrie: »Schert euch weg!«

»Du liebe Zeit!« flüsterte Chris erschrocken, während ihre vier Schwestern abrupt verstummten. »Hat er aber eine schlechte Laune!«

Joe Corrigan parkte den langen, schwarzen Sedan neben einem Ölfaß, das auf einer erhöhten Plattform lagerte. Er sprang vom Fahrersitz und schlug die Wagentür heftig zu.

Unsicher beobachtete Chris ihren Vater, als er verdrießlich zu dem Faß mit dem leichten Heizöl trat.

Elisabeth, die zwei Jahre jünger war als Chris, flüsterte dieser zu: »Hat du eine Ahnung, was passiert sein könnte?«

»Nein, überhaupt keine.«

Auf dem Höhepunkt der Wirtschaftskrise kamen sehr viele Familienväter oftmals zornig und niedergeschlagen nach Hause. Das war verständlich, denn die Wirtschaftskrise dauerte nun bereits fünf schwere Jahre, und ihr Ende war noch nicht in Sicht. Im vergangenen Jahr waren, wie Chris wußte, mehr als sechzehn Millionen Männer arbeitslos gewesen. Ihr Vater hatte also wirklich Glück, daß er überhaupt eine Beschäftigung hatte. Allerdings wurden die wenigen Arbeitsstellen, die es gab, nicht besonders gut bezahlt.

Joe Corrigan verdiente auf der Viehranch der Wood-Brüder fünfzehn Dollar in der Woche oder 780 Dollar im Jahr. Dafür saß er sechs Tage in der Woche von Sonnenaufgang bis Sonnenuntergang im Sattel. Er bekam keinen Urlaub, und wenn er seine Stelle verlor, standen ein Dutzend andere Männer bereit, seine Arbeit zu übernehmen. In einer solchen Situation war es sehr schwierig, fröhlich und unbeschwert zu sein, besonders für Familienväter.

Manchmal, wenn Chris an einem Samstag abend durch Lone River gefahren war, hatte sie das Weinen von Frauen und das Schreien von Kindern gehört. Molly hatte ihr erklärt, daß manche Männer durch die schwierigen Lebensumstände so am Ende ihrer Nerven waren, daß sie ihre Frauen und Kinder verprügelten. Ein solches Verhalten gehörte in den ärmeren Vierteln der Stadt inzwischen ebenso zum Alltag wie das übliche Bad am Samstagabend.

Manchmal trank Chris' Vater Alkohol, und wenn er das tat, dann schrie er herum und schimpfte heftig, aber so etwas Schreckliches, nämlich seine Frau und seine Kinder zu schlagen, das hatte er bisher noch nicht getan. Wenn er in früheren Jahren mürrisch und still nach Hause gekommen war, hatte das oft bedeutet, daß er seine Arbeitsstelle verloren hatte und die Familie erneut umziehen mußte. Wenn dies auch jetzt der Fall war, dann würde es, das war Chris klar, keine Reise in die Ozarks geben.

Chris betete ernsthaft darum, daß die Arbeitsstelle ihres Vaters nicht bedroht sein möge. Dann ging sie langsam auf ihren Vater zu; ihre vier Schwestern hielten sich im Hintergrund, solange sie den Grund für das Verhalten ihres Vaters nicht kannten.

Ohne ein Wort zu sagen, nahm dieser den Schlauch, der an dem Ölfaß befestigt war, aus seiner Halterung und ging damit zur Hinterseite seines Fahrzeuges.

Joe Corrigan hatte den Wagen erhalten als Gegenleistung für seine Schwarzarbeit als Automechaniker. Das Auto stammte aus der Fabrik von Eddie Rickenbacker, der sechzehn Jahre zuvor im Weltkrieg das As der amerikanischen Luftfahrt gewesen war. Das lange, achtzylindrige Fahrzeug war allerdings ein Benzinfresser. Im Schnitt verbrauchte es für einen Kilometer einen halben Liter Benzin. Aber Joe Corrigan hatte eine Lösung für dieses Problem gefunden.

An mehreren Sonntagen – der Sonntag war sein einziger arbeitsfreier Tag – hatte er mühsam den Zündmechanismus des Rickenbackers so verändert, daß der Wagen mit Heizöl starten und fahren konnte. Heizöl kostete pro Liter nicht einmal einen Cent, während man für die gleiche Menge Benzin viermal soviel bezahlen mußte. Dadurch, daß der Rickenbacker jetzt mit Heizöl fahren konnte, reichte Joe Corrigans tägliches Einkommen von zweieinhalb Dollar etwas weiter.

Chris' Vater hatte ihr erklärt, daß es illegal war, wenn man an einer Tankstelle Heizöl in ein Fahrzeug füllte. Daher hatte sich Joe Corrigan von einem Lieferanten ein Faß mit zweihundert Liter Heizöl in den Hof des Scheunenhauses stellen lassen.

In der einsetzenden Dämmerung ging Chris zögernd zu ihrem Vater hinüber. Dieser steckte nun den Ölschlauch in den einhundertvierzehn Liter fassenden Tank des Rickenbackers. Dabei bemerkte das Mädchen, daß beide Ärmel des blauen Arbeitshemdes des Vaters zerfetzt waren und daß seine schwieligen Hände mit getrocknetem Blut überzogen waren.

»Vati! Was ist passiert?« keuchte sie entsetzt.

Überrascht von Chris' Frage, reckten ihre vier Schwestern den Hals, um, ohne dabei den Vater zu stören, das sehen zu können, was ihre Schwester offensichtlich sah.

Joe Corrigan antwortete müde: »O, ich half einem anderen Cowboy, ein Loch im Stacheldrahtzaun zu reparieren, durch das einige Tiere ausgebrochen waren. Dabei hat er den Draht losgelassen. Dieser wickelte sich so schnell zurück, daß er meine Hände erwischte.«

Irgendwie empfand Chris diese Erklärung als unzureichend für das merkwürdige Verhalten ihres Vaters. Sie fragte sich, ob da nicht noch etwas anderes war, das er ihr nicht erzählen wollte.

Während sie noch darüber nachdachte, sagte Martha: »Du hättest Handschuhe tragen sollen, Vati!«

»Die kann ich mir nicht leisten!« fuhr Joe Corrigan seine Tochter an. »Das Paar kostet 39 Cent! Außerdem hätten sie auch nichts genützt«, murmelte er dann unwirsch. »Wenn sich der Draht selbständig macht, dann rollte er sich wie eine Sprungfeder zusammen, und das geht schneller, als wenn sich eine Klapperschlange auf ihre Beute stürzt. Siehst du, wie meine Hemdsärmel zerfetzt wurden? Ein Glück nur, daß der Draht nicht mein Gesicht erwischt hat!«

Martha begann zu schluchzen, weil ihr Vater so unfreundlich mit ihr sprach, aber dieser war zu sehr in Gedanken, um das zu bemerken.

Chris zog ihre Schwestern mit sich und sagte freundlich: »Kommt, wir holen ein wenig Wasser, damit Vati sich waschen kann.«

Es lag nicht in der Art ihres Vaters, sich ohne weiteres für etwas zu entschuldigen. Er blickte in verdrießlichem Schweigen auf den Schlauch, während er fortfuhr, den Tank seines Rickenbackers zu füllen.

Chris sah ein, daß jetzt nicht der richtige Augenblick war, um ihren Vater zu fragen, ob sie in die Ozarks fahren dürfe oder nicht. Als sie sich aber umwandte, um mit ihren Geschwistern zur Scheune zu gehen, sprudelte die fünfjährige Sarah hervor: »Vati, Onkel Nate und Ruby haben einen Job bekommen, und sie werden mit dem Zug fahren. Darf Chris mit ihnen fahren?«

Joe Corrigan hob so ruckartig seinen Kopf, daß ihm beinahe der Cowboyhut vom Kopf fiel. Der kantige Umriß seines Kinns war in der Dämmerung zu erkennen. »Nein! Niemand fährt irgendwohin!«

»Aber Vati!« klagte Chris, ohne weiter nachzudenken. »Ich muß aber doch gehen!«

»Erzähle du mir nicht, was du zu tun und zu lassen hast, junge Dame!« Joe Corrigan hing den Schlauch wieder zurück in die Halterung am Ölfaß und schraubte die Kappe auf den Benzintank.

Chris drehte sich um und ging zu ihrem Vater zurück; ihre niedergeschlagenen Schwestern folgten ihr. »Sei bitte nicht böse«, bat sie. »Hör' mich doch wenigstens an!«

»Ich bin nicht in der Stimmung, mir irgendwelche Geschichten anzuhören! Ist das Abendessen fertig?«

Hinter sich hörte Chris die elfjährige Elisabeth mit der kleinen Sarah flüstern. »Siehst du, was du angestellt hast? Jetzt läßt Vati Chris nicht gehen, und das ist deine Schuld!«

Sarah stieß einen leisen Schrei aus. »Das wollte ich doch gar nicht!«

Chris beugte sich zu ihrer kleinen Schwester, um sie zu trösten. »Das weiß ich doch, Sarah«, sagte sie traurig, »niemand hat Schuld. Vati hat Schmerzen; und er hat es nicht so gemeint. Geh' jetzt mit den anderen. Sobald Vati sich gewaschen hat, wollen wir zu Abend essen.«

Chris' Enttäuschung war so groß, daß sie ihr wie ein schwerer Stein im Magen zu liegen schien. Aber an ihrer Absicht, in die Ozarks zu fahren, hielt sie jetzt nur noch um so entschlossener fest. Die Gedanken rasten ihr durch den Kopf – so angestrengt sann sie auf Mittel und Wege, ihr Ziel zu erreichen. Aber als die Mahlzeit aus Feldbohnen, gekochten Kartoffeln und weichen Brötchen auf dem Tisch stand, hatte sie immer noch keine Lösung gefunden.

Während des Essens herrschte ein gespanntes Schweigen. Das gesprungene Wachstuch, das auf dem Tisch lag, erschien sonnengebleichter denn je, und das trübe Licht der Kerosin-Lampe in der Mitte des Tisches schien die Stimmung aller widerzuspiegeln. Die sechs Kinder saßen sich auf rohen, selbstgezimmerten Bänken gegenüber. Joe Corrigan hatte seinen Platz am Tischende in der Nähe der Scheunentür und saß auf einem umgekehrten Nagelfaß. Molly saß am anderen Tischende nahe dem Küchenbereich auf einem Stuhl mit einem schäbig gewordenen Lederrükken.

»Vati«, begann Chris tapfer. Sie legte ihre Gabel auf den

Teller und sah ihm direkt in die Augen. »Ich habe heute mit Vester gesprochen.«

Der verdrießliche Ausdruck auf Joe Corrigans Gesicht wich einer gespannten Aufmerksamkeit. »Du hast was?«

Chris erklärte ihm kurz, was sich ereignet hatte, und hielt sich dabei sorgfältig an den Plan, den sie sich inzwischen ausgedacht hatte, um ihren Vater dazu zu bewegen, seine Meinung doch noch zu ändern. Zum Schluß ihres Berichtes sagte sie: »Als Vester fragte, ›Kommst du mit mir?‹, drehte ich mich um und lief davon.«

Joe Corrigans Gabel fiel scheppernd auf seinen Teller. Er schlug mit seiner starken rechten Hand so heftig auf das Tischende, daß die Lampe einen Sprung machte. Molly griff nach dem gläsernen Lampenfuß, um diese vor dem Umfallen zu bewahren, während Joe seine schmerzende Hand schüttelte. In seinem Zorn hatte er die Schnittwunden daran völlig vergessen gehabt.

»Ich muß mich doch einmal mit dieser Ratte beschäftigen und ihr ordentlich eines überziehen!« knurrte er. »Ich werde diesen Kerl lehren, herumzuschleichen und meine Familie zu bedrohen!«

Jetzt hielt Chris den Augenblick für gekommen, ihren Plan auszuprobieren. »Wenn du mich mit den anderen mit dem Zug fahren läßt, hat Vester keinen Grund mehr, mich zu bedrohen, weil ich dann freiwillig meine Großmutter Dunnigan besuche.«

Ihr Vater schüttelte den Kopf. »Wenn du wieder in den Ozarks bist, könnte sich deine Großmutter mit diesem nichtsnutzigen Vester zusammentun, um dich bei sich zu behalten«, überlegte er. »Ich könnte – und ich würde – natürlich kommen, um dich zurückzuholen, aber dann würde ich meine Arbeit verlieren. Außerdem würde es erhebliche Reisekosten verursachen, und ich müßte mich mit diesem schuftigen Kerl auseinandersetzen *und* mit deiner Groß . . . – «

Chris wußte, daß sie ihren Vater nicht unterbrechen sollte, aber sie wollte ihm zu gerne ihre Lösung für das Problem vorschlagen. »Bei Ruby und Onkel Nate wäre ich doch sicher. Niemand könnte mich davon abhalten, mit ihnen zusammen wieder hierher zurückzukommen! O, verstehst du denn nicht, Vati? Mich fahren zu lassen, wäre die einfachste Art und Weise, das ganze Problem zu lösen!«

Joe Corrigan öffnete den Mund, als wollte er darauf eine Antwort geben, hielt dann jedoch inne. Schließlich meinte er: »Ich werde mit Molly darüber reden und dir morgen früh sagen, wie ich entschieden habe.«

Zumindest hat er meine Bitte nicht sofort völlig abgelehnt! sagte sich Chris hoffnungsvoll.

Es wurde eine lange Nacht für Chris. Weil Ruby nicht bei ihr war, beschloß sie, vorsichtshalber nicht draußen zu schlafen. Aber in dem Scheunenhaus war es heiß, und sie mußte über so vieles nachdenken, daß sie nicht einschlafen konnte. Sie versuchte, ihre Waschbärin zu streicheln, aber auch dem kleinen Tier war es heiß, und es watschelte davon, um sich ein kühleres Plätzchen zu suchen. Chris betete leise und versuchte sich dabei vorzustellen, daß ihre Gebete bereits beantwortet waren und sie auf die Haustür ihrer Großmutter zuging.

Wie sie wohl reagieren wird? fragte sich das Mädchen und starrte in die Dunkelheit. *Ob sie mich versteht und einmal nett zu mir ist? Oder wird sie mich wie eine streunende Katze davonjagen?*

Großmutter Dunnigan war unberechenbar, aber Chris vertraute darauf, daß ihre Großmutter sie genügend liebhatte, um ihr zumindest die Gelegenheit zu geben, sich für ihr Davonlaufen im Juni zu entschuldigen.

»Es ist egal, wie sie sich verhält«, sagte sich Chris, als auf dem Heuboden leise eine Eule heulte. »Ich brauche dann kein schlechtes Gewissen mehr zu haben, wenn ich zumindest mit ihr reden kann. Ich muß ihr verständlich machen, daß ich zu meinen Eltern und meinen Geschwistern gehöre.«

Normalerweise hörte Chris die Schritte ihres Vaters nicht, wenn er sich, lange bevor es hell wurde, aus dem engen Schlafbereich entfernte. Doch an diesem Morgen setzte sie sich auf, sobald seine Stiefel über den Scheunenboden schlürften.

»Vati?« flüsterte sie, um ihre schlafenden Geschwister nicht zu wecken. »Was haben du und Molly beschlossen?«

»Komm mit mir zum Auto«, flüsterte er zurück, während er seinen Cowboyhut aufsetzte.

Chris streifte schnell ihr Kleid über den Kopf und eilte barfuß hinaus. Im Sommer wehte morgens immer eine kühle Brise durch das San Joaquin-Tal. Selbst jetzt im September liebkoste ein frischer Wind Chris' Gesicht. Klagend rief eine Taube aus einem nahe gelegenen Mandelgarten. Es war ein trauriges, einsames Rufen, das aber dennoch schön klang. Chris' Herz schlug schneller, als sie zu ihrem Vater aufblickte und auf seine Antwort wartete.

»Deiner Stiefmutter und mir ist der Entschluß nicht leichtgefallen«, begann Joe Corrigan langsam, »aber wir sind zu dem Schluß gekommen, daß du bei Nate und Ruby sicherer bist, als wenn du alleine hier bleibst, während ich zur Arbeit bin.«

»O, danke, vielen Dank!« rief Chris aus. Sie stellte sich auf ihre Zehenspitzen und küßte ihren Vater schnell auf sein stoppliges Kinn.

»Aber da ist noch etwas, Chris«, fügte ihr Vater unbehaglich hinzu.

»Was denn?« drängte Chris atemlos, denn ihr kam in den Sinn, daß sie am vergangenen Abend darüber nachgedacht hatte, warum ihr Vater ihr nicht den wahren Grund für seine Unfreundlichkeit genannt hatte.

»Der Boß wird eine Anzahl von Cowboys entlassen.«

Chris war entsetzt. »Dich auch?«

»Ich weiß es noch nicht. Er hat es uns erst gestern gesagt. Er meinte, die Zeiten seien zu schwer für ihn, als daß er uns alle bezahlen könne. Er wollte wissen, ob jemand eine andere Stelle in Aussicht habe, aber natürlich war das nicht der Fall.«

»O, Vati! Wenn er dich entläßt, müssen wir dann wieder umziehen?«

»Das müssen wir wohl sowieso, Chris.« Der Mann nahm

seinen Hut ab und senkte den Kopf. »Ich kann mir dieses Scheunenhaus nicht länger leisten.« Seine Stimme versagte, als er einen Blick auf das Gebäude warf. »Wenn du aus den Ozarks zurückkommst, werden wir wahrscheinlich schon gepackt haben.«

Traurig flüsterte Chris: »Aber wohin sollen wir denn gehen? Doch nicht zurück nach Texas oder in die Ozarks? O, Vati, ich weiß genau, daß wir eines Tages in Kalifornien das Haus finden werden, in dem wir für immer wohnen können!«

»Vielleicht gehen wir nach Oregon«, antwortete Joe Corrigan nachdenklich, während er seine Tochter in den Arm nahm und sie so eng an sich zog, daß er sie beinahe zerdrückte. »Aber hab' keine Angst! Mach' mit deiner Großmutter reinen Tisch und komm' dann heil und gesund wieder, hörst du?!«

Chris nickte. Ihre Augen füllten sich mit Tränen.

Rasch stieg ihr Vater nun in seinen Wagen und fuhr die Auffahrt hinunter. Chris starrte hinter ihm her; sie war froh und traurig zugleich. Dann drehte sie sich um und rannte mit verschwommenen Augen in das Scheunenhaus zurück.

Elisabeth stand in ihrem Nachthemd aus Mehlsäcken in der Eingangstür. »Was hat Vati gesagt, Chris? Darfst du in die Ozarks fahren?«

»Ja! Schhh! Du weckst deine Geschwister auf!«

»Du kommst aber zurück, nicht wahr? Du läßt es nicht zu, daß Großmutter dich dort behält? Oder dieser gemeine alte Vester?«

»Nichts wird mich davon abhalten, zu euch zurückzukommen!« sagte Chris nachdrücklich. Doch plötzlich überkam sie das merkwürdige Gefühl, daß sie sich vielleicht selber etwas vormachte, und daß sie ihre Angehörigen möglicherweise niemals wiedersah, wenn sie jetzt in die Ozarks fuhr.

Kapitel 6

Zurück in die Ozarks

In aller Eile hatten sich Chris, Ruby und ihr Vater auf die Reise vorbereitet. Die Mädchen hatten beide einen kleinen Koffer aus Pappkarton, Rubys Vater einen geflochtenen Koffer gepackt. Beide Mädchen trugen Schuhe und ein Kleid, als Matthew Farnham mit seinem Wagen vor dem Scheunenhaus hielt, um seine Mitreisenden abzuholen.

Der elegante Bankier fuhr sie mit seiner Frau und seinen beiden Kindern zu der Eisenbahnstation, die etwa fünfundzwanzig Kilometer von Lone River entfernt lag. Dort schauten die Mädchen zu, wie ihre schäbigen Koffer gemeinsam mit dem eleganten Gepäck der Farnhams in den Zug verladen wurden. Aber das ärmliche Aussehen ihrer Koffer bereitete Chris und Ruby keine Mühe. Für sie zählte nur, daß sie nun die erste Zugreise ihres Lebens antreten sollten.

Am Abend aßen die Mädchen im Speisewagen und halfen dann Frau Farnham und den beiden Kindern, es sich in einem der Abteile bequem zu machen. Anschließend gingen sie auf Entdeckung aus, während sich Nate und der Banker geschäftlichen Dingen zuwandten.

Die Cousinen spazierten von einem Wagen in den nächsten. Dabei kamen sie an vielen Abteilen mit unbesetzten Sitzplätzen vorbei. Zwar wußte Chris nicht genau, was die Farnhams für die sieben Fahrkarten nach St. Louis bezahlt hatten, aber sie hatte in der Tageszeitung Anzeigen gelesen, in denen Fahrkarten für Zugreisen von Sacramento nach New York angeboten wurden. In der Touristenklasse kostete eine solche Fahrt 107,20 Dollar und in der ersten Klasse 124,50 Dollar. Für viele Menschen war das Leben zu teuer geworden, als daß sie sich eine Zugreise hätten leisten können. Deswegen waren die Abteile nur zum Teil besetzt.

Die Mädchen gewöhnten sich schnell an die schwankenden Wagen und fanden bald heraus, wie sie sich bewegen mußten, ohne sich dabei an den Rücklehnen der Sitze, an denen sie vorbeigingen, festzuhalten. Chris gefiel der ruhige, stete Rhythmus, in dem die großen Stahlräder des Zuges über die Schienen ratterten. Wenn sich der Zug einem unbewachten Bahnübergang näherte, stieß die Dampflokomotive klagende Pfiffe aus. Es hörte sich an, als ob dieses Pfeifen aus ganz weiter Entfernung käme.

Dann und wann spähte Chris durch die Fenster und sah in der Dunkelheit immer wieder die Lagerfeuer der bescheidenen Unterkünfte von Landarbeitersiedlungen. Am frühen Abend hatte Herr Farnham den Mädchen erklärt, daß sich in diesen Siedlungen verzweifelte, mutlose Männer zusammenfanden, die auf der Suche nach Arbeit einfach den Gleisen gefolgt waren.

Chris trug eines der zwei praktischen, aber hübschen Kleider, die sie sich vor der Reise für jeweils 1,95 Dollar gekauft hatte. Genau wie Ruby hatte auch sie von Frau Farnham fünf Dollar für die Reiseausstattung erhalten. Es gab ihr ein gutes Gefühl, von diesem Betrag noch 1,10 Dollar in der Tasche zu haben. Die beiden Kleider, die Molly ihr für die Schule und die Kirche genäht hatte, hatte Chris zu Hause gelassen.

Ruby hatte eines der Seidenkleider angezogen, die sie sich für die fünf Dollar gekauft hatte. Beide Mädchen trugen zudem ihre neuen Schuhe, empfanden diese jedoch als ziemlich fest und unbequem, da sie seit dem Frühjahr normalerweise barfuß gegangen waren.

Als sie durch den Speisewagen kamen, in dem sie mit den Farnhams zu Abend gegessen hatten, fragte Ruby: »Hast du jemals solch hübsche Dinge gesehen? Ich meine, diese schönen silbernen Messer und Gabeln und so! Und dann die farbigen Männer mit ihren weißen Jacken, die unsere Bestellungen ausführten und uns bedienten, als ob wir reicher wären als ein König! Und niemand nennt uns ›weißen Abschaum der Gesellschaft, Hinterwäldler, Okies oder Arkies‹.«

Chris nickte und dachte daran, wie verletzt sie sich gefühlt hatte, wenn Leute sie mit solchen oder ähnlichen Begriffen beschimpft hatten. Aber sie wußte, daß das noch nichts war im Vergleich zu der Art und Weise, in der man anderswo bestimmte Menschengruppen behandelte.

Aus ihren Gedanken heraus sagte sie zu ihrer Freundin: »Ich erinnere mich, daß Vati mir von einem schrecklichen Schild erzählte, das er einmal im Süden sah. Darauf stand: ›Nigger, laß' die Sonne nicht untergehen über dir in dieser Stadt!‹«

Ruby dachte nach. »Wenn du mir beibringst, richtig und vor allem ohne meinen Dialekt zu sprechen – glaubst du dann, daß die Leute es nicht mehr merken werden, daß wir beide auf dem Land aufgewachsen sind?«

Freundlich verbesserte Chris das Englisch ihrer Cousine, weil diese sie darum gebeten hatte.

»Es wird schon noch ein Weilchen dauern – ich meine, bevor ich wie eine Dame spreche«, seufzte Ruby daraufhin.

Chris lächelte und dachte an ihre eigenen Anstrengungen, ihren Akzent abzulegen und richtig zu sprechen. »Ich glaube, daß man alles erreichen kann, was man nur ernsthaft genug will«, meinte sie zuversichtlich, »aber das geht natürlich nur, wenn dieses Ziel gleichzeitig mit dem Willen Gottes übereinstimmt.«

»Fang' jetzt nur nicht an, mit mir über Religion zu reden! Du weißt genau, wie ich darüber denke!«

»Okay, aber ich glaube, daß das sehr wichtig ist.«

Die Mädchen bemühten sich gerade, die schweren Türen zwischen zwei Waggons zu öffnen, als Chris einen Blick über ihre Schulter warf und plötzlich wie angewurzelt stehenblieb.

Ruby, die gerade durch die Schiebetüren gehen wollte, rief: »Was machst du denn da? Soll ich zwischen den Türen eingequetscht werden?«

Chris beachtete die Fragen ihrer Cousine nicht, sondern flüsterte statt dessen: »Hast du ihn gesehen?«

Ruby ließ die Tür zufallen. »Wen soll ich gesehen haben?«

»Vester!«

In Rubys Stimme klang Entsetzen: »Wo?«

»Dort hinten! Er stand in dem anderen Waggon und hat uns durch die Türen beobachtet. Als er bemerkte, daß ich mich umdrehte und ihn erblickte, duckte er sich blitzschnell.«

»Bist du ganz sicher?«

»Ja! Das heißt – ich glaube schon, daß ich ganz sicher bin.«

»Aber wie ist er in den Zug gekommen, ohne daß wir es bemerkt haben?«

»Wie soll ich das wissen? Vielleicht finden wir es heraus!«

Chris hastete zurück durch den Wagen. Ihre Cousine folgte ihr protestierend. Am anderen Ende des Waggons angekommen, schaute Chris zuerst durch das Fenster, bevor sie die Tür öffnete. Mit Rubys Hilfe schob sie sie auf, ging zum nächsten Waggon und öffnete dann dessen Tür. Mit jedem weiteren Schritt schlug ihr Herz lauter.

Schließlich blieben die Mädchen stehen und schauten sich um. Chris' blaue Augen suchten die Sitze ab, aber keiner der Reisenden sah dem schwergebauten Bergbewohner ähnlich.

»Er ist nicht mehr da!« stellte sie fest. Ihr Mund war vor Angst ganz trocken.

Am anderen Ende öffnete sich die Tür, und ein Zeitungsjunge mit Kappe und Schürze kam herein. »Zeitungen! Süßigkeiten! Bedienen Sie sich!« rief er.

Chris eilte ihm entgegen. »Hast du in dem Wagen, aus dem du gerade kommst, einen schwergebauten Mann in Overalls und mit einem schwarzem Hut gesehen?«

»Sag' einmal, spinnst du, Mädchen?« fragte der Junge böse. Er war nicht viel älter als Chris. »Jeder Reisende in diesem Zug trägt einen Anzug, obwohl ich zugeben muß, daß so manches Kleidungsstück sehr dünn und abgetragen ist.«

Chris bedankte sich bei dem Jungen, der den Gang entlangeilte und weiter seine Waren feilbot. Sie blickte Ruby an und meinte zweifelnd: »Ob es Vester vielleicht doch nicht war? Möglicherweise mache ich mir viel zu viele Gedanken über seine Drohungen und darüber, daß er völlig verzweifelt ist. Wahrscheinlich habe ich es mir doch nur eingebildet, ihn gesehen zu haben.«

»So wird es wohl gewesen sein. Man kann sich in diesem Zug nicht über eine Strecke von einigen tausend Kilometern verstecken.«

Obwohl sie sich auf diese Weise gegenseitig zu beruhigen versuchten, gingen die Cousinen mit aufmerksamen Augen zu ihrem eigenen Abteil zurück. Sie kamen vorbei an dem Zugpersonal, das die Abteile in den Liegewagen umwandelte für die Nacht. Auf jeder Seite eines Abteils entstanden jeweils zwei Liegeplätze. An deren Fußende befanden sich zwei Lampen, und am Kopfende war ein kleines Licht. Es gab sogar Rolläden vor den Fenstern wie bei einem Haus.

»Ich komme mir ein wenig töricht vor«, meinte Chris zu Ruby, als sie sich dem Abteil der Farnhams näherten. »Vermutlich habe ich Vester doch nicht gesehen; am besten reden wir also mit niemandem darüber.«

»Auch nicht mit meinem Vati?«

»Nein, auch nicht mit ihm.«

Trotzdem beschloß Chris, für den Rest der Reise die Augen offenzuhalten. Und dazu hatte sie genügend Gelegenheiten, während der Zug ostwärts rollte, denn die beiden kleinen Kinder der Farnhams waren stets aktiv und liefen gerne von einem Wagen zum nächsten. Vester jedoch blieb unsichtbar.

Ruby hatte einige Probleme mit dem Rollstuhl von Frau Farnham, weil der Zug nicht für Rollstühle geeignet war. Aber Frau Farnham war geduldig und freundlich, und sowohl ihr Ehemann wie Rubys Vater halfen gerne.

Am letzten Abend – der Zug sollte im Laufe des nächsten Vormittags in St. Louis eintreffen – sagte sich Chris, daß es unnötig sei, sich noch länger Gedanken über Vester zu machen. Statt dessen begann sie darüber nachzudenken, wie sie mit ihrer starrköpfigen Großmutter ins reine kommen konnte. Chris lehnte sich in ihrem Sitz zurück und schloß die Augen.

Tief beeindruckt von ihrer ersten Zugreise, redete Ruby währenddessen auf sie ein. Sie staunte darüber, daß Herr Farnham jeden Abend seine Schuhe vor sein Abteil gestellt und sie dort am nächsten Morgen sauber geputzt wieder vorgefunden hatte. Sie erzählte von ihrem Gespräch mit einem Ehepaar, das schon einmal quer durch das Land gereist war. Auf der jetzigen Reise wollten die Leute die neue Strecke nach Kalifornien ausprobieren.

In Rubys Stimme klang Staunen mit, als sie fragte: »Weißt du, was der Mann gesagt hat, Chris? Er sagte, seine Frau und er gingen mit dem Zug nach New York, und dann, auf dem Rückweg, würden sie tagsüber in einem Flugzeug reisen und für die Nacht auf den Zug umsteigen. Der Mann behauptet, daß die Menschen die ganze Strecke von New York nach Kalifornien bald nur noch im Flugzeug zurücklegen werden. Kannst du dir so etwas vorstellen?«

»Wir leben wirklich in einer aufregenden Zeit«, erwiderte Chris ohne echtes Interesse. Ihre Augen waren noch immer geschlossen.

Rubys Tonfall änderte sich und hörte sich nun besorgt an. »Du hast Angst davor, was deine alte Großmutter tun wird, wenn du zu ihr kommst, nicht wahr?«

»Ein wenig«, gab Chris zu. »Wie ist es mit dir?«

Ruby antwortete nicht sofort. Als Chris und sie im Juni fortgelaufen waren, hatte Ruby ihrer Großmutter dies nicht vorher gesagt. Sie hatte lediglich einen Zettel zurückgelassen, weil sie sich nicht mit der alten Frau hatte auseinandersetzen wollen.

Schließlich zuckte Ruby mit den Schultern. »Ich weiß nicht. Mich interessiert allerdings auch viel mehr, wie sie meinen Vati aufnimmt. Wird sie ihn ins Haus lassen, oder jagt sie ihn davon wie einen streunenden Hund?«

Nate Konning war der Schwiegersohn, dem Rubys Großmutter niemals begegnet war. Ihre einzige überlebende Tochter – sie hieß Beulah – hatte Nate bei einem Feldgottesdienst in Texas kennengelernt und später geheiratet.

Nachdem sie sich von ihrem Mann getrennt hatte, ging Beulah alleine in die Ozarks zurück. Nate hatte damals gar nicht gewußt, daß seine Frau ein Kind erwartete. Als Beulah starb, blieb Ruby bei Großmutter Skaggs zurück. Diese war zornig auf Nate, und sie grollte ihm, weil sie ihre wilde Enkelin aufziehen mußte.

Ruby und Nate hatten bereits beschlossen, daß sie, falls es schlimmer als schlimm kommen sollte, zu Seth und Rachel Highton gehen wollten. Die Cousinen hatten Seth getroffen, als sie im Juni fortgelaufen waren. Später hatten sie auch Rachel kennengelernt, die Seth gerade geheiratet hatte. Ihren Wohnort konnte man von Possum Hollow aus ohne weiteres zu Fuß erreichen.

Im Laufe des nächsten Vormittages traf der Zug in St. Louis ein. Chris half den beiden Farnham-Kindern beim Aussteigen, während Nate, Matthew Farnham und der Schaffner Frau Farnham behilflich waren. Ein Gepäckträger hob gerade für Ruby den Rollstuhl heraus, als die Eltern von Frau Farnham in einem großen Cadillac vorfuhren.

Frau Farnham begrüßte ihre Eltern, die sich offensichtlich Sorgen machten über den Zustand ihrer behinderten Tochter. Bei ihrem letzten Zusammentreffen war diese noch nicht an Kinderlähmung erkrankt gewesen. Frau Farnham versicherte ihren Eltern jedoch, daß es ihr gutgehe.

Chris mochte Herrn und Frau Sherman auf den ersten Blick. Herr Sherman war der Inhaber eines Herrenmodegeschäftes. Er war ziemlich kahl, hatte ein Bäuchlein und war bereits ins Schwitzen geraten, da die Luftfeuchtigkeit in St. Louis bereits am Morgen hoch war.

Seine Frau war rundlich und grauhaarig. Sie floß über vor Freude, als sie ihre Tochter und ihre Enkelkinder erblickte. Chris wurde sich bewußt, daß sie die familiäre Begrüßung lächelnd betrachtete. Aber das Lächeln verschwand von ihrem Gesicht, als sie sich überlegte, ob ihre eigene Großmutter in den Ozarks dieselbe Willkommensfreude zeigen würde, wenn sie, Chris, kam.

Nachdem alle einander vorgestellt worden waren, hielt

Herr Sherman eine Überraschung für Chris, Ruby und ihren Vater bereit.

»Ich kenne einen Handelsreisenden mit Namen Nevin Parnell, der regelmäßig zu mir ins Geschäft kommt. Er hat mir erzählt, daß er geschäftlich nach Little Rock fahren muß. Und weil er der Ansicht ist, daß ich ein sehr guter Kunde von ihm sei, hat er sich gerne bereiterklärt, Sie drei in die Ozarks mitzunehmen. Er steht dort drüben bei seinem Wagen.«

Chris blickte hinüber und sah einen mittelgroßen Mann mit dunkelbraunem Haar und ebensolchen Augen, der neben einem großen Chrysler stand.

Als Nate Konning Herrn Shermans Hand dankbar schüttelte, meinte Matthew Farnham: »Es freut mich, daß mein Schwiegervater Ihnen eine Fahrgelegenheit besorgen konnte. Jetzt liegt es aber bei Ihnen, Nate, daß Sie rechtzeitig hierher zurückkehren. Vergessen Sie nicht, daß Sie zwei Tage eher hier sein müssen als die Mädchen, denn diese fahren mit uns nach Kalifornien zurück.«

»Was bedeutet das denn?« fragte Chris beunruhigt.

Nate nickte ihr beruhigend zu. »Ich erkläre es euch beiden auf der Fahrt nach Arkansas.«

Das soeben Gehörte hatte Chris auf eine Art und Weise erschreckt, die sie sich nicht erklären konnte. Wenn Ruby und sie mit Nate zurückkommen sollten, dann mußten sie alle die Ozarks einige Tage eher verlassen, als sie geplant hatten. Reiste Nate Konning jedoch alleine ab, waren Ruby und sie auf sich gestellt. Und das konnte gefährlich sein, besonders wenn sich Vester doch an ihre Fersen geheftet hatte und ebenfalls in die Ozarks zurückgekehrt war. Außerdem würde es schwierig genug sein, eine Rückfahrgelegenheit nach St. Louis für eine Person zu finden, geschweige denn für zwei.

Chris und Ruby verabschiedeten sich von Frau Farnham und den Kindern. Herr Farnham stellte sie Nevin Parnell vor. Der Handelsreisende war ein Mann, der viel lachte und mit einer lauten, dröhnenden Stimme sprach. »Schön, Sie kennenzulernen«, sagte er und schüttelte Nates Hand, während er den Mädchen zunickte. »Kommen Sie, dann helfe ich Ihnen mit Ihrem Gepäck.«

Nate saß auf dem Beifahrersitz neben dem Fahrer, während die Mädchen und die Koffer auf dem Rücksitz untergebracht waren. Als sich das Auto am Bahnhof in Bewegung setzte, warf Chris einen letzten Blick zurück auf den Zug. Er stand schon wieder bereit zur Weiterfahrt in Richtung Chicago und dann zur Ostküste.

Nevin blickte Chris an und fragte: »Hast du etwas vergessen, junge Dame?«

Chris schüttelte den Kopf. Sie war froh darüber, daß sie keine Spur von Vester hatte entdecken können. »Nein«, sagte sie, lehnte sich im Sitz zurück und entspannte sich zum ersten Mal seit dem Augenblick, da sie gemeint hatte, Vester im Zug gesehen zu haben.

»Sind Sie zum ersten Mal hier?« fragte Nevin Parnell. Er war ein freundlicher, gesprächiger Mann. Er steuerte den Wagen um das Pferd und den Wagen eines Milchmanns herum. Nevin winkte, und der Milchmann in seiner weißen Uniform winkte zurück. Dann meinte der Handelsreisende: »Er ist spät heute. Normalerweise hat er die Milch um diese Zeit schon längst überall in der Stadt ausgeliefert.«

Ruby deutete durch die kleine Windschutzscheibe. »Da vorne, was macht denn der da – ich meine, was tut der Mann dort drüben?«

Chris' Blick folgte dem ausgestreckten Finger ihrer Cousine. Einen halben Häuserblock vor ihnen hiefte ein stämmiger Mann mit einer riesigen Eisenzange einen Eisblock auf seine linke Schulter.

»Das ist der Eismann«, erklärte Nevin. »Er trägt diesen fünfzig Pfund schweren Block in die Eisbox des Hauses dort rechts. Siehst du dort das Schild im Fenster? Darauf steht die Zahl 50. So weiß der Eismann, wie groß der Eisblock sein soll, den er zu liefern hat.«

Die erste Begegnung der Mädchen mit der großen Stadt St. Louis und deren ungewohntem Treiben lag bald weit hinter ihnen. Chris war erleichtert, als Nevin sagte, daß er am folgenden Montag nachmittag nach St. Louis zurückkehren wolle. Sie alle könnten mit ihm zurückfahren, wenn sie um die Mittagszeit bei der einzigen Gemischtwarenhandlung von Possum Hollow auf ihn warten würden. Chris glaubte nicht, daß sie bis dahin alles würde erledigen können, was sie sich vorgenommen hatte, aber Nate mußte spätestens zu diesem Zeitpunkt zurückfahren, und Ruby würde ihn begleiten.

Chris wurde das Herz schwer, als sich die Dämmerung über die steilen, bewaldeten Ozarks ausbreitete. *Die Zeit läuft bereits, dachte sie, und ich bin noch nicht einmal dort!*

Auf Chris' Anweisung hielt Nevin Parnell oben auf einem Berghang. Von dort wollte das Mädchen zu Fuß weitergehen. Ruby erbot sich freiwillig, ihre Cousine zu ihrer Großmutter zu begleiten, aber Chris schüttelte den Kopf.

»Wartet hier bitte einige Minuten«, sagte sie, während sie aus dem Wagen schlüpfte und sich auf den felsigen Boden gleiten ließ. »Wenn alles in Ordnung ist, winke ich von dem Haus dort, und dann könnt ihr weiterfahren.«

Chris trug ihre neuen Schuhe in der linken Hand und den Koffer aus Pappkarton in der rechten. Barfuß ging sie durch die zunehmende Dunkelheit auf das Haus ihrer Großmutter zu.

Chris' Kehle war wie zugeschnürt, als sie sich der Vorderseite des Holzhauses näherte. Hinter dem kleinen Haus konnte sie das Rauchhaus, den Pferdestall, die Scheune, die Toilette und die Überreste des Hühnerhauses erkennen.

Auf der linken Seite des Hauses erblickte sie die vertraute Holzbank mit der blauen Granitschüssel zum Waschen. Den Brunnen und die Zisterne, die auf der Rückseite des Hauses lagen, konnte das Mädchen nicht sehen, aber es erinnerte sich daran.

Chris' Herz machte einen Sprung, und sie schluckte schwer, als sie daran dachte, wie Ruby und sie sich zum letzten Mal bei dem Brunnen aufgehalten hatten. Gerade in dem Augenblick, in dem sie das große Stück Speck und die steinharte Butter aus dem tiefen Brunnen gezogen hatten, wo sie kühlgehalten wurden, war Vester aufgetaucht.

Chris schüttelte sich, als sie an den Anblick dachte, den

der primitive Mann geboten hatte: Er hatte einen Apfel gekaut, wobei ihm der Saft aus den Mundwinkeln in seinen Bart gelaufen war.

Nun ja, dachte Chris erleichtert, *jetzt habe ich es jedenfalls nur mit Großmutter zu tun.*

Sie ging den langen Weg zum Haus weiter hinunter. Ihr Herz begann mit jedem Schritt schneller zu schlagen. *Genau wie beim letzten Mal,* dachte das Mädchen. *Sie hat die Lampe angezündet. Ich rieche den Holzofen und das Maisbrot, das darin bäckt.*

Chris blickte sich schnell um. Sie erinnerte sich daran, wie der letzte Hund ihrer Großmutter gestorben war, und sie fragte sich, ob sich die Großmutter einen neuen Hund angeschafft hatte. Aber es war weder ein Hund zu sehen noch zu hören.

Etwa zehn Meter vor der Haustür blieb Chris stehen und rief: »Großmutter! Großmutter, ich bin es, Chris!«

Es kam keine Antwort. Deswegen rief das Mädchen beim zweiten Mal etwas lauter.

Chris war beunruhigt, als noch immer keine Antwort kam. *Vielleicht ist sie krank! Nein, das kann nicht sein. Sie würde kein Maisbrot backen, wenn sie krank wäre. Vielleicht kann sie mich einfach nicht hören!*

Das Mädchen ging näher an das Haus heran; seine schwieligen Füße spürten den felsigen Boden kaum. Quietschend öffnete sich plötzlich die schiefhängende Fliegengittertür, und eine Frauenhand, die eine Petroleumlampe hochhielt, wurde sichtbar. Chris wollte etwas sagen, doch die Worte blieben ihr vor Schrecken im Halse stecken, als sie im Schein der Lampe den Doppellauf eines Gewehres erblickte, das ihre Großmutter in der rechten Hand hielt.

»Verschwinde!« rief die alte Frau mürrisch. »Geh' von meinem Grund und Boden, bevor ich ein Sieb aus dir mache!«

Kapitel 7

Das Wiedersehen

Chris war so überrascht, daß sie sich nicht mehr bewegen konnte. Sie blieb stocksteif stehen und starrte durch die zunehmende Dunkelheit auf ihre Großmutter.

Dieses Schweigen schien Großmutter Dunnigan aufzuregen. Sie rief: »Ich habe dich gewarnt!« und bückte sich, um die Petroleumlampe unmittelbar hinter der Tür in den Hausflur zu stellen. Mit langsamen, ruckartigen Bewegungen richtete sie sich dann wieder auf und hob das schwere Gewehr.

»Großmutter!« kreischte das Mädchen entsetzt. »Ich bin es! Chris!«

Ganz langsam ließ die alte Frau das Gewehr sinken. Sie bewegte ihren Kopf hin und her und spähte fragend in die Richtung, aus der die Stimme kam. »Chris?« fragte sie mißtrauisch.

»Ja!« schrie Chris erleichtert auf. »Ich bin es, Chris Corrigan!«

Die alte Frau schien immer noch zu zweifeln. »Komm' näher«, befahl sie barsch.

Chris gehorchte, unsicher, ob diese Aufforderung nun ein gutes oder ein schlechtes Zeichen war. Während sie auf die windschiefe Veranda zuging, bückte sich die Großmutter, hob mit ihrer linken Hand die Lampe hoch und richtete sie auf das Mädchen.

Da Chris meinte, daß es besser sei, jetzt keine Pause entstehen zu lassen, fragte sie: »Wie geht es dir, Großmutter?«

Die alte Frau antwortete nicht, sondern streckte ihren Kopf nach vorne, um in dem Halbdunkel besser sehen zu können. Ihre scharfen, dunklen Augen spähten über ihre winzigen, drahtumrandeten Brillengläser. Im Lampenlicht konnte Chris erkennen, daß sich ihre Großmutter nicht viel verändert hatte, seit sie sie im Juni zum letzten Mal gesehen hatte.

Mehr als sechzig Jahre harter Arbeit und bitterer Enttäuschung hatten tiefe Furchen in das Gesicht der alten Frau gegraben. Ihre Schultern waren vornübergebeugt, und ihr finsterer Blick wurde durch den zusammengekniffenen Mund noch mehr betont. Ihr schütteres, mit grauen Strähnen durchzogenes Haar war in der Mitte gescheitelt und hinten in ihrem Nacken zu einem strengen Knoten zusammengebunden.

Ein weitfallendes Kleid hing glatt von ihren mageren Schultern bis auf ihre alten, abgetragenen Schuhe herab. In beide Schuhe hatte die alte Frau ein kleines Loch geschnitten, damit auch der kleine Zeh genügend Platz hatte. Chris dachte daran, daß die Großmutter ihr erklärt hatte, daß dadurch der Druck des Schuhleders auf den entzündeten Fußballen und die Hühneraugen verringert würde.

»Großmutter«, begann Chris ängstlich, als sie auf der obersten Stufe der Treppe zur Veranda stehenblieb. »Es tut mir leid, daß ich im Juni fortgelaufen bin. Ich habe dir geschrieben, aber du hast mir nicht geantwortet. Deshalb bin ich gekommen –«

»Halt deinen Mund!« unterbrach die Großmutter sie. »Komm' aus der Nachtluft heraus ins Haus, bevor die Moskitos mit dir davonfliegen.«

Chris beschloß, diese Worte als freundliche Einladung zu verstehen und folgte der Großmutter ins Haus. Rasch ließ sie ihre Augen durch den einzigen Raum des Hauses gleiten: Nein, es hatte sich kaum etwas verändert. Wie früher roch es nach Maisbrot und nach dem selbstgezogenen Tabak, den die Großmutter in ihrer Pfeife, die aus dem Strunk eines Maiskolbens gefertigt worden war, rauchte. Zeitungen dienten als Tapete. In einer Ecke des Zimmers, die durch eine Gardine abgetrennt worden war, hatte die alte Frau ihr Nachtlager. In der Mitte des Raumes stand ein Tisch, daneben befand sich ein alter Schaukelstuhl. Ihm gegenüber hatten zwei Stühle mit geflochtener Sitzfläche ihren Platz. Großvater Dunnigan hatte all diese Möbel selber gearbeitet. Die Anbauküche befand sich am äußersten Ende des Raumes. Über der Küche lag der Speicher, auf dem Chris geschlafen hatte.

Die Großmutter stellte das Gewehr in eine Ecke hinter der Tür und trug die Lampe zum Küchentisch. »Wo ist Vester?« fragte sie und drehte sich herum, um Chris anzusehen.

»Ich weiß es nicht.«

Die Großmutter blinzelte überrascht. »Ja, hat er dich denn nicht hierhergebracht?«

Chris schüttelte den Kopf; ein Gefühl der Angst kroch in ihr hoch. Die Frage der Großmutter bestätigte ihre Vermutung, daß die alte Frau Vester zu seinem Handeln angestiftet hatte.

»Ich bin von mir aus gekommen, Großmutter – um mich bei dir zu entschuldigen«, stellte das Mädchen klar.

»Du bist freiwillig von Kalifornien durch das ganze Land gereist, nur um mir das zu sagen?«

»Und um dir zu erklären, daß mein Platz bei meiner Familie in Kalifornien ist, obwohl ich dich sehr liebhabe.«

Chris wollte gerade erklären, daß Ruby und Onkel Nate oben auf dem Berghang auf sie warteten, als die Großmutter einige schlurfende Schritte näher kam. Mit zusammengekniffenen Augen betrachtete sie ihre Enkelin genau. Dann streckte sie ihre mit Altersflecken übersäte Hand aus und streichelte Chris' Arm kurz. »Setz' dich«, sagte sie dann.

Chris hatte heimlich darauf gehofft, mit einer herzlichen Umarmung und vielleicht sogar mit einem Kuß auf die Wange begrüßt zu werden, aber sie wußte auch, daß die Großmutter nicht gewöhnt war, Zärtlichkeiten zu zeigen. Da war es schon sehr viel, daß die alte Frau ihren Arm gestreichelt hatte.

»O – «, zögerte Chris und fügte dann schnell hinzu: »Ruby steht draußen mit – «

»Ruby!« Die Großmutter spie den Namen wie etwas Übelschmeckendes aus. »Dieses Findelkind!«

Chris bat: »Bitte bezeichne sie doch nicht so! Wir haben ihren Vater gefunden. Er sitzt bei ihr im Auto.«

»Ihren *Vater?«* stieß die Großmutter hervor. Ihre Stimme überschlug sich fast vor Erstaunen. »Sie hat doch überhaupt keinen Vater!«

Chris schüttelte so energisch ihren Kopf, daß ihre langen, braunen Zöpfe um sie herumflogen. »Doch, sie hat einen Vater! Wir haben ihn gefunden. Er und Ruby wollen Rubys Großmutter aufsuchen, aber ich würde mich freuen, wenn Du sie zuerst begrü – «

Bei der Erwähnung ihrer eigenen Schwester fiel die Großmutter dem Mädchen ins Wort. »Dieses alte Weib mit ihrer scharfen Zunge wird keinen Wert darauf legen, Rubys Vater auch nur kennenzulernen. Und es wäre auch nicht Gussies Art, Ruby um den Hals zu fallen. Ich habe gehört, daß sie mit dir davongelaufen ist und ihrer Großmutter nur einen Zettel zurückgelassen hat.«

Chris trat unruhig von einem Bein auf das andere, weil sie merkte, daß sich ihre Großmutter immer mehr über ihre ältere Schwester aufregte.

»Ist es dir recht, wenn ich diese Nacht hierbleibe?« fragte das Mädchen. »Wenn ja, dann gehe ich hinaus und sage Ruby, Onkel Nate und dem Fahrer, daß sie zum Haus von Großmutter Skaggs weiterfahren können. Wenn ich aber nicht hierbleiben kann, dann fahre ich mit ihnen.«

Die Großmutter setzte sich in ihren Schaukelstuhl. Er war beinahe so alt wie sie selber. »Natürlich kannst du bleiben! Lauf' und sag' den Leuten, daß sie gehen können. Dann wäre ich dir dankbar, wenn du die Milch aus dem Brunnen holen würdest. Das Maisbrot ist beinahe fertig. Nach dem Abendessen können wir uns unterhalten.«

Chris lächelte. »Danke, Großmutter!« Dann wirbelte sie herum und lief barfuß nach draußen in die Dunkelheit hinein. In dem Augenblick, in dem sie die Vordertür öffnete, flammten die Scheinwerfer des Chryslers auf. Chris rannte auf dem steinigen Weg auf sie zu.

»Alles in Ordnung, alles in Ordnung!« rief sie. Als Ruby, Onkel Nate und Nevin Parnell zögerten, lief sie zum Wagen und streckte ihren Kopf durch das Fenster des Beifahrersitzes. »Ich bleibe hier. Vielen Dank für die Fahrt, Herr Parnell. Ruby und Onkel Nate, ich hoffe, daß alles glattgeht, wenn ihr zu Großmutter Skaggs kommt.«

»Das hoffe ich auch«, meinte Ruby zweifelnd. »Aber wenn das nicht so ist und sie uns hinauswirft, dann gehen wir zu Seth und Rachel. Auf jeden Fall treffen wir uns aber morgen früh in Herrn Galvins Laden.«

Chris nickte zustimmend und eilte den Hang wieder hinunter. Dabei betete sie leise vor sich hin. Der große Chrysler jedoch verschwand in der Nacht.

Chris war das Haus der Großmutter noch immer so vertraut, daß sie selbst im Dunkeln den Brunnen sofort finden konnte. Sie zog den Eimer mit der Milch an dem langen Seil nach oben. Daß sie Milch hatte, bedeutete, daß die Großmutter noch immer eine Kuh hielt. Chris trug den Kübel ins Haus.

»Es ist ein gutes Gefühl hierzusein, Großmutter«, sagte Chris, während sie dem Duft von frischgebackenem Maisbrot folgte, der aus der Anbauküche drang.

Die Großmutter benutzte einen angesengten, zerschlissenen Topflappen, um das Backblech mit dem Maisbrot aus dem Ofen, der mit Holz gefeuert wurde, zu nehmen. »Hier ist ja dein Zuhause, Chris.«

Einen Augenblick lang antwortete Chris nicht. Sie folgte ihrer Großmutter zurück in den Raum, wo diese das Maisbrot auf einen Untersetzer auf dem Tisch stellte.

»Dies hier ist so etwas wie mein zweites Zuhause«, erwiderte das Mädchen dann, »mein Zuhause, wenn ich nicht bei meinen Eltern und Geschwistern bin.«

Die Großmutter sah mit blitzenden, dunklen Augen zu ihr auf. »Du bist alles, was ich noch an Familie habe, Chris.«

»Du hast auch noch deine Schwester«, entgegnete das Mädchen freundlich.

Die Großmutter rümpfte ihre Nase. »Gussie bedeutet mir überhaupt nichts! Außerdem nimmt sie Schnupftabak!«

Chris lag die Frage auf der Zunge, worin da der Unterschied bestand angesichts der Tatsache, daß die Großmutter selber Pfeife rauchte. Doch sie hielt diese Frage dann doch lieber zurück. Statt dessen ging sie zu dem kleinen Schrank und begann die Teller herauszunehmen. Dann fragte sie: »Was ist denn eigentlich zwischen euch beiden vorgefallen?«

»Sie hat mir Unrecht angetan, damit du es nur weißt!«

Chris begann, den Tisch zu decken. »Was für ein Unrecht?«

Die Großmutter trat zu einem Behälter mit Wasser, der auf einem kleinen Klapptisch gegenüber dem Schrank stand. »Darüber will ich nicht mit dir reden.« Sie nahm eine langstielige Schöpfkelle und begann, zwei Gläser zu füllen, hielt dann jedoch inne. »Eigentlich brauchen wir ja kein Wasser, wenn wir Milch haben«, sagte sie.

Chris atmete langsam und tief durch, bevor sie die nächste Frage auszusprechen wagte. Über diese würde sich die Großmutter vielleicht noch mehr aufregen. »Werdet ihr beiden euch jemals wieder vertragen?«

Die Großmutter ließ sich am Tisch nieder und forderte mit einer Handbewegung auch Chris dazu auf. »Nur dann, wenn sie sich zuerst bei mir entschuldigt.«

Es lag eine solche Entschiedenheit in der Stimme der alten Frau, daß Chris es für besser hielt, das Thema zunächst erst einmal fallenzulassen.

Jetzt senkte die Großmutter den Kopf und murmelte schnell: »Herr, wir danken dir für Speis und Trank. Amen.« Dann richtete sie sich wieder auf und sagte: »Reich' mir das Maisbrot.«

Chris gab ihr das Brot und dachte darüber nach, daß die Großmutter ihre starren Ansichten wohl niemals von ihrem Glauben beeinflussen lassen würde.

Während des einfachen Mahles wartete Chris darauf, daß die Großmutter nach den übrigen Mitgliedern der Corrigan-Familie fragen würde. Als sie es nicht tat, erwähnte Chris beiläufig ihren Vater. Die Großmutter schnaubte verächtlich. Sie hatte ihren Schwiegersohn nie leiden können und gab ihm im stillen noch immer die Schuld am Tod ihrer letzten, ihr noch verbliebenen Tochter.

Chris fühlte, wie sich in ihr eine leichte Spannung aufbaute, während sie von ihren Angehörigen berichtete, angefangen von Molly bis hin zum Baby Joey. Die Großmutter zeigte keinerlei Interesse dafür.

Nachdem Chris das Geschirr abgewaschen und die Großmutter ihre Pfeife mit dem übelriechenden Tabak geraucht hatte, hielt Chris den Zeitpunkt für gekommen, etwas klarzustellen. Sie ordnete die letzte Schüssel im Schrank ein und überlegte dabei, wie sie es am taktvollsten sagen könnte. »Großmutter, ich kann nur einige Tage bei dir bleiben. Danach fahre ich wieder nach Hause zurück.«

Die Frau klopfte die Asche aus ihrer Pfeife in eine alte Kaffeedose, bevor sie dem Mädchen antwortete. »Du gehörst hierher zu mir, Chris.«

Es lag ein so nachdrücklicher Ton in diesen Worten, daß Chris eine heftige Spannung in sich aufsteigen spürte. *Will Großmutter tatsächlich versuchen, mich von der Rückkehr nach Kalifornien abzuhalten?* fragte sie sich. Darauf folgte sofort ein weiterer, noch unangenehmerer Gedanke. *Sie könnte es tatsächlich tun, wenn Vester hier wäre!*

Chris ging durch den Raum und kniete neben dem Schaukelstuhl nieder. Sie nahm die runzlige Hand der Großmutter in die ihre und blickte der alten Frau in die dunklen Augen. »Großmutter, ich habe dich lieb, aber ich fahre in wenigen Tagen zurück nach Hause. Ich bin nur gekommen, um mich bei dir zu entschuldigen, daß ich im Juni einfach davongelaufen bin. Ich hoffe, daß du es verstehst, daß mein Platz dort ist, wo sich meine Familie befindet.«

»Angenommen, ich würde dir nicht vergeben?«

Chris nahm sich einen Augenblick Zeit, bevor sie antwortete. »Ich habe dann alles getan, was ich konnte. Ich bin durch das ganze Land gereist, um dich persönlich um Vergebung zu bitten. Wenn du mir nicht vergibst, würde mir das sehr weh tun, aber ich glaube, daß es dich noch mehr schmerzen würde, Großmutter. Und das wünsche ich dir nicht.«

Die Großmutter antwortete nicht, sondern wechselte das Thema. »Es war ein schrecklich schlechter Sommer«, sagte sie. »Es hat nicht genug geregnet. Das Holz ist knochentrocken; sei deshalb vorsichtig, wenn du spazierengehst. Hüte dich vor Funken und anderen Dingen, die einen Brand verursachen könnten.«

»Ich werde vorsichtig sein«, erwiderte Chris und fragte dann, wie es in Possum Hollow gehe.

Punkt neun Uhr hielt die Großmutter die Schlafenszeit für gekommen. Chris kletterte auf den Speicher, wo sich auch schon früher ihr Bett befunden hatte. Sie zog sich aus und ließ sich auf den süßlich riechenden, dicken Strohsack und auf das mit Gänsefedern gefüllte Kopfkissen sinken. Die Großmutter blies unten die Lampe aus, und das alte Haus lag in völliger Dunkelheit.

Chris sprach ihr Abendgebet. Ihre Lippen bewegten sich, aber kein Wort kam über ihre Lippen. Sie betete für Ruby und deren Vater und fragte sich, welch ein Empfang ihnen von Großmutter Skaggs bereitet worden war.

Als letztes beschäftigte sich Chris mit ihren eigenen Problemen. »Herr, bitte laß' Großmutter mir vergeben. Hilf' ihr, sich mit ihrer Schwester zu vertragen. Und laß' Großmutter nicht versuchen, mich hier festzuhalten, wenn ich wieder nach Hause fahren muß.«

Am nächsten Morgen half Chris beim Melken, während die Großmutter den Hühnern, die frei im Hof vor der Scheune herumliefen, Futter gab. Chris setzte sich auf das dreibeinige Höckerchen der Großmutter und hielt den Eimer zwischen ihren Knien.

»Großmutter«, fragte sie, »wieso wird eine Kuh immer von rechts gemolken und ein Pferd immer von links bestiegen?«

Zum ersten Mal seit Chris' Rückkehr lächelte die alte Frau schwach. »Ich kann dir keinen Grund dafür sagen«, antwortete sie. »Mach' voran, daß du fertig wirst, damit wir frühstücken können. Ich habe ein Stück Schinken aus dem Rauchhaus für deine Rückkehr aufgehoben.«

Es machte Chris Mühe, daß die Großmutter ihr schon wieder zu verstehen gab, daß hier ihre wahre Heimat sei, aber sie sagte nichts dazu. So schnell sie konnte, molk sie die Kuh. Die Milch spritzte mit kräftigen Strahlen auf den Boden des Eimers. Als sich der Eimer füllte, veränderte sich das Prasseln der Milchstrahlen in ein leises Zischen.

Beim Frühstück schöpfte die Großmutter den Schaum von der frischen Milch und bestäubte ihn leicht mit Zucker. »Genau wie du es magst, Chris«, sagte sie und stellte das Glas neben den Teller ihrer Enkelin.

Zufrieden aß Chris den warmen, gesüßten Schaum, den geräucherten Schinken, die weichen Brötchen und die Weintrauben. Zwischendurch fragte sie ihre Großmutter, ob sie mit ihr in den Ort gehen würde, um dort Ruby und ihren Vater zu treffen.

Die Großmutter lehnte das ab, indem sie sagte: »Ich kann nicht mehr so viel laufen.«

Nachdem das Geschirr abgewaschen war, machte sich Chris barfuß auf den Weg. Sie ging die ihr vertraute, steinige und ausgefahrene Straße nach Possum Hollow hinunter. Als sie an der Schule mit nur einem Klassenzimmer vorbeikam, die sie früher besucht hatte, vernahm sie ein Lachen. Sie schaute auf, weil sie den spöttischen Klang des Lachens erkannte.

»Schaut 'mal alle her, wer da ist!« rief Bertha Killian aus und warf den Baseballschläger, den sie in der Hand hielt, auf den Boden. »Das ist ja Chris Corrigan! Hey, Chris, wo ist denn deine schlamperte Cousine?«

Chris bemerkte sofort, daß die »große Bertha« während des Sommers ziemlich gewachsen war. Sie war viel größer als Ruby oder sie selber. Ihr Körper schien noch muskulöser zu sein, denn man konnte kaum erkennen, daß sie eine Taille oder Knie besaß.

Ohne die Frage nach ihrer Cousine zu beantworten, wandte Chris ihren Blick Iris Hastings zu, die Bertha bei dem unterbrochenen Spiel den Ball zugeworfen hatte. Iris war viel kleiner, aber genauso dick und fett wie Bertha.

Dann bemerkte Chris, daß sich noch jemand auf dem Schulgelände befand. Elston Edwards war Außenfeldspieler. Seine derbe Gestalt ähnelte einem Poller, und er hatte gemeine, kleine, braune Augen und einen ungekämmten

Haarschopf. Er hatte sich immer damit gebrüstet, daß er stärker sei als jeder andere Junge in Possum Hollow. Immer wieder hatte er Ruby darauf hingewiesen, daß er sie nur deshalb nicht verprügeln würde, weil sie ein Mädchen sei. Ruby hatte dann jedes Mal laut geschrien: »Versuche es nur, und du wirst es bereuen!«

Iris wiederholte die Frage ihrer Freundin. »Ja! Wo ist Ruby?«

»Bei ihrer Großmutter, nehme ich an«, antwortete Chris.

Elstons schmutziges Gesicht verzog sich zu einem bösartigen Grinsen. »Du nimmst es an? Ja, weißt du es denn nicht?«

Chris war weitergegangen in der Hoffnung, eine Auseinandersetzung vermeiden zu können.

»Gib' mir gefälligst eine Antwort!« schrie Bertha und näherte sich Chris drohend. »Oder muß ich erst ein wenig nachhelfen?«

Chris wollte etwas sagen, hielt jedoch inne, als hinter ihr eine herausfordernde Stimme erklang.

»Überlaß mir die Antwort«, sagte Ruby und trat aus dem Wald heraus. Sie stieg über das Geländer am anderen Ende des Schulhofes.

Chris wurde von Rubys plötzlichem Auftauchen überrascht. Gleichzeitig aber fühlte sie sich sehr erleichtert dadurch. Das blonde Haar ihrer Cousine war immer noch kurz, aber sorgfältig gekämmt, und sie trug ein einfaches gelbes Baumwollkleid. Ihre Schritte waren ein wenig steif, als sie auf die drei Quälgeister zuging. Es war offensichtlich, daß sie die drei gegebenenfalls mit ihren Fäusten daran erinnern wollte, daß sie nicht mit sich spaßen ließ.

»Und was soll das Ganze nun?« fragte Ruby herausfordernd.

Bertha zog ihre Schultern hoch und funkelte Ruby finster an. »Du scheinst es nicht anders zu wollen!« schrie sie und kam drohend auf Ruby zu.

Elston streckte seinen Arm aus und hielt sie zurück, als sie an ihm vorbeikam. »Bertha, bleib' stehen!«

Das große Mädchen runzelte die Stirn. »Warum?«

»Weil ich es sage!« antwortete Elston ein wenig scharf. Zugleich ließ er Ruby keinen Augenblick aus dem Auge.

Chris war überrascht, doch dann kam ihr in den Sinn, daß Elston Ruby noch nie in einem Kleid gesehen hatte oder mit einer Frisur, bei der das Haar länger war als bei dem kurzen Jungenhaarschnitt, den sie früher immer getragen hatte.

Und nun tat Ruby genau das, was sie Chris schon in Kalifornien angekündigt hatte.

Mit einem süßen Lächeln, das jeden Jungen verwirrt hätte, fragte sie: »Elston? Bist du das wirklich?«

»Klar doch.« Der Junge näherte sich Ruby mit einem breiten Grinsen.

Chris war erleichtert. Doch als sie Bertha anschaute, bemerkte sie, daß deren Gesicht so finster war wie ein Tornado. Wütend starrte das Mädchen zu Ruby und Elston hinüber.

»Ach du meine Güte!« flüsterte Chris leise. »Was wird denn jetzt nur passieren?«

Kapitel 8

Eine gescheiterte Familienzusammenführung

Ruby schien zu spüren, daß ihre Cousine sich Sorgen machte, denn sie warf einen schnellen Blick in Chris' Richtung und lächelte beruhigend. Dann wandte sie sich wieder mit einem noch strahlenderen Lächeln Elston zu, der schnell herbeikam, um sie zu begrüßen.

»Du hast dich ja mächtig verändert, Ruby!« stellte er fest.

»Wirklich?« fragte Ruby so unschuldig, daß Chris sich das Lachen verbeißen mußte.

Bertha hatte diesem Wortwechsel zugehört und schrie nun: »Nur weil du dir das Haar hast wachsen lassen, mußt du nicht meinen, daß du jetzt Mutters Schönste bist!«

Ruby wirbelte herum, um Bertha eine passende Antwort zu geben, aber Elston ergriff Rubys Arm. »Laß' sie nur!« sagte er ruhig. »Ich mach' das schon!« Dann wandte er sich an Bertha. »Du und Iris – ihr könnt euch jetzt woanders alleine amüsieren.«

»Aber wir brauchen dich. Du mußt doch die Bälle holen«, protestierte Bertha.

Elston jedoch sah sich nicht einmal mehr nach ihr um, sondern lächelte nur und sprach weiter auf Ruby ein.

Chris beobachtete, wie Bertha vor Wut beinahe platzte. Das große Mädchen schlug mit dem Schläger auf seine linke Handfläche, machte jedoch keinerlei Anstalten, fortzugehen. Iris flüsterte ihr etwas zu, und Bertha blickte finster auf Ruby.

Im gleichen Augenblick bemerkte Chris, daß Rubys Vater die Straße herunterkam. Sie lief auf ihn zu und rief: »Hallo, Onkel Nate!« Sie wollte unbedingt wissen, wie sich Großmutter Skaggs am Vorabend verhalten hatte, aber noch wichtiger war es ihr, ihm schnell die Situation auf dem Schulhof zu erklären.

Als sie ihre Schilderung beendet hatte, nickte ihr Onkel ihr verstehend zu. Er ging auf Bertha und Iris zu, wobei Chris ihm auf den Fuß folgte. Bertha und Iris wichen einen Schritt zurück. Nate nickte ihnen zu, trat dann jedoch zu seiner Tochter und dem Jungen.

»Guten Tag«, sagte er und streckte Elston seine rechte Hand hin. »Ich bin Rubys Vater, Nate Konning.«

Elston blinzelte überrascht, während er die dargebotene Hand schüttelte. Dann warf er Ruby einen Blick zu: »Ist das wahr?«

»Aber sicher!« antwortete Ruby. »Vati, das ist Elston. Das Mädchen dort drüben mit dem Schläger ist Bertha, und neben ihr steht Iris.«

»Ruby, das kann dein Vater gar nicht sein!« schrie Bertha. »Du bist doch ein Findelkind!«

Ein Anflug von Zorn rötete Rubys Wangen, doch dann zwang sie sich zu einem Lächeln. »Eben nicht, liebe Bertha! Er ist wirklich mein Vati. Ich würde dir ja auch gerne erklären, wie wir uns gefunden haben, aber du bist leider nicht intelligent genug, um das verstehen zu können.«

»Na, na, Ruby«, warf ihr Vater mißbilligend ein.

Chris sah, wie Bertha zwei schnelle Schritte in Rubys Richtung machte, dann unsicher stehenblieb und Nate einen Blick zuwarf.

»Komm mit, Iris«, brummte das große Mädchen dann und wandte sich ab.

Chris seufzte erleichtert, als Bertha und Iris über den Schulhof eilten, den dahinterliegenden Berghang bestiegen und verschwanden.

Nun wandte Chris ihre Aufmerksamkeit wieder ihrer Cousine, ihrem Onkel und Elston zu.

Der Junge fragte Ruby: »Bleibst du jetzt für immer hier?«

Ruby schüttelte ihren Kopf so heftig, daß das bereits etwas länger gewordene, blonde Haar sich in kleinen, sanften Locken kräuselte. »Nein. Wir sind nur einige Tage hier. Wir wollten Großmutter besuchen und sie mit meinem

Vater bekannt machen. Dann fahren wir zurück nach Kalifornien.«

»Zu schade!« bedauerte Elston. Er blickte zu Nate auf und fragte: »Als was arbeiten Sie, Herr Konning?«

Chris hielt unwillkürlich den Atem an. Ruby wollte ja eigentlich nicht die Tochter eines Predigers sein, obwohl sie vor kurzem gesagt hatte, daß sie die Berufung ihres Vaters jetzt akzeptiere. Aber Chris war sich nicht sicher, was Ruby den Leuten hier in den Ozarks darüber erzählen wollte.

Ruby überraschte Chris, indem sie erklärte: »Mein Vati arbeitete zunächst in Texas als Cowboy, aber dann ist er Prediger geworden.«

»Was du nicht sagst!« Elston trat einen Schritt zurück, als ob er einem solchen Manne nicht zu nahe kommen wollte.

Nate nickte. »Ich habe den Ruf zum Predigen schon vor sehr langer Zeit bekommen. Aber ich bin diesem Ruf erst gefolgt, nachdem Gott mir eine Tochter geschenkt hat und ich mein Leben geändert habe. Ich bin sehr stolz darauf, ihr Vater zu sein und das Evangelium zu predigen.«

Chris beobachtete, wie Elston unbehaglich von einem dreckigen, nackten Fuß auf den anderen trat. Doch dann schien er sich mit dem Gedanken, daß Ruby einen Vater hatte, der zum Predigen berufen war, doch anzufreunden.

»Herr Konning«, erklärte der Junge nämlich, »Sie sollten Iris' Großvater Rufus Hurley kennenlernen. Er ist der einzige Prediger hier in der Gegend. Zumindest war er es, bis er krank wurde. Sein Herz ist nicht mehr in Ordnung.« Elston schlug traurig auf seine Brust. »Seither hat er nicht mehr gepredigt. Er ist schon schrecklich alt. Iris sagt, daß er davon spricht, die Kirche schließen zu müssen.«

»Es tut mir sehr leid, das zu hören«, antwortete Nate.

»Sagen Sie!« Elston schnippte mit den Fingern und sah zu Nate hoch. »Vielleicht könnten Sie am Sonntag an seiner Stelle predigen. Iris sagte vor einiger Zeit, ihr Großvater hätte nichts gegen einen Gastprediger, aber hier in der Gegend gebe es niemanden, der predigen könne. Aber vielleicht könnten Sie einspringen.«

Chris beobachtete ihren Onkel, während dieser sich das

unerwartete Angebot überlegte. Dann nickte er: »Ich würde mich sehr freuen, wenn ich Rufus Hurley kennenlernen könnte.«

»Ich stelle Sie ihm jetzt sofort vor!« rief Elston aus. »Kommen Sie!« Er wandte sich Ruby zu und lächelte sie an. »Warum kommst du nicht mit? Du und ich können Besuche machen, während sich dein Vater und Bruder Rufus unterhalten. Chris, du kannst auch mitkommen, wenn du Lust dazu hast.«

Chris war von diesem Vorschlag nicht begeistert, weil sie es vor Neugierde beinahe nicht mehr aushalten konnte. Sie wollte doch zu gerne wissen, wie Großmutter Skaggs Ruby und ihren Vater am vergangenen Abend empfangen hatte.

Ruby schien das zu spüren, denn sie drehte sich um und warf ihrer Cousine einen Blick zu. »Vielleicht später, Elston«, meinte sie dann. »Meine Cousine und ich müssen noch etwas bereden.«

Chris war zufrieden, doch sie konnte sehen, daß Elston mit dieser Wendung keinesfalls einverstanden war. Dennoch nickte er, grinste Ruby zu und ging dann mit Nate Konning die Straße nach Possum Hollow hinunter. Chris und Ruby folgten ihnen langsam.

»Nun?« fragte Chris eifrig, während sie die steinige Straße unter ihren nackten Füßen spürte. »Wie ging es gestern abend?«

»Erzähl' du zuerst! Wie hat dich deine schreckliche alte Großmutter behandelt?«

»Ruby!« Chris platzte bald vor Neugierde.

»Okay, okay! Ich berichte dir ja schon alles! Natürlich begann Großmutter sofort mit mir zu schimpfen, weil ich mit dir davongelaufen bin und ihr nur einen Zettel zurückgelassen habe.« Ruby schwieg einen Augenblick und erinnerte sich lächelnd. »Dann wurden Großmutters Augen so groß wie Suppenteller, als ich sagte: ›Das hier ist mein Vati.‹«

»Und was passierte dann?«

»Zuerst wollte Großmutter es nicht glauben. Aber als Vati davon sprach, wie er Beulah in einer Freiversammlung in

Texas kennengelernt hatte und sie heiratete und so weiter, nun, da war Großmutter überzeugt, daß er die Wahrheit sprach.«

Chris starb fast vor Aufregung. »Aber was geschah dann?«

Ruby zuckte mit den Schultern. »Was hast du erwartet? Zunächst beschimpfte die Großmutter meinen Vati und gab ihm die Schuld, daß Beulah ihn verließ und in die Ozarks zurückkehrte, wo ich dann geboren wurde. Immer mehr hat Großmutter sich aufgeregt, und schließlich gab sie meinem Vati auch noch die Schuld daran, daß ihre Tochter starb und sie, meine Großmutter, mich aufziehen mußte.«

»Und was hat dein Vati darauf gesagt?«

»Er hat versucht, es ihr zu erklären, aber Großmutter wollte ihm überhaupt nicht zuhören. Sie drehte sich um und erklärte, daß sie eine zu gute Christin sei, als daß sie einen Hund, der keinen Platz für die Nacht habe, aus dem Haus jagen könne. Ich dürfe daher im Haus schlafen, aber Vati müsse in der Scheune übernachten. Sie sagte, ich könne zu ihr zurückkommen, aber meinen Vati würde sie niemals wieder über ihre Schwelle lassen.«

»O, Ruby!« Chris ergriff den Arm ihrer Cousine. »Das tut mir aber leid!«

»Da kann man eben nichts machen. Großmutter ist genauso starrköpfig wie ihre Schwester. Sie sind schon nicht einfach, die beiden.«

»Was wollt ihr jetzt tun?«

»Ich nehme an, daß Vati und ich zu Seth und Rachel gehen und in ihrem Haus bleiben, bis wir wieder nach St. Louis zurückkehren müssen.«

Die Mädchen hatten Seth und Rachel Highton im Juni kennengelernt, als sie sich, als Jungen verkleidet, auf die Suche nach Chris' Familie gemacht hatten und dabei von Vester verfolgt worden waren. Die Erinnerung an die Freundlichkeit der Hightons ließ Chris auch daran denken, daß sich Spud, den die Mädchen auf ihrer Reise nach Westen kennengelernt hatten, ebenfalls bei Seth und Rachel aufgehalten hatte. Der Junge war von zu Hause fortgelaufen, und Chris hatte ihn erst vor kurzem dazu überredet, nach New York zurückzukehren, um zu versuchen, sich mit seinem cholerischen Vater zu versöhnen. Chris bekam immer ein sonderbares Gefühl, wenn sie an den Jungen mit den Sommersprossen und den grünen Augen dachte.

Ruby fuhr fort: »Es kommt gar nicht in Frage, daß ich irgendwo bleibe, wo mein Vati nicht willkommen ist! Nun erzähle du mir aber, wie deine Großmutter sich gestern abend verhalten hat.«

Chris berichtete all das, was bei Großmutter Dunnigan gesagt und getan worden war. Sie war gerade damit fertig, als das Gerassel von Ketten und das Quietschen von Ledergurten die Mädchen dazu veranlaßte, sich umzudrehen.

Schnell wichen die Cousinen an den Straßenrand zurück, um einen Wagen, der von zwei Mauleseln gezogen wurde, vorbeifahren zu lassen. Zwei Hunde trotteten hinter dem Wagen her. Dann erkannte Chris den Fahrer.

Sam Nayton wohnte in der Nähe des Hauses, in dem Chris und ihre Familie bis zum Juni dieses Jahres gelebt hatten. Er trug seinen üblichen blauen Overall mit Hosenträgern. Seine rechte Wange beulte sich über einem Pfropfen Kautabak.

»Hallo, ihr beiden!« meinte er gedehnt und zog die Zügel an. »Ich habe schon davon gehört, daß ihr zurück seid!«

Chris beobachtete die beiden Hunde des Mannes. Sie ließen sich in den Schatten des Wagens fallen. Früher waren die Tiere immer laut bellend auf sie zugerannt, als ob sie sie hätten fressen wollen.

»Guten Tag, Herr Nayton«, begrüßte Chris den Mann.

Ruby fragte höflich: »Wie geht es Ihrer Frau?«

Chris erinnerte sich daran, daß Frau Nayton eine sehr spitze Zunge hatte und durch Arthrose so verkrüppelt war, daß sie ihren Stuhl nicht verlassen konnte. Aber sie liebte den Klatsch, und sie sammelte ihre Neuigkeiten bei den Leuten, die das Holzhaus der Naytons aufsuchten. Weder Chris noch Ruby mochten die Frau, weil sie sich an den Schmerzen anderer Menschen erfreute. Chris wußte, daß der bitteren Frau besonders auch die Tatsache gefallen hatte, daß Ruby als vaterlos galt. Vielleicht erkundigte sich Ruby gerade deshalb höflich nach Frau Nayton. Denn schließlich besaß Ruby ja umwerfende Neuigkeiten.

»Es geht«, erwiderte Herr Nayton auf Rubys Frage. »Sie wird sich freuen, daß ich euch getroffen habe. Sie kann es kaum glauben, daß du deinen Vater gefunden hast, Ruby.«

Chris blinzelte überrascht und runzelte dann die Stirn. *Woher weiß sie denn schon, daß Ruby ihren Vater gefunden hat?* fragte sie sich.

Aber bevor sie danach fragen konnte, lächelte Ruby glücklich. »Ihre Frau gehört zu den Leuten, an die ich immer wieder denken mußte, seit wir ihn gefunden haben. Ich würde mich freuen, wenn Sie ihr sagten, ich wäre stolz, ihr meinen Vater vorstellen zu dürfen, damit sie ihn mit ihren eigenen Augen sehen kann.«

Chris unterdrückte ein wissendes Lächeln. Das war Rubys Art und Weise, es den Leuten in den Ozarks »heimzuzahlen«, weil sie tatsächlich eben doch einen Vater besaß.

»Das wäre wirklich sehr schön, Ruby«, antwortete der Mann und schnalzte seinen Tieren zu. »Kommt vorbei, wie es euch paßt. Meine Frau redet euch wahrscheinlich ein Loch in den Bauch, weil sie nicht viel aus dem Haus kommt. Es tut ihr gut, wenn sie Besuch bekommt.«

Chris beobachtete, wie sich das Fuhrwerk mit seinen Eisenrädern rasselnd und knirschend in Richtung Stadt bewegte.

Ruby ließ ein kleines Lachen hören. »Er tut so, als hätte seine verschrobene, alte Frau niemals etwas Gemeines zu mir gesagt! Aber ich weiß noch genau, wie du und ich im Juni in sein Haus gingen, um nach Molly und den Kindern zu fragen. Damals hat sogar Herr Nayton gehässige Dinge gesagt! Das alles tut mir heute noch weh, aber jetzt zahle ich es ihnen heim und zeige ihnen meinen Vati!«

Chris runzelte die Stirn. »Ich möchte zu gerne wissen, woher er so schnell von deinem Vater erfahren hat.« Sie zuckte die Schultern und wechselte dann das Thema. »Ich frage mich, ob Iris' Großvater deinen Vater tatsächlich bitten wird, am nächsten Sonntag zu predigen.«

»Das werden wir noch früh genug erfahren. Komm mit; schauen wir einmal, wen wir sonst noch treffen, damit ich erzählen kann, daß ich meinen Vati tatsächlich gefunden habe.«

»Ich würde lieber deine Großmutter besuchen.«

Ruby blieb mitten auf der Straße stehen und schaute Chris überrascht an. »Warum denn das?«

»Vielleicht kann ich mit ihr reden und sie dazu bringen, ihre Meinung über deinen Vater zu ändern.«

Ruby warf ihren Kopf in den Nacken und lachte laut. »Da sind deine Chancen ebenso groß, als wenn du im Sommer einen Schneemann bauen wolltest!«

»Vielleicht hast du recht, aber ich würde es trotzdem gerne versuchen.«

Nachdenklich schweigend betrachtete Ruby ihre Cousine einen Augenblick lang. Dann nickte sie: »In Ordnung! Komm' mit!«

Gussie Skaggs' Holzhaus lag am Hang eines steilen Hügels auf der anderen Seite des kleinen Geschäftsviertels von Possum Hollow. Wie die Häuser der anderen älteren Witwen, die alleine in den Ozarks lebten, machte auch dieses Haus einen vernachlässigten Eindruck. Der steinerne Kamin zerbröckelte allmählich. Die Fenster waren so schmutzig, daß Chris sicher war, daß sie seit Jahren nicht mehr geputzt worden waren.

Sie ging mit Ruby zur Hintertür. Chris roch den guten, appetitanregenden Duft vom Rauchhaus. Magere, halbwilde, weiße Leghorn-Hühner rannten erschrocken auseinander, als sich die Mädchen näherten. Das Geflügel wurde niemals eingeschlossen. Dennoch schlief es nachts im Hühnerhaus.

»Paß auf!« schrie Ruby plötzlich.

Chris drehte sich um und bemerkte, daß sie beinahe in einen gewundenen Draht gelaufen wäre, der auf Schulterhöhe von der Hintertür zur Zisterne, zum Brunnen, zum Rauchhaus und zur Toilette gespannt worden war. Ruby fragte: »Wofür, glaubst du, hängt denn dieser Draht hier? Früher gab es ihn doch noch nicht.«

»Vielleicht kann deine Großmutter nicht mehr gut sehen und folgt im Winter diesen Drähten, damit sie sich im Schnee nicht verirrt, wenn sie das Haus verläßt.«

Ruby zuckte mit den Schultern, während sie mit ihrer Cousine die quietschende, zerbrochene Hintertreppe zu Großmutter Skaggs' Haus emporstieg. Ruby stieß die Tür zu einer langen, mit Fliegengittern geschützten Veranda auf.

»Großmutter, ich bin zurück!« rief Ruby. »Mit Chris!«

Großmutter Skaggs streckte ihren Kopf aus der Küchentür, die sich zur Veranda hin öffnete. Einen Augenblick lang meinte Chris, ihrer eigenen Großmutter gegenüberzustehen, so sehr ähnelten sich die Schwestern.

Chris erinnerte sich daran, daß Gussie Skaggs fast siebzig Jahre und damit etwa fünf Jahre älter war als ihre eigene Großmutter. Rubys Großmutter war grauhaariger als ihre Schwester, aber wie diese hatte sie ihr Haar straff nach hinten gekämmt und zu einem strengen Knoten zusammengebunden. Außerdem trug Großmutter Skaggs ebenfalls eine drahtgerandete Brille und zeigte ständig ein Stirnrunzeln.

»Wie geht es dir, Chris?« sagte die alte Frau und blickte über ihre Augengläser, während sie sich die Hände an einer blauen Schürze abtrocknete, die einmal bessere Tage gesehen hatte. »Kommt herein und setzt euch.« Sie zeigte auf die rohe Holzbank, von der Chris wußte, daß sie der Ehemann von Großmutter Skaggs vor vielen, vielen Jahren selber gezimmert hatte.

Chris verspürte denselben Schmerz der Enttäuschung, den sie am Abend zuvor empfunden hatte, als ihre eigene Großmutter sie zur Begrüßung nur leicht über den Arm gestreichelt hatte. Sie bezweifelte, daß Ruby mehr Zuneigung von dieser harten, alten Frau erfahren hatte.

»Danke«, sagte Chris und ließ sich am äußersten Ende der Bank nieder, so daß genügend Platz für die anderen blieb. »Du siehst gut aus«, fügte sie hinzu und lächelte Frau Skaggs an.

»Sich zu beklagen, bringt ja auch nichts«, erwiderte

diese, während sie den Überrest eines alten Fächers aufhob und damit heftig vor ihrem zerfurchten Gesicht hin- und herwedelte. »Es war in der Tat ein schrecklich heißer Sommer! Aber, Gott sei Dank, es gab keine Tornados! Aber auch nicht viel Regen. Das ganze Land ist so trocken, daß ich mir große Sorgen mache. Wenn ein Gewitter kommt, wie das manchmal um diese Jahreszeit passiert, dann brennt der ganze Wald wie Zunder!« Sie winkte zu den umliegenden Bergen hin.

Chris nickte. »Das hat meine Großmutter auch schon gesagt.«

»Hepzibah!« Rubys Großmutter spie das Wort beinahe aus bei der Erwähnung ihrer Schwester. »Sie ist so schlecht, daß sie mit ihrem Blick die Milch sauer werden läßt!«

»O«, meinte Chris und zwang sich zu einem Lächeln, »sag' doch nicht solche Dinge! Sie ist doch deine Schwester!«

»Sie ist nicht meine Schwester!« Großmutter Skaggs fuchtelte heftig mit ihrem Fächer durch die Luft. »Nach allem, was sie getan hat!«

»Was hat sie denn getan?« fragte Chris.

Rubys Großmutter musterte Chris mit einem finsteren Blick. »Nun, sie – sie – ach, das geht dich gar nichts an!«

Chris hatte den Eindruck, daß sich die beiden alten Frauen in Wirklichkeit gar nicht mehr an den Grund erinnern konnten, aus dem sie all die langen Jahre nicht mehr miteinander gesprochen hatten. *Ich würde sie nur zu gerne wieder miteinander versöhnen, während wir hier sind!* dachte Chris.

Das Gesprächsthema änderte sich. Großmutter Skaggs beklagte sich bitter über die Hennen, die keine Eier legten, darüber, daß ihr Mastschwein gestorben war und daß in ihrem Garten so wenig wuchs.

Chris und Ruby versuchten, das Gespräch auf andere Dinge zu lenken, besonders auf Kalifornien und darauf, wie sie Nate gefunden hatten, aber Rubys Großmutter interessierte sich nicht dafür. Schließlich verabschiedeten sich die beiden Mädchen und gingen zurück, um Nate zu treffen.

Ruby schimpfte leise vor sich hin, während sie nebeneinander mitten auf der ungepflasterten Straße gingen. »Sie ist doch wirklich ein Dickkopf! Sie läßt sich aber auch gar nichts sagen! Genau wie deine eigene Großmutter!«

Chris seufzte, weil Ruby recht zu haben schien. Als sie das Gerassel von Wagenketten hörte, blickte sie auf. »Da ist Herr Nayton wieder«, sagte sie. »Ich möchte ihn gerne etwas fragen.«

Die Mädchen warteten, bis die Maulesel herangekommen waren und der Fahrer sie erwartungsvoll anblickte. »Möchtet ihr etwas von mir?« fragte er und spukte den Kautabak in das Gebüsch neben der Straße.

»Ja«, erwiderte Chris. Sie legte ihre Hand schützend über ihre Augen, weil ihr die Sonne so grell ins Gesicht schien, und schaute zu dem Fahrer hoch. »Ich weiß, daß sich Nachrichten hier in den Ozarks schnell verbreiten, Herr Nayton, aber wir sind erst gestern abend spät angekommen. Wie haben Sie so schnell davon erfahren?«

»Wie ich so schnell davon erfahren habe? Nun, von Vester natürlich.«

»Von Vester?« riefen Chris und Ruby wie aus einem Mund.

Kapitel 9

Chris belauscht eine schreckliche Drohung

Sam Nayton nickte bejahend und spuckte Tabaksaft über das Wagenrad, das ihm am nächsten war. »Ja, natürlich! Vester Hardesty hat uns heute morgen zu Hause besucht. Er hat meiner Frau und mir davon erzählt.« Nayton lockerte die Zügel. »Vorwärts, ihr Maultiere!«

Chris rief Ruby zu: »Dann habe ich Vester also doch im Zug gesehen!«

»Du glaubst, daß er versuchen wird, dich von der Abreise abzuhalten?«

Chris nickte. Sie spürte, wie sich die Aufregung in ihrem Magen zu einem Knoten zusammenballte. »Nicht nur mich«, sagte sie dann. »Dich auch!«

Ruby streckte herausfordernd ihr Kinn vor. »Das kann er nicht – nicht, solange mein Vati bei mir ist!«

»Aber dein Vater muß früher abreisen als wir, hast du das vergessen? Herr Farnharm will, daß er zwei Tage eher in St. Louis ist; zwei Tage, bevor wir dann alle gemeinsam nach Kalifornien aufbrechen.«

Ruby stöhnte. »Daran habe ich ja überhaupt nicht mehr gedacht!« Sie blickte die Straße hinab, die ihr Vater mit Elston gegangen war. »Komm! Das müssen wir unbedingt Vati erzählen!«

Chris schüttelte ihren Kopf. »Ich glaube, daß es besser ist, wenn er erst das Gespräch mit Iris' Großvater beendet.«

»Ja, da hast du wohl recht. Aber es kann nichts schaden, wenn wir uns bei Iris' Großvater auf die Veranda setzen und dort auf ihn warten. Vielleicht ist Elston ja auch noch da.«

Chris verstand nicht, was Ruby damit sagen wollte. Statt dessen zog sie nachdenklich an den Enden ihrer langen, braunen Zöpfe. »O, tue das nur, wenn du meinst. Aber ich glaube, daß ich mich jetzt besser mit Großmutter unterhalten sollte.«

»Warum denn?«

»Sie soll Vester sagen, daß sie in Wirklichkeit gar keinen Fluch auf ihn gelegt hat.«

Ruby schnaubte verächtlich. »Das wird sie ganz sicher nicht tun! Es macht ihr doch Freude, Menschen in Angst und Schrecken zu versetzen, besonders solche Leute wie Vester!«

»Das mag sein, aber ich muß es trotzdem versuchen. Bis später.«

Chris eilte über den felsigen Weg zum Haus ihrer Großmutter. Angestrengt versuchte sie, das ungute Gefühl zu unterdrücken, das von ihr Besitz ergreifen wollte. Dort, wo eine Öffnung im Zaun es ermöglichte, nahm sie eine Abkürzung und ging durch den Laubwald.

Sie bemerkte, wie ungewöhnlich trocken dort alles war. Sie dachte daran, daß sowohl ihre wie Rubys Großmutter den äußerst heißen Sommer und den fehlenden Regen erwähnt hatten. Schon ein Blitzeinschlag, das Fallenlassen eines Streichholzes oder eine Unachtsamkeit beim Müllverbrennen konnte den Wald in Flammen aufgehen lassen.

Aber bald konzentrierte Chris ihre Gedanken darauf, was sie ihrer Großmutter über Vester sagen wollte. »Herr, hilf mir, die richtigen Worte zu finden«, betete das Mädchen laut, während es keuchend vor Anstrengung den Hang bestieg.

Ihr Herz pochte heftig, und ihr Atem ging rasch, als sie den letzten Hügel erklommen hatte und das vertraute Holzhaus der Großmutter unten in einer Lichtung vor sich liegen sah. Aber Chris sah auch noch etwas anderes. Schnell verbarg sie sich hinter einer Ulme. Sie machte sich ganz schmal und spähte vorsichtig um den Stamm.

Vester Hardesty stand an der Hintertür. Er hielt seinen Hut in der Hand und sprach mit Großmutter Dunnigan. Sie hatte die Fliegengittertür nicht geöffnet, sondern sprach durch sie hindurch. Chris konnte zwar die hohe, schrille Stimme der alten Frau hören, aber ihre Worte konnte sie nicht verstehen.

Ich muß näher heran! dachte sie und begann, schnell und leise von einem Busch zum nächsten zu schlüpfen. Zugleich schaute sie nach Vesters Hund aus, weil sie verhindern wollte, daß dieser ihre Anwesenheit verriet. Zum Glück war das Tier jedoch nirgendwo zu sehen.

Chris erreichte den letzten Baum vor der Lichtung, auf der sich das Anwesen ihrer Großmutter befand. Das Rauchhaus lag dem Wald am nächsten, aber bis dahin waren es noch fast dreißig Meter, die Chris über freies Gelände zurücklegen mußte. Einen Augenblick lang zögerte das Mädchen und überlegte, wie es hinübergelangen könne, ohne gesehen zu werden.

Dann sagte sich Chris aber: *Wenn ich aufs Geratewohl über die Lichtung laufe, dann wird Vester mich mit ziemlicher Sicherheit sehen, denn er ist ein Jäger und achtet auf jede Bewegung. Es wird daher besser sein, wenn ich mich in seinem Rücken halte. Zwar schaut Großmutter dann in meine Richtung aber sie wird mich nicht sehen, weil ihre Augen so schlecht sind.*

Das Mädchen holte tief Atem und sprintete lautlos über das offene Gelände. Mit einigen großen Sätzen verschwand es hinter dem Rauchhaus und blieb dort stehen. Dabei versuchte es, seinen keuchenden Atem unter Kontrolle zu bekommen.

Es ist ganz scheußlich, daß ich hier so herumschleiche, dachte Chris, aber ich muß einfach hören, was sie miteinander besprechen.

Sie drückte sich eng gegen die Rückseite des Rauchhauses. Vorsichtig spähte sie um die Ecke.

Vester hatte sich leicht auf die Seite gedreht, so daß Chris seine Hände sehen konnte. Mit der einen Hand berührte Vester nervös die Pfote eines Kaninchens. Dieser Talisman hing von dem Schurz seines geflickten, zerschlissenen Overalls aus blauem Denim herab. In der anderen Hand hielt er den Hut mit der herabhängenden Krempe gegen sein

Bein. Chris meinte, nervöse Schweißtropfen auf Vesters pockennarbiger Stirn zu sehen.

Aber seine Stimme zeigte keine Furcht. »Nun hören Sie einmal zu, alte Frau!« schrie er zornig. »Was mich angeht – ich bin nach Kalifornien gegangen und habe Ihre Enkeltochter zurückgebracht. Also habe ich meinen Teil unserer Abmachung eingehalten! Nun halten Sie auch den Ihren!«

Mit einem Ruck zog Chris plötzlich ihren Kopf zurück. Sie fühlte sich ganz elendig. *Also hat Großmutter ihn doch hinter mir hergeschickt!* dachte sie bestürzt. Dann verwandelte sich ihr Schmerz in Zorn. *Ich hätte es wissen sollen! Sie wird sich nie ändern! Großmutter hat Molly belogen und mich im letzten Juni verraten! Sie denkt nur an sich selber!*

Dann seufzte Chris und dachte: *Aber sie ist meine Großmutter, und ich habe sie lieb!*

Jetzt vernahm sie die scharfe Antwort, die die Großmutter Vester gab. »Ich habe dir gesagt, daß Chris von sich aus zurückgekommen ist! Du hattest nichts damit zu tun!«

»Soll das heißen, daß Sie den Fluch nicht von mir nehmen wollen?«

»Warum sollte ich?«

Chris blickte erneut vorsichtig um die Ecke und sah, wie Vesters Gesicht sich vor Zorn rötete. »Hören Sie, Sie schreckliche alte Großmutter! Wenn Sie den Fluch nicht sofort von mir nehmen, dann wird Ihnen das entsetzlich leid tun!«

»Versuchst du etwa, mich zu bedrohen?« fragte die Großmutter. Ihre Stimme klang hart und spröde wie eine Eisfläche, die einem zu großen Druck ausgesetzt war.

»Nennen Sie es, wie Sie es wollen!« brüllte Vester mit immer lauter werdender Stimme. »Also, was ist jetzt?«

Chris hielt den Atem an, während ihre Großmutter den schwergebauten Mann mit scharfen, dunklen Augen betrachtete. Als die alte Frau sprach, war ihre Stimme weicher.

»Ich mache dir einen Vorschlag, Vester«, begann sie,

während sie nachdenklich über ihr Kinn strich. »Du sorgst dafür, daß Chris bei mir bleibt, und dann nehme ich den Fluch von dir.«

Chris rang entsetzt nach Atem. *Das darf doch nicht wahr sein!* schrie sie innerlich.

Vester schüttelte seinen Kopf so heftig, daß sein langes, ungepflegtes Haar seinen Nacken umtanzte. »Ich habe meinen Teil getan, indem ich Chris hierherbrachte. Es ist jetzt Ihre Sache, dafür zu sorgen, daß sie auch hierbleibt.«

»Deine Aufgabe ist, das zu tun, was ich dir sage!« Der Ton der Großmutter wurde ärgerlicher. »Und ich sage dir, du hast dafür zu sorgen, daß sie nicht von hier weggeht, bevor ich dem nicht zustimme! Hast du verstanden?«

»Ich habe es verstanden!«

»Gut!«

»Dann nehmen Sie sofort den Fluch von mir!«

»Du hast mir nicht vorzuschreiben, was ich zu tun habe, Vester Hardesty!«

Chris hörte den Mann ruhig antworten, aber seine Worte klangen gefährlich ruhig, so, als sei ihm soeben etwas klargeworden. »Hör' mir zu, du alte Hexe! Ich weiß noch genau, was du zu mir gesagt hast, bevor ich nach Kalifornien aufbrach. Du hast gesagt, daß der Fluch so lange bestehen bliebe, bis Chris wieder bei dir sei, oder bis du tot wärest. Wenn du nun zum Beispiel in den Brunnen fällst oder wenn sonst etwas passiert –«

Die Großmutter unterbrach ihn mit einem durchdringenden Schrei. Sie stieß die Fliegengittertür mit dem Fuß auf und schrie Vester ins Gesicht: »Wenn du versuchen solltest, mir auch nur ein Haar auf meinem Haupt zu krümmen, Vester Hardesty –«

»Ach, halt' doch den Mund!« fiel ihr Vester ins Wort. »Ich werde dafür sorgen, daß beide Mädchen hierbleiben, weil ich meine eigene Rechnung mit ihnen zu begleichen habe. Aber du nimmst jetzt besser den Fluch von mir, oder –«

»Ich nehme ihn weg, wenn es mir paßt!« unterbrach ihn die Großmutter mit schriller Stimme. »Und wehe, du wagst es, deinen Groll an Chris auszulassen! Was du mit ihrer

Cousine, diesem Findelkind, machst, ist mir egal, aber wehe, wenn du mir meine Chris anrührst!«

»Ich tue, was mir paßt, du altes Weib, weil du mir nichts tun kannst, wenn du tot bist! Der Fluch vergeht mit dir! Deshalb kannst du mir keine Angst mehr einjagen! Ich habe dich gewarnt!«

Als sich der bärtige Bergbewohner von der Großmutter abwandte, zog Chris rasch ihren Kopf zurück, so daß das Rauchhaus sie vollständig verdeckte.

Sie hörte, wie Vesters schwere Stiefel zornig über den Hof stapften, so daß die halbwilden Hühner aufgeregt in alle Richtungen flogen. Die Großmutter rief etwas hinter dem Mann her, aber Chris verstand die Worte nicht.

Sie verhielt sich ganz ruhig und preßte ihren Körper dicht an die Mauer. Ihr Herz schlug so heftig, daß ihr der Brustkorb schmerzte.

In ihren Gedanken herrschte ein wildes Durcheinander. *Er hat Großmutters Leben bedroht! Und er will sich an Ruby und mir rächen, weil wir dafür gesorgt haben, daß er eingesperrt wurde, nachdem er uns im Juni entführt hatte. Selbst wenn ich hierbleibe, sind Ruby und ich trotzdem beide in Gefahr!*

Chris wartete voller Unruhe darauf, daß Vester in den Wäldern und die Großmutter im Haus verschwand. Die Gedanken des Mädchens wirbelten ihm im Kopf herum, da sich die Lage so unerwartet und schrecklich geändert hatte.

Was soll ich nur tun? fragte Chris sich. Diese Frage brach aus ihrem tiefsten Innern hervor und bedrängte sie sehr.

Sie erkannte, daß ihre Großmutter dringend einen jüngeren und gesunden Menschen brauchte, der ihr zur Hand ging. Aber dasselbe galt auch für ihre Schwester, Rubys Großmutter. Chris dachte an die langen Drähte, die von Großmutter Skaggs Haus zum Brunnen und zu den verschiedenen Außenanlagen verliefen. Großmutter Skaggs konnte offenbar noch schlechter sehen als Chris' Großmutter.

Chris erschauerte ungeachtet des warmen, schwülen Tages, weil sie wußte, daß ihre Großmutter mit jedem Tag älter wurde, und daß sie außerdem schrecklich allein war. Ihre Sehkraft würde immer mehr nachlassen, so daß sie eines Tages erblinden konnte. Chris stellte sich vor, wie die Großmutter in einer solchen Verfassung versuchte, ein Feuer im Ofen zu entzünden und ihr Essen zu kochen, ohne daß es anbrannte.

Chris spürte einen dicken Brocken in ihrem Hals. Sie versuchte zu schlucken, aber der Brocken löste sich nicht. Auch das wehe Gefühl in ihrem Magen wollte nicht weichen.

Noch ein weiteres unangenehmes Bild kam dem Mädchen unwillkürlich in den Sinn. Chris sah vor sich, wie die schmerzenden Füße der Großmutter jeden Tag mehr schlurften. Auch hatte sie gemerkt, wie der Großmutter verschiedentlich Dinge aus der Hand fielen. Das zeigte deutlich, daß ihre Arthritis immer schlimmer wurde. Chris kniff ihre Augen zusammen und versuchte, die Vorstellung, daß die Großmutter zu Boden fiel, während sie ganz alleine und ohne jede Hilfe war, zu verdrängen. Mit ihren schmerzenden Händen konnte die alte Frau ja nicht alleine wieder aufstehen.

Selbst wenn Vester seine Drohung, der Großmutter etwas anzutun, nicht ausführte, wußte Chris, daß die alte Frau eines Tages sterben würde. Wahrscheinlich war sie dann zu diesem Zeitpunkt ganz alleine in dem entlegenen Holzhaus, ohne daß jemand etwas von ihrer Situation wußte oder sich um sie kümmerte.

Irgendwann würde dann jemand ihre Leiche finden. Chris sah in Gedanken den offenen Sarg der Großmutter in dem kleinen Holzhaus stehen. Der mit Glaswänden versehene Leichenwagen mit den vier schwarzen Pferden wartete vor der Haustür, um den Leichnam zum Friedhof bei der Kirche zu bringen. Es waren nur wenige Trauergäste anwesend, denn die Großmutter hatte nicht viele Freunde. Sie hatte eine zu scharfe Zunge und ein zu hitziges Temperament besessen.

Natürlich fehlte ihre Schwester bei der Beerdigung. Selbst angesichts des Todes würde Rubys Großmutter ihrer

Schwester nicht vergeben. Und wenn Rubys Großmutter zuerst starb, dann würde auch ihre Großmutter nicht an deren Beerdigung teilnehmen. Dessen war Chris sich sicher.

Hör' auf mit solchen Gedanken! tadelte Chris sich schließlich selbst und öffnete ihre Augen wieder. *Auch wenn sie Böses gegen mich im Sinn hat, muß ich doch nach einem Weg suchen, um Großmutter zu helfen. Ich kann es nicht zulassen, daß Vester seine Drohung wahr macht und ihr schadet und auch mir und Ruby Schwierigkeiten bereitet. Aber wie soll ich vorgehen? Was kann ich tun?*

Chris kam zu dem Entschluß, daß sie zuerst mit Ruby und Onkel Nate sprechen mußte. Deshalb eilte das Mädchen zurück in den Wald, wobei es darauf achtete, daß das Rauchhaus zwischen ihm und dem Holzhaus blieb, obwohl die Großmutter es auf eine solche Entfernung vermutlich gar nicht sehen konnte.

Während Chris den Weg nach Possum Hollow wieder hinuntereilte, wurde sie von großen Zweifeln gequält. *Ich müßte mir keine Sorgen um die Großmutter machen, wenn ich bei ihr bliebe. Aber was ist dann mit meiner Familie? Mit Vati? Mit Molly? Und mit Elisabeth, Martha, Sarah, Iola und dem Baby Joey? Ich habe ihnen doch ein »bleibendes Zuhause« versprochen, wo wir alle zusammen wohnen können und das wir niemals wieder verlassen müssen. Ich muß Großmutter klarmachen, daß mein Platz bei ihnen ist. Aber wie kann ich sie zu dieser Einsicht bringen, wenn ich sie alleinlasse, vor allem jetzt, da Vester gedroht hat, ihr etwas anzutun? Und Ruby und mich hat er ja genauso bedroht!*

Chris nahm eine Abkürzung durch den Wald und hörte dabei kaum, wie ein Eichhörnchen über diese Ruhestörung schimpfte. Statt dessen kam ihr ein anderes Problem in den Sinn. Chris erinnerte daran, daß ihr Vater ihr gesagt hatte, daß er vielleicht seine Arbeit verlieren würde und sie aus dem Scheunenhaus ausziehen müßten, wenn sie, Chris, aus den Ozarks zurückkam.

Hoffentlich müssen wir nicht wieder so weit wegziehen!

dachte das Mädchen. *Hoffentlich liegt seine nächste Arbeitsstelle in der Nähe, so daß Ruby und ich die Schule in Lone River besuchen können! Ich glaube nicht, daß ich es aushielte, wenn wir nach Oregon oder wieder nach Texas oder sonst wohin ziehen würden.*

Als Chris Possum Hollow wieder erreichte, fühlte sie sich so erschlagen und müde wie ein Jagdhund, der die ganze Nacht herumgelaufen war.

Von weitem sah Chris bereits, daß Ruby auf der vorderen Veranda des Hauses von Iris' Großvater saß. Elston hockte neben ihr und lächelte ihr zu. Auch Ruby lächelte, aber sie hielt ihre Augen gesenkt, und dann hörte Chris, wie ihre Cousine kicherte.

Ruby war immer ein Lausejunge gewesen und hatte niemals Interesse an einem Jungen gezeigt, aber jetzt, so stellte Chris fest, *flirtete* sie mit ihm!

Die Vordertür öffnete sich, und Nate Konning trat heraus. Er drehte sich um, streckte seine Hand aus und verabschiedete sich. »Ganz herzlichen Dank, Bruder Rufus«, sagte er. »Ich werde versuchen, den Leuten hier am Sonntag einen guten Gottesdienst zu geben. Jetzt werde ich mir die Kirche einmal ansehen. Sehen Sie nur zu, daß Sie bald wieder gesund werden.«

Chris war das Herz schwer, als sich Ruby schüchtern von Elston verabschiedete. Chris winkte dem Jungen zu und schloß sich dann ihrer Cousine und ihrem Onkel an. Sie brannte darauf, ihnen von Vesters Drohung gegen Ruby, die Großmutter und sich selber zu berichten. Aber Ruby plauderte darüber, daß Elston doch nicht so ein schlimmer Bursche sei, wie sie immer geglaubt hätte, und Nate erzählte, welche Vorbereitungen er für die Predigt am Sonntag zu treffen habe.

Schließlich konnte Chris die Spannung nicht mehr länger ertragen. Sie ging schnell einige Schritte vor, drehte sich dann um und stieß hervor: »Großmutter ist in Gefahr! Vester hat sie bedroht! Und Ruby und mich auch! Großmutter und Vester wollen weder Ruby noch mich nach Kalifornien zurückkehren lassen!«

Da wurden Ruby und Nate aufmerksam. Sie hörten schweigend zu, während Chris wiederholte, was sie am Haus ihrer Großmutter belauscht hatte. »Ich weiß nicht, was ich tun soll!« beendete sie schließlich ihren Bericht.

Ruby meinte sorglos: »Mach' dir doch nicht solche Gedanken wegen Vester! Er hat nur große Töne gespuckt und versucht, deine Großmutter zu ängstigen!«

Nate schüttelte seinen Kopf. »Da bin ich nicht so ganz deiner Meinung, Liebes. Wir sollten uns schon mit der Sache beschäftigen.«

Sie gingen weiter, diskutierten und tauschten Vorschläge und Gedanken aus, bis sie zu der winzigen Kirche mit dem angrenzenden Friedhof kamen.

Sie sprachen immer noch miteinander, als sie durch das rostige Eisentor den Kirchhof betraten. Der Boden war festgetreten von den Füßen zahlreicher Generationen von Gottesdienstbesuchern, von zahllosen Pferdehufen, eisenbeschlagenen Wagenrädern und harten, gummibereiften Buggyrädern.

Chris hatte noch immer keine Lösung für ihre Probleme gefunden, als sie mit Ruby und Nate die Kirche erreichte.

Nate blieb stehen und blickte auf sie herab. »Chris, es gibt nur eines, das wir tun können.«

»Was denn?« fragte sie eifrig.

»Wir wollen hineingehen, und dann sage ich es euch.«

Er schloß die Tür auf, und Chris trat eilig ein. Sie war sehr gespannt auf die Lösung, die ihr Onkel anzubieten hatte.

Kapitel 10

Immer noch mehr Probleme

Chris blickte um sich. Ihre Augen gewöhnten sich langsam an das düstere Innere der kleinen Kirche. In der Mitte des winzigen Gotteshauses zählte sie etwa ein Dutzend handgearbeiteter Bankreihen. Links und rechts davon befand sich ein Gang. Vor der ersten Bank stand ein kleiner Altar. Für eine Chorempore war unter dem schlichten Holzkreuz, das hinter der Kanzel hing, kein Platz.

Chris holte tief Atem. Sie spürte den Frieden, der für sie zur Gegenwart Gottes gehörte. Doch ihre Gedanken befaßten sich noch immer mit den schrecklichen Worten, die sie bei dem Gespräch zwischen Vester und ihrer Großmutter belauscht hatte. Chris wandte sich ihrem Onkel zu. »Du hast gesagt, daß es nur eines gibt, das ich tun kann«, wollte sie von ihm wissen.

Nate Konning nickte ernst. »Ich nehme nicht an, daß Vester irgend etwas unternimmt, solange ich bei euch bin. Deshalb erscheint es mir das Vernünftigste, daß sowohl Ruby wie auch du mich begleiten, wenn ich nach St. Louis zurückfahre.«

Chris schüttelte ihren Kopf. »Ich möchte aber erst dann wieder abfahren, wenn ich das getan habe, wozu ich hierhergekommen bin.«

An ihren Fingern zählte sie die verschiedenen Vorhaben auf. »Erstens möchte ich, daß Großmutter mir vergibt, daß ich im letzten Juni davongelaufen bin. Zweitens soll sie verstehen, daß mein Platz bei meiner Familie ist. Drittens möchte ich sie vor Vester schützen. Sie soll ihm sagen, daß sie keinen Fluch auf ihn gelegt hat. Und viertens will ich, daß Ruby und ich vor Vester sicher sind, so daß wir wieder nach Hause fahren können.« Sie zögerte. »Und fünftens hätte ich außerdem gerne die Gewißheit, daß sich jemand um Großmutter kümmert, wenn ich wieder in Kalifornien bin.«

»So viele Dinge kann man nicht einmal in einem Monat erreichen, der aus lauter Glückstagen besteht«, erklärte Ruby.

Ihr Vater meinte nachdenklich: »Chris, ich glaube, du hast bereits alles getan, was du konntest. Du hast mit deiner Großmutter gesprochen, aber wenn sie weder vergeben noch verstehen will, dann ist es ihre Sache, nicht mehr die deine. Aber ein letztes kannst du noch tun.«

»Was denn?«

»Laß' uns zusammen über all diese Probleme beten. Dann sollten wir eure beiden Großmütter einladen, am Sonntag zum Gottesdienst zu kommen. Vielleicht bewegt Gott ihre Herzen und es geschehen Dinge, an die wir nicht einmal im Traum gedacht haben.«

Ruby rümpfte die Nase. Sie war mit diesem Vorschlag überhaupt nicht einverstanden. »So, wie meine Großmutter mit dir gesprochen und dir gesagt hat, daß du niemals wieder ihre Schwelle betreten dürftest, wird sie sich deine Predigt mit Sicherheit nicht anhören. Außerdem würde sie niemals einen Fuß in eine Kirche setzen, in der sich ihre Schwester aufhält.«

Chris fügte hinzu: »Soweit ich Großmutter kenne, würde auch sie nicht kommen, wenn sie wüßte, daß ihre Schwester den Gottesdienst besucht.«

»Wißt ihr, ich glaube, daß es stimmt, wenn die Bibel sagt, daß Gott auf geheimnisvolle Weise etwas bewegen kann.«

Ruby murmelte: »Na, das wäre in der Tat geheimnisvoll, ja sogar ein Wunder, wenn eine von beiden in der Kirche erscheinen würde, geschweige denn, wenn beide kämen!«

»Das glaube ich auch, Ruby. Aber auch Onkel Nate hat recht. Ich werde dafür beten, daß unsere Großmütter am Sonntag kommen.«

»Vielen Dank, Chris.« Nate Konning richtete seinen Blick auf Ruby. »Und wie ist es mit dir, Liebes?«

Ruby zuckte mit den Schultern und schüttelte langsam

ihr kurzes, blondes Haar. »Ich halte nicht viel vom Beten, das wißt ihr doch.«

Ihr Vater nickte, wandte sich dann aber wieder an Chris. »Laß' uns Gottes Verheißung aus Matthäus 18, Vers 19, in Anspruch nehmen, wenn wir darum beten, daß die beiden Großmütter kommen mögen.«

Chris runzelte die Stirn. »Ich kann mich an diesen Vers nicht erinnern.«

»Jesus sagte, ›Und noch eins will ich euch sagen: Wenn zwei von euch auf der Erde gemeinsam um irgend etwas bitten, wird es ihnen von meinem Vater im Himmel gegeben werden – ‹.«

»O, das gefällt mir!« unterbrach Chris ihn. »Ich möchte mit dir gemeinsam darum bitten, daß die Großmütter kommen!«

»Diese Bibelstelle ist einer meiner Lieblingsverse! Also, ich will jetzt sofort über die Sache beten und auch darüber, daß Gott mir zeigt, was ich am Sonntag predigen soll. Betet ihr beide mit mir gemeinsam?«

Chris wollte das zwar gerne, doch Ruby drehte und wendete sich so, daß Chris sich schließlich entschloß, mit ihr die Kirche zu verlassen. Beim Hinausgehen wurden Chris' Augen von dem kleinen Friedhof neben der Kirche angezogen. Sie ging auf den kleinen Zaun zu, der zwischen dem Friedhof und dem Kirchhof lag.

Ruby hielt sie zurück. »Was willst du denn nur dort?« Ruby besaß eine abergläubische Furcht vor Friedhöfen.

»Ich habe gerade daran gedacht, daß eines Tages unsere beiden Großmütter hier beerdigt werden.«

»Die beiden hassen einander so sehr, daß zwar die erste, die stirbt, hier begraben wird, die andere aber ganz sicher nicht mehr!«

»Aber dies ist doch der einzige Friedhof hier in der Gegend.«

»Das wird keine von beiden kümmern.«

Die beiden Mädchen blieben stehen und blickten über den niedrigen Holzzaun auf die Kreuze und Grabsteine. Es gab zwei Tore – eines am hinteren Ende des Friedhofes, dort, wo der bewaldete Berghang begann, und eines in der Nähe der Kirche.

»Traurig, nicht wahr?« fragte Chris.

»Sterben ist immer traurig.«

»Ich meinte, das mit unseren Großmüttern ist eine traurige Sache.«

Die Cousinen schwiegen einen Augenblick, während sie den alten Friedhof betrachteten. Dann traf Chris eine Entscheidung. »Ruby, ich glaube, es wird besser sein, wenn du zusammen mit deinem Vater nach St. Louis zurückgehst und ich noch ein wenig länger bleibe.«

»Was? Ich soll dich allein hierlassen?« Rubys Stimme überschlug sich fast. »Du redest vielleicht einen Blödsinn, Chris Corrigan! Wenn du nicht mit Vati und mir mitkommst, lassen Vester und deine Großmutter dich niemals gehen! Natürlich wird dein Vati dich holen, wenn er kann, aber er wird außer sich sein, und es wird einen Riesenkrach geben! Komm' bloß mit Vati und mir zurück!«

Chris wußte, daß ihre Cousine recht hatte, doch ihre Starrköpfigkeit, die sowohl ihre Stärke wie ihre Schwäche war, hielt sie davon ab, ihre Meinung zu ändern. »Ich muß einen Weg finden, um das, wozu ich hierhergekommen bin, in die Tat umzusetzen«, sagte sie.

Ruby wandte sich von dem Friedhofzaun ab und betrachtete die Kirche. »Chris, du mußt den Tatsachen ins Gesicht sehen. Erstens hat deine Großmutter sich dir gegenüber im letzten Juni falsch verhalten, indem sie Molly Lügen erzählt und dann dich getäuscht hat. Zweitens wollte deine Großmutter dir nicht vergeben, daß du nach Kalifornien aufgebrochen bist. Daraufhin sagte sie Vester, daß sie einen Fluch auf ihn lege, damit er dich zurückholen sollte. Die Tatsache, daß du freiwillig gekommen bist, wird niemals ihren Sinn ändern. Du hast doch mit deinen eigenen Ohren gehört, wie sie und Vester Pläne schmiedeten, um dich von der Abreise abzuhalten, damit du für immer hierbleibst.«

»Ich werde einen Weg finden«, bestand Chris hartnäckig auf ihrem Vorhaben.

Bald darauf öffnete sich die Kirchentür, und Nate Konning trat in das kleine Portal. Er rief: »Ich muß mir ein Pferd und einen Buggy mieten, damit ich herumfahren und die Leute zum Gottesdienst einladen kann. Da die Kirche eine Zeitlang geschlossen gewesen ist, wissen einige Leute vielleicht nicht, daß an diesem Sonntag ein Gottesdienst stattfindet. Wollt ihr mitgehen und mir helfen, die Mietstallung zu finden?«

Ruby schüttelte den Kopf. »Hier in der Gegend gibt es keine Mietstallungen. Aber manchmal kann man von einem Farmer für einige Tage ein Gespann mieten.«

Chris pflichtete ihr bei. »Am besten kann man sich in der Gemischtwarenhandlung danach erkundigen.«

Das Trio machte sich auf den Weg in das Zentrum von Possum Hollow. Ruby erzählte ihrem Vater, was Chris ihr gerade über ihr Hierbleiben gesagt hatte.

Mißbilligend schüttelte Nate den Kopf. »Chris, deine Großmutter hat eine große Macht über diesen Vester, weil er an ihre Macht glaubt. Und ihr gibt es wahrscheinlich ein gutes Gefühl, daß sie ihn beherrschen kann. Aber wir wissen doch, daß sie keine wirkliche Macht über andere Menschen hat.«

Chris warf Ruby, die die Augen gesenkt hatte, einen Blick zu. Sie wußte, daß ihre Cousine abergläubisch war, aber sie war sich nicht sicher, ob Ruby auch an Verfluchungen glaubte. Es stand aber fest, daß sie Angst vor Friedhöfen hatte, weil es dort, wie sie behauptete, »Geister« gab. Chris war allerdings davon überzeugt, daß es so etwas wie spukende Wesen oder Geister nicht gab.

Sie sagte: »Vielleicht kann ich Großmutter dazu bewegen, Vester zu sagen, daß sie tatsächlich gar keinen Fluch auf ihn gelegt hat.«

Ruby schnalzte mit der Zunge. »O Chris, Chris! Das alles kannst du doch vor unserer Abreise gar nicht schaffen!«

»Ich muß es versuchen«, erwiderte Chris entschlossen. »Wenn ich es nicht tue, dann finde ich niemals wieder Frieden mit mir selber.«

»Du hast ein viel zu empfindliches Gewissen«, wandte Ruby ein. »Ich meine, du fühlst dich schuldig, daß wir im letzten Sommer davongelaufen sind. Aber eigentlich müßte sich deine Großmutter deshalb schuldig fühlen. Jetzt nimmst du mehr Schuld auf dich, als du tatsächlich hast. Das ist nicht in Ordnung, Chris!«

»Ich fühle mich in der Tat schuldig«, gab Chris zu, »aber ich glaube, daß ich nur so darüber hinwegkommen kann, indem ich das tue, was ich gerade eben angekündigt habe.«

Ihr Onkel warf ein: »Ich werde für dich beten, daß es dir gelingt.«

Die drei näherten sich dem überdachten Bürgersteig, der zu der Gemischtwarenhandlung führte. Zwei alte Männer in altmodischen Overalls und einfachen Arbeitshemden saßen auf der Holzbank vor dem Fenster des Geschäftes. Sie spuckten Tabaksaft und schnitzten Stöcke.

Nate sagte zu den Mädchen: »Ihr beiden könnt schon hineingehen. Ich möchte mit den Männern über den Gottesdienst am Sonntag sprechen. Dann komme ich nach.«

Die Mädchen nickten und öffneten die Ladentür. Eine kleine Glocke verkündete ihren Eintritt.

Es dauerte einen Augenblick, bis sich Chris' Augen von der Helligkeit draußen an das schummrige Licht im Ladeninneren gewöhnt hatten. Sie spürte den saubergeputzten Holzboden unter ihren Füßen und roch die öligen Sägespäne, die am Abend zuvor zum Kehren des Bodens verwendet worden waren. Ihre Augen sahen die vertrauten Gegenstände, die an der Decke und den Wänden hingen. Außer Petroleumlampen, die mit einem Haken an der Wand befestigt waren, gab es Pferdehalfter, Peitschen, Taschenlampen, Werkzeuge und Nähkästen.

»Chris?« fragte eine Männerstimme hinter der hohen Holztheke. »Ruby? Seid ihr das wirklich?«

»Jawohl, wir sind es«, erwiderte Ruby. »Guten Tag, Herr Galvin.«

Auch Chris begrüßte den Kaufmann. Er sah noch immer so aus, wie sie ihn in Erinnerung hatte: Er war groß und dünn und hatte nur noch einen kleinen Rest graublonden Haares mitten auf seinem Kopf.

»Ruby, ich habe gehört, daß du deinen Vater gefunden hast«, sagte der Kaufmann.

»Ja, das stimmt! Er kommt gleich herein; dann können Sie ihn kennenlernen.«

»Ich freue mich darauf, seine Bekanntschaft zu machen, Ruby. Kann ich in der Zwischenzeit sonst etwas für euch tun?«

Die Mädchen schüttelten den Kopf.

»In diesem Fall«, meinte der Kaufmann, »willkommen daheim. Nehmt euch doch eine Essiggurke.« Er wies auf das offene Faß am Ende der Theke. »Schneidet euch ein Stück Käse ab von dem Rad und nehmt auch einen Keks.«

Ruby griff nach der langen Gabel und spießte eine dicke Gurke auf. »Da sage ich nicht nein. Chris, möchtest du auch eine?«

»Nein, danke. Ich nehme lieber etwas Käse.« Sie nahm ein Messer und schnitt einen kleinen Keil von dem runden Käserad auf der Theke ab. Dann griff sie in die offene Trommel und nahm einen Keks.

Während sie genußvoll den ersten Bissen kaute, blickte Chris durch das Schaufenster nach draußen und sah, wie ihr Onkel gerade mit einem der alten Männer mitten auf die Straße trat. Beide Männer wandten ihr den Rücken zu. Die beiden blieben mit dem Rücken zum Geschäft gewandt stehen. Der alte Mann zeigte in eine bestimmte Richtung, und Nate entfernte sich dorthin. Chris nahm an, daß der Mann ihm gesagt hatte, wo er ein Pferd und einen Buggy mieten könne.

Als sich die Tür öffnete und dabei die kleine Glocke in Bewegung setzte, wandte sich Chris um. Bertha und Iris betraten den Laden.

Chris wußte sofort, daß die beiden Mädchen beobachtet haben mußten, wie Ruby und sie das Geschäft betreten hatten. Außerdem spürte sie, daß es Schwierigkeiten geben würde.

Bertha ging direkt auf Ruby zu, die näher an der Eingangstür stand als Chris. »Ruby«, begann das große Mädchen mit harter Stimme, »jetzt, wo dein neuer Vati nicht in der Nähe ist, um dich zu beschützen, werden Iris und ich dir klarmachen, daß du hier nicht willkommen bist! Das gilt auch für deine Cousine!«

»Jawohl!« bestätigte Iris und streckte ihr Kinn vor.

Chris sah, wie Ruby das letzte Stück Gurke auf den Holzboden fallenließ und auf die Mädchen zuging. Aber der Kaufmann war schneller.

Er eilte hinter der Theke hervor und stellte sich zwischen sie. »Schluß! Hört sofort auf!« verlangte er. »Hier wird nicht gestritten! Außerdem seid ihr Mädchen doch wohl zu groß, um sich hier wie ungezogene Jungen zu benehmen!«

Bertha machte einen Schritt auf den Kaufmann zu. »Was meinen Sie mit ›groß‹?« fragte sie hitzig.

Der Kaufmann erklärte ruhig: »Unter ›groß‹ verstehe ich ›erwachsen‹. Und das seid ihr – ihr alle! Ihr seid ja fast schon richtige junge Damen.«

»Sie sollen mich nicht ›junge Dame‹ nennen«, brauste Bertha auf.

»Jawohl!« stimmte Iris ihr zu.

»O, halt den Mund, Iris!« stieß Bertha hervor und wirbelte zu ihrer Freundin herum.

Ungeachtet der schwierigen Situation mußte Chris beinahe lachen. Es war offensichtlich für sie, daß Iris keine eigene Meinung hatte, sondern blindlings den Anweisungen ihrer Freundin folgte.

Bevor noch jemand etwas sagen konnte, erklang die Türglocke erneut. Chris blickte auf und sog scharf den Atem ein.

Vester Hardesty zwängte sich in den Laden. Chris fragte sich, ob auch er ihnen gefolgt war.

Der Kaufmann, der ruhig zwischen den vier Mädchen stand, wandte sich dem Eintretenden zu. »Guten Morgen, Vester. Ich habe Sie schon lange nicht mehr gesehen.«

»Ich war fort«, erwiderte der Bergbewohner, während er zuerst Chris und dann Ruby einen Blick zuwarf.

»Was kann ich für Sie tun?« fragte Herr Galvin. Er bedachte Ruby, Bertha und Iris noch einmal mit einem warnenden Blick, bevor er wieder hinter die Theke ging.

»Geben Sie mir eine Portion Kautabak«, antwortete Vester, während er Ruby nicht aus den Augen ließ.

Chris sah, wie das aufdringliche Verhalten des Mannes ihre Cousine beunruhigte.

»Bitte schön«, sagte der Kaufmann, während er in ein kleines Fach griff und ein längliches Stück dunkelbraunen Tabak hervorholte. »Ihr Lieblingstabak.«

Die vier Mädchen verhielten sich schweigend, während Vester eine Münze aus der Brusttasche seines Overalls holte und damit den Tabak bezahlte. Dann griff er in seine Hosentasche und zog ein Klappmesser hervor. Dabei grinste er Chris und Ruby an.

Chris zuckte zurück. Sie erinnerte sich an ihre Entführung durch Vester. Damals hatten Ruby und sie dasselbe Messer benutzt, um ihre Fesseln durchzuschneiden und zu entkommen.

Es herrschte ein gespanntes Schweigen, während sich Vester eine Ecke von dem Tabak abschnitt und sie mit dem Messer in seinen Mund steckte. Er schob den Pfropfen in seine rechte Wange. Dann fragte er durch seine gelben Zähne: »Ihr müßt wohl bald wieder zur Schule gehen, nicht wahr?« Dabei schaute er Chris und Ruby an. Bertha und Iris schienen für ihn gar nicht zu existieren.

Chris wollte nicht mit dem Mann sprechen, der ihr das Leben so schwer machte, aber Ruby ergriff das Wort. »Wir werden hier nicht zur Schule gehen«, verkündigte sie und schüttelte dabei ihre blonden Haare. »Wir gehen in eine neue Schule in Kalifornien, sobald wir wieder zu Hause sind.«

Bevor er antwortete, klappte Vester sein Messer zusammen und schob es in seine Tasche zurück. »Und ich habe gehört«, entgegnete er dann leise, während er Chris und Ruby anblickte und durch seinen ungepflegten Bart grinste, »daß ihr beide Possum Hollow nie wieder verlassen werdet.«

Er ging zur Tür hinaus, was die kleine Glocke wieder in Bewegung setzte. Auf Chris wirkte das Klingeln wie ein Alarmzeichen.

Kapitel 11

Alte und neue Tragödien

Bevor der letzte Ton der Glocke verklungen war, wurde die Ladentür erneut aufgestoßen und ein etwa achtjähriger Junge stürzte mit weit aufgerissenen Augen herein. »Herr Galvin!« schrie er außer Atem und wies mit seiner Hand durch das große Schaufenster. »Dort drüben brennt es!«

Alle rannten aus dem Laden. Chris sah in einiger Entfernung Rauch aufsteigen. An der schwarzen Farbe des Rauches erkannte sie, daß es ein Gebäude sein mußte, das dort in einem Tal zwischen zwei Bergkämmen, in das man von ihrem Standort vor dem Laden aus keinen Einblick hatte, in Flammen stand.

Der Kaufmann ergriff das kurze Seil der alten Essensglocke, die neben der Ladentür hing. Früher war diese dazu benutzt worden, die Farmer zum Essen oder bei Notfällen von den Feldern nach Hause zu rufen. Heute wurde die Glocke dazu verwendet, die Männer der freiwilligen Feuerwehr zu alarmieren. Chris hielt sich mit beiden Händen die Ohren zu, als Herr Galvin heftig an dem Seil zog und die Glocke laut zu scheppern begann.

Plötzlich stieß Iris hervor: »Das könnte in der Nähe von Großvaters und meinem Haus sein!«

»Das stimmt!« schrie Bertha. »Komm' mit!« Sie rannte die Straße hinunter; Iris blieb dicht an ihrer Seite.

»Komm', wir schauen auch nach, was da geschehen ist«, schlug Chris vor.

»Warte! Dort kommt mein Vati!« hielt Ruby ihre Cousine zurück.

Als Nate Konning die Mädchen erreicht hatte, meinte er besorgt: »Das Feuer muß ganz in der Nähe sein von dem Haus, wo ich eben mit Bruder Rufus zusammengetroffen bin!«

Das Trio setzte sich in Bewegung und rannte die steinige Straße hinunter. Hinter Bertha und Iris liefen sie direkt auf die schwarze Rauchsäule zu.

Chris fragte ängstlich: »Wenn es Iris' Haus ist, glaubst du dann, daß ihr Großvater noch am Leben ist?«

»Das hoffe ich sehr!« erwiderte Nate, während er die Mädchen mit seinen langen Beinen langsam überholte und dann vor ihnen herlief. »Aber Aufregung ist sehr schädlich, wenn man ein krankes Herz hat!«

Zusammen mit anderen neugierigen Menschen machten Chris und Ruby Platz, als hinter ihnen der Wagen der freiwilligen Feuerwehr mit lauter Sirene die Straße heraufkam. Im Nu hatten die zwei braunen Pferde, die den roten Löschwagen zogen, die zurückspringende Menschenmenge hinter sich gelassen.

Mit seinen langen Beinen war Nate schneller als die anderen. Ruby rannte einige Schritte vor Chris her. Diese konnte ihre Cousine jedoch nicht mehr sehen, weil eine Straßenkurve sie ihrem Blick entzog. Plötzlich ertönte ein gellender Schrei.

Das hört sich nach Iris an! dachte Chris, während sie um die Kurve hastete, von wo aus sie in das Waldgebiet, aus dem der Rauch aufstieg, sehen konnte. Ihr Herz schlug heftig, als sie Iris laut schreiend die Straße entlangjagen sah. Jetzt wußte sie, daß tatsächlich das Haus, in dem Iris mit ihrem kranken Großvater gewohnt hatte, in Flammen stand.

Chris erreichte den Kreis der Zuschauer genau in dem Augenblick, als das Dach mit einem großen Funkenregen zusammenstürzte. Iris schrie beinahe unaufhörlich. Zwar konnte Chris das Mädchen hören, aber wegen der Zaungäste auf der Straße sah sie es nicht.

Chris schob sich Schritt für Schritt durch die Menschenmenge, wobei Ruby dicht hinter ihr blieb. Chris schickte ein Stoßgebet für die Sicherheit des alten Predigers zum Himmel. Ihre Augen brannten von dem Rauch, als sie die vorderste Reihe von Zuschauern durchbrach.

Chris war Iris' Großvater nach ihrer Rückkehr noch nicht begegnet, doch jetzt erblickte sie den weißhaarigen Mann, der ausgestreckt auf dem Boden lag, während ein Mitglied der freiwilligen Feuerwehr neben ihm kniete. Die anderen Feuerwehrleute bedienten die Pumpen des Löschwagens.

Iris warf sich neben dem alten Mann auf die Knie. »Großvater!« schluchzte sie.

Chris schloß die Augen, da sie den Anblick nicht mehr ertragen konnte, aber Iris' klagenden Schreien konnte sie auf diese Weise nicht ausweichen.

Im nächsten Augenblick spürte Chris eine Hand auf der ihren. Sie öffnete die Augen. Ruby sagte leise: »Ich habe gerade mit meinem Vati gesprochen. Der Prediger ist tot. Vati sagt, daß es vermutlich sein Herz war – die ganze Aufregung und so weiter, denn er kam unbeschadet aus dem Haus heraus.«

Chris blickte auf die tragische Szene vor ihr. Über die leblose Gestalt auf dem Boden hatte man inzwischen eine Decke gebreitet. Iris kniete neben der Leiche und stieß kleine klagende Laute aus. Nate Konning versuchte sie zu trösten, während Bertha schweigend hinter ihnen stand. Dann drehte sich das große Mädchen langsam um und ging davon.

»O, Ruby!« sagte Chris traurig. »Es ist noch nicht länger als eine gute Stunde her, daß er noch lebte und Onkel Nate half, Pläne zu machen für den Gottesdienst am Sonntag. Und jetzt ist er tot, und Iris steht ganz alleine auf der Welt!«

Ruby nahm den Arm ihrer Cousine. »Komm' mit. Im Augenblick können wir weiter nichts tun.«

»Ich muß Onkel Nate oder Iris fragen, ob es nicht doch etwas gibt, das ich tun kann.«

Chris näherte sich mit Ruby dem Mädchen, aber Iris schien sie nicht zu hören, als Chris sie anrührte und mit ihr sprach. Onkel Nate hob den Kopf und bedeutete Chris und Ruby, zu gehen; er selber würde noch eine Weile bleiben.

Als die Cousinen langsam davongingen, bemerkte Chris, daß das Feuer beinahe gelöscht war. Es flogen aber immer noch Funken durch die Luft. Ängstlich suchten die Augen des Mädchens den umliegenden Wald ab.

»Hoffentlich sorgen die Feuerwehrleute dafür, daß die Funken den Wald nicht erreichen.«

»Ganz sicher tun sie das«, meinte Ruby. »Wenn das Feuer auf den Wald übergreift, dann brennt die ganze Gegend bis Little Rock nieder, bevor irgend jemand etwas dagegen tun kann. Das ganze Holz ist ja wahnsinnig trocken.«

Die Mädchen kehrten zu der Gemischtwarenhandlung zurück, um dort auf Nate zu warten. Sie berichteten Herrn Galvin, was sie gesehen hatten, und sie erzählten ihm auch, daß der alte Prediger Nate dazu aufgefordert hatte, am Sonntag den Gottesdienst zu halten.

»Herr Galvin, was wird jetzt mit Iris geschehen?« wollte Chris dann wissen.

Ruby stieß hervor: »Wen interessiert das schon? Sie ist gemeiner als eine Schlange, wenn sie ihre Haut verliert; warum also sollte sich jemand um sie kümmern?«

»Das kannst du doch nicht im Ernst meinen, Ruby!« protestierte Chris. »Sicher, sie war nicht besonders nett zu uns, aber ihr Großvater war der letzte lebende Verwandte, den sie hatte. Nun steht sie ganz allein in der Welt!«

Ruby zuckte leicht zusammen, denn Chris' Worte trafen sie.

»Sei nicht zu voreilig mit deinem Urteil über Iris«, warnte auch der Kaufmann. »Ruby, du weißt doch selber, wie das ist, wenn man keine Eltern mehr hat, weil deine Mutter tot ist und du bis vor kurzem ja nicht wußtest, daß dein Vater noch lebt. Auch Iris hat ein schweres Schicksal hinter sich.«

Chris sagte: »Ich habe gehört, was man sich so erzählt, Herr Galvin, aber bis heute weiß ich nicht genau, warum Iris bei ihrem Großvater lebte.«

Ruby fügte hinzu: »Iris hat uns Kindern erzählt, daß ihre Eltern vor langer Zeit bei einem Verkehrsunfall in Chicago ums Leben kamen.«

Der Kaufmann ergriff einen Staubwedel aus Federn und begann, abwesend damit über die Regale zu fahren. »Das ist nur der eine Teil der Geschichte. Ihr Großvater hat mir erzählt, wie es sich wirklich zugetragen hat. Das, was sie erlebt hat, hat Iris wohl zu dem Menschen gemacht, der sie heute ist.«

»Was ist denn wirklich geschehen?« wollte Chris wissen.

Herr Galvin seufzte. »Iris' Mutter war wohl immer ein wenig wild. Sie heiratete Iris' Vater, als sie kaum sechzehn Jahre alt war. Das war in Chicago, wo sie damals lebten und wo Iris geboren wurde. Als Iris etwa ein Jahr alt war, so hat ihr Großvater erzählt, wollten ihre Eltern eines Tages einen Straßenbahnwagen besteigen. Die Mutter hielt das Baby. Ganz plötzlich drückte sie es ihrem Mann in den Arm, der sich bereits in dem Straßenbahnwagen befand. ›Hier‹, sagte sie, ›nimm du das Kind. Ich bin nicht dazu geeignet, Mutter zu sein.‹«

»Das darf doch nicht wahr sein!« stieß Chris entsetzt hervor.

Der Kaufmann jedoch nickte. »Iris' Vater war so überrascht, daß er das Baby ohne Nachdenken annahm. Iris' Mutter drehte sich um, als sich die Straßenbahn in Bewegung setzte. Sie wollte rasch die Straße überqueren, um sich zu entfernen, aber sie wurde von einem Auto erfaßt und getötet.«

»Wie schrecklich!« rief Chris aus.

»Nur zehn Tage später«, so fuhr Herr Galvin fort, »geriet Iris' Vater unter den Lastwagen eines Eislieferanten. Eine Woche später starb auch er.«

Chris schloß ihre Augen und schluckte schwer.

Der Kaufmann berichtete weiter: » Deswegen begab sich Iris' Großvater – ihr einziger überlebender Verwandter – nach Chicago und ließ sich zu ihrem Vormund benennen. Er brachte sie hierher und sagte Iris die Wahrheit, als sie alt genug war, um sie zu verstehen. Aber ich vermute, daß es ihr zu weh getan hat, den Menschen hier die ganze Wahrheit zu sagen. Und deshalb hat sie es wohl so erzählt, wie sie ihr paßte.«

Chris nickte und erinnerte sich an das schreckliche Gefühl, das sie empfunden hatte, als die Lügen ihrer Großmutter Molly veranlaßt hatten, sie, Chris, im letzten Sommer zu verlassen.

Chris ging hinüber zu Ruby, die schweigend durch die Schaufensterscheibe starrte. Der Rauch hatte inzwischen eine hellgraue Farbe angenommen und trieb langsam davon. »Kein Wunder, daß Iris so ein ungezogenes Wesen an den Tag legt«, stellte Chris fest. »Wenn man eine Mutter hat, die einen nicht will, dann reicht das aus, um einen Menschen mit Wut auf die ganze Welt zu erfüllen.« Sie drehte sich um und blickte den Kaufmann an. »Was wird nun mit ihr geschehen?«

Herr Galvin schüttelte den Kopf. »Ich weiß es nicht. Natürlich wird Iris für eine gewisse Zeit irgendwo unterkommen, denn die Menschen hier haben mitfühlende Herzen. Vielleicht nehmen Berthas Angehörige sie auf, obwohl ich nicht weiß, wie diese noch ein Kind ernähren wollen. Aber danach – wer weiß?«

Chris spürte plötzlich großes Mitleid mit dem Mädchen, das nicht unerheblich dazu beigetragen hatte, daß sie in Possum Hollow ein schwieriges Leben gehabt hatte. Aber sie konnte sich aus einem anderen Grund in Iris hineinversetzen. Chris hatte sich ja bereits vorgestellt, wie es sein würde, ihre eigene Großmutter durch den Tod zu verlieren. Aber Iris stand nun nicht nur vor der Tatsache, daß ihr Großvater gestorben war, sondern auch noch vor einer entsetzlichen Leere, weil außer ihr niemand aus ihrer Familie mehr am Leben war.

Chris war glücklich, daß sie ihre Eltern und Geschwister noch hatte. »Ruby«, kündigte sie an, »ich mache einen Spaziergang.«

»Wohin?«

»Ich weiß es nicht. Ich gehe einfach spazieren. Ich muß nachdenken.« Sie ging auf die Tür zu, blieb dann aber stehen. »Später gehe ich wieder zu Großmutter. Was werden du und Onkel Nate unternehmen?«

»Da meine Großmutter uns hinausgeworfen hat, nehme ich an, daß wir bei Seth und Rachel unterkommen werden.«

»Ich möchte sie auch wiedersehen. Wenn ich eine Weile nachgedacht habe, dann werde ich euch dort wahrscheinlich aufsuchen.«

Weder bei Chris noch bei Ruby kam jemals der Gedanke auf, daß ihr unangemeldetes Erscheinen Seth und Rachel ungelegen kommen könnte. Da sie selten Gäste hatten, freuten sich die meisten Bergbewohner über jeden, der zu ihnen kam.

»Ich nehme an, daß mein Vati und ich noch eine Weile hier bleiben«, sagte Ruby nachdenklich. »Da es in Possum Hollow keinen Prediger mehr gibt, wird man vielleicht meinen Vati bitten, die Beerdigung zu halten.«

Chris nickte, winkte Herrn Galvin zu und ging dann hinaus in die schwüle Luft. Sie schaute hoffnungsvoll zum Himmel, aber nicht die kleinste Wolke war zu sehen. Es würde auch an diesem Tag keinen Regen geben.

Als Chris Possum Hollow verließ und in den Wald lief, jagten ihre Gedanken einander wie Blitze bei einem Gewitter im Sommer. Unter ihren Füßen zerbrachen trockene Zweige.

Nahezu neunzig Prozent des Gemeindebezirkes von Possum Hollow bestanden aus bewaldetem Bergland mit steilen und zum Teil felsigen Hängen. Der Wald war Mischwald, in dem es auch Hartholz gab, meistens Eichen, Walnußbäume sowie Pinien und rote Zedern. Chris lief tiefer in den Wald hinein, vorbei an einheimischen Waldpflanzen wie Trauben, Hornsträuchern und Brombeeren.

Ihre Gedanken beschäftigten sich nur oberflächlich mit den Pflanzen, obwohl Chris sich eigentlich für alles in der Natur interessierte. Rehe und Schwarzbären gab es fast keine mehr, aber Chris hoffte, wilde Fasane beobachten zu können. Statt dessen sah sie nur Drosseln, Spechte und einen Habicht, der in der Luft seine Kreise zog.

Es wäre ganz schrecklich, im Wald zu sein, wenn hier ein Feuer ausbräche, überlegte sie sich und umging vorsichtig einige Beerensträucher.

Bald erreichte sie ihr Ziel, einen ihrer liebsten »Nachdenkplätze«, wie sie es nannte. Ein Stück davon entfernt erhob sich ein Sandsteinhang. Er überragte die Bäume und ähnelte in gewisser Weise dem flachen Donnerberg in Kalifornien. Aber in der Oberfläche seiner Ausläufer befanden sich unzählige kleine Nischen, während sich die Hänge des Donnerberges wie die Mauern einer Festung in den Himmel erhoben.

Weil sie allein war, begann Chris ein lautes Selbstgespräch. »Kalifornien ist meine Heimat. Eines Tages werden wir dort auch unser bleibendes Zuhause haben. Aber ich kann Großmutter nicht verlassen, solange Vester sie bedroht. Und er wird Ruby und mich nicht abreisen lassen, wenn er das irgendwie verhindern kann.«

Die Gedanken des Mädchens machten einen Sprung. »Arme Iris! Sie tut mir so leid. Ich wünschte, ich könnte etwas für sie tun.«

Chris spazierte langsam über eine offene Wiese und dann zurück in den Wald aus Eichen und Pinien. Sie wäre gerne den Sandsteinhang hinaufgeklettert. Der Blick von dort über die endlosen Hügelketten wäre vielleicht inspirierender gewesen. Weil ihr Kleid sie jedoch daran hinderte, setzte Chris sich in den Schatten einer weißen Eiche und breitete den Rock um ihre Knie.

All ihre Probleme und Sorgen gingen ihr durch den Sinn und verursachten ihr einen dumpfen Schmerz. »Was soll ich nur tun?« fragte sie sich. Sie hob ihre Augen zu dem Sandsteinhang, der sich über sie erhob.

Ein Bibelvers kam ihr in den Sinn. »Ich erhebe meine Augen zu den Bergen, von welchen meine Hilfe kommt.«

»Herr«, betete Chris leise, »ich brauche diese Hilfe. Es gibt so viele Probleme – « Das Gebet brach ab, weil ihre Gedanken abirrten und sie an die Probleme denken mußte, die sie eben erst mit Onkel Nate und Ruby besprochen hatte. Und jetzt war da auch noch Iris. Niemals hätte Chris es für möglich gehalten, daß sie einmal Mitleid mit diesem Mädchen haben würde.

Dann machten ihre Gedanken erneut einen Sprung, und sie fragte sich: »Was hat Bruder Ben mir einmal darüber gesagt, was ein Mensch tun muß, wenn er etwas erreichen will?«

Der ehemalige, aus Texas stammende Ranger Ben Strong ging in Lone River in dieselbe Kirchengemeinde wie Chris.

Er hatte ihr den Rat gegeben: »Setze dir ein Ziel, mache dir einen Plan und halte dann durch. Ziel! Plan! Durchhalten!« Diese Worte kamen Chris so deutlich in den Sinn wie das Glockenläuten an einem frostigen Morgen.

Chris setzte sich auf und dachte über diese weisen Worte nach. »Ich weiß, was mein Ziel ist«, dachte sie. »Aber ich brauche einen Plan. Dann muß ich an diesem Plan festhalten, bis ich mein Ziel erreicht habe.« Sie sprang auf und glättete ihr Kleid. »Ich brauche einen Plan!«

Dieser kam nicht wie ein heller Blitz der Offenbarung, sondern er reifte langsam. Schließlich kam eine Idee nach der anderen. Es erinnerte sie an das erste Öffnen eines Essigfasses: Erst blubberte es ein wenig, dann stockte die Flüssigkeit, dann blubberte es nochmals, und die Flüssigkeit kam etwas schneller. So ging es weiter, bis der Essig in einem ungebrochenen Strahl aus dem Faß strömte.

Chris ließ den Sandsteinhang hinter sich. Ihre Gedanken purzelten ihr durch den Sinn. Als sie auf dem Hügel über dem Holzhaus der Großmutter stand, wußte das Mädchen, was es als erstes zu tun hatte, um seinen Plan zu verwirklichen.

Chris öffnete die unverschlossene Hintertür und betrat den Hauptraum des Hauses ihrer Großmutter. Durch die Tür der angebauten Küche konnte Chris sehen, wie ihre Großmutter die tägliche Teigmenge für das Maisbrot mit einem hölzernen Löffel umrührte.

»Großmutter«, rief Chris. »Ich bin zurück.«

Die Großmutter ließ den Löffel fallen und drehte sich um. »Bin ich froh, daß du wieder da bist! Meine alten Finger sind so steif, daß ich meine Hände nicht richtig schließen kann. Der Löffel entgleitet mir immer wieder.«

Einen Augenblick lang hatte Chris Mitleid mit ihrer Großmutter. Dann jedoch fiel ihr ein, daß die Großmutter bis vor wenigen Sekunden noch gar keine Schwierigkeiten gehabt hatte, den Löffel festzuhalten. Chris hatte stark den Eindruck, daß die Großmutter ihr Mitleid zu erregen suchte, damit sie bei ihr bliebe.

Chris begann mit dem ersten Teil ihres Planes. »Großmutter, ich habe gehört, was du und Vester heute miteinander gesprochen habt.«

Die scharfen, dunklen Augen blitzten mißbilligend. »Du willst damit sagen, daß du hier herumgeschlichen bist und spioniert hast?«

»Ich schäme mich, aber ja, das habe ich getan. Ich wußte ja, daß Vester nach Kalifornien kam, um mich zurückzuholen, weil er glaubt, du hättest ihn mit einem Fluch belegt.«

»Er ist so dumm, daß er gar nicht weiß, wie dumm er ist.«

»Du mußt es ihm sagen, daß du in Wirklichkeit gar keinen Fluch auf ihn gelegt hast. Dann läßt er mich in Ruhe, und auch dir wird er dann nichts tun. Jetzt jedenfalls befindest du dich in großer Gefahr. Ruby und ich vielleicht auch.«

»Wirst du bei mir bleiben, wenn ich das tue?«

Chris schüttelte ihren Kopf. »Nein, Großmutter. Sobald du tust, worum ich dich gerade gebeten habe, fahren Ruby und ich nach Kalifornien zurück.«

Die Hoffnung verschwand aus den Augen der alten Frau, und ihre Stimme wurde weinerlich. »Du hast mich nicht lieb!«

»Doch, ich habe dich lieb. Und das weißt du auch!« Chris eilte um den Tisch herum und umarmte die Großmutter heftig.

»Es ist nicht gut, wenn man so alleine ist, wenn man alt wird«, sagte die Großmutter traurig.

Einen Augenblick lang wurde Chris' Herz von Mitgefühl zerrissen, aber dann dachte sie wieder an ihren Plan. »Großmutter, wenn du dich mit deiner Schwester wieder verträgst, dann könntet ihr zusammen wohnen und füreinander sorgen, wenn Ruby und ich wieder in Kalifornien sind.«

»Erwähne nicht den Namen dieser Frau in meinem Haus!«

»Dann komm mit mir nach Kalifornien.«

»Ich werde diese Hügel niemals verlassen!«

»Großmutter, bitte –!«

»Ich will kein Wort mehr darüber hören!«

Chris seufzte tief auf. »Ich dachte, ich hätte für jeden von uns eine gute Lösung gefunden. Aber da habe ich mich wohl geirrt.« Sie ging zur Tür.

»Wohin gehst du?« fragte die Großmutter.

»Ich schlafe diese Nacht bei Freunden. Die Hightons leben hier in der Nähe.«

Fast fluchtartig verließ Chris das Haus ihrer Großmutter. Der Mißerfolg ihrer ersten beiden Ideen schmerzte sie, und sie wußte, daß sie nicht mehr viel Zeit hatte.

Kapitel 12

Alte Freunde sehen sich wieder

Chris raffte ihr langes Kleid zusammen und rannte, so schnell sie konnte, von dem Holzhaus der Großmutter zu dem nahe gelegensten Bergkamm. *Hoffentlich verpasse ich Onkel Nate und Ruby nicht,* dachte sie, als sie den bewaldeten Gipfel erreicht hatte und den Hang auf der anderen Seite hinabblickte.

Sie sah, wie auf der ungepflasterten Straße unter ihr eine rotbraune Stute einen Buggy zog. Die eisenbeschlagenen Hufe des Tieres klapperten auf dem felsigen Boden. Chris blieb stehen und hielt sich die Hand vor die Augen als Schutz vor dem grellen Sonnenlicht. Sie wollte wissen, wer dort unten in dem Wagen saß. *Hoffentlich sind es Onkel Nate und Ruby in ihrem gemieteten Gespann,* dachte sie. Doch im gleichen Augenblick erkannte das Mädchen, daß diese Vermutung nicht zutreffen konnte. Das Pferd verließ Possum Hollow nicht, sondern bewegte sich auf die Stadt zu.

Chris rannte wieder los. Sie hatte sich überlegt, daß es vielleicht auf der Straße Spuren gab, an denen sie erkennen konnte, ob vor kurzem noch ein anderer Buggy vorübergefahren war. Chris glaubte, an den Hufabdrücken der Pferde erkennen zu können, in welche Richtung sich das Gespann bewegt hatte. *Vielleicht sind Onkel Nate und Ruby auf der Fahrt zum Haus von Seth und Rachel schon hier vorbeigefahren,* sagte sie sich.

Keuchend erreichte Chris die Straße genau in dem Augenblick, als der Wagen, der zur Stadt fuhr, um eine kleine Kurve bog. Chris konnte gerade noch erkennen, daß ein Mann und eine Frau in dem Buggy saßen.

Chris blinzelte überrascht, blickte noch einmal genauer

hin und stieß dann einen Freudenschrei aus: »Seth! Rachel!«

Der Mann beugte sich aus dem Wagen und warf einen Blick hinter sich. Herausfordernd streckte er sein rechteckiges Kinn vor. »Nein, so was!« rief er und zog die Zügel an. »Rachel, Liebes, schau dich doch einmal um!«

Chris rannte auf den Wagen zu. Eine hübsche Frau streckte auf der rechten Seite des Buggys ihren Kopf heraus. »Chris!« rief sie und winkte.

Der Mann band die Zügel um den Peitschenständer des Buggys und sprang vom Wagen herab. Schnell half er seiner großen, schlanken Frau beim Aussteigen. Atemlos, aber glücklich blieb Chris vor dem Ehepaar stehen.

»Seth! Rachel!« stieß das Mädchen hervor. »Ist das aber schön, euch zu sehen! Ruby und ihr Vater sind auf dem Weg zu eurem Haus, und ich wollte auch dorthin – «

»Rubys *Vater?«* unterbrach sie die junge Frau. Vor Erstaunen wurden ihre grauen Augen ganz groß. Nachdem sie Chris schnell und herzlich umarmt hatte, trat sie einen Schritt zurück und schaute das Mädchen an. »Hast du wirklich gesagt, ihr *Vater?«*

»Ja! Wir haben ihn gefunden!« Chris wandte sich an Seth, der seine rechte Hand zur Begrüßung ausstreckte, dann aber seine Meinung änderte und Chris statt dessen kräftig an sich drückte. »O, Seth, es gibt so viel zu erzählen!« rief Chris aus.

»Was um alles in der Welt hat dich wieder in unsere Gegend verschlagen, Chris?« wollte Seth wissen und gab das Mädchen wieder frei.

»O, so viele Dinge! Ich werde einige Zeit brauchen, um euch das alles zu erklären«, antwortete Chris.

Der hochgewachsene, hagere, junge Mann ergriff Chris und Rachel am Ellbogen und führte sie zu dem Buggy. »Ich nehme an, wir können gleichzeitig fahren und reden«, meinte er lächelnd.

Chris' Gedanken tauchten in die Vergangenheit, als sie sich zwischen ihre beiden Freunde setzte. Seth nahm die Zügel wieder auf und rief seinem Pferd zu: »Hüh, Bess!«

Über das Hufgeklapper des Pferdes hinweg fragte Rachel: »Nun erzähle uns, warum du mit Ruby in die Ozarks zurückgekommen bist und was ihr hier wollt. Und was ist mit Rubys Vater?« Bevor Chris antworten konnte, fügte die junge Frau hinzu: »Und was ist nur mit diesem schrecklichen Mann geschehen, der hinter euch her war? Wie hieß er auch wieder – Vester?«

»Ja, Vester. Aber ich weiß gar nicht, wo ich mit meinem Bericht anfangen soll!«

»Dann beginn' halt einfach irgendwo«, schlug Seth vor.

Chris nickte und erzählte noch einmal kurz, wie Ruby und sie im letzten Juni Rachel und Seth kennenlernten, und wie das junge Ehepaar die Mädchen in Seths Ford zu Chris' Großeltern – den Eltern ihres Vaters – in Illinois gebracht hatte. Damals hatte sich Vester an ihre Fersen geheftet.

»Dann«, so fuhr Chris fort, »nachdem ihr beide nach Chicago abgefahren wart, bekam Vester Ruby und mich in der Stadt in seine Gewalt. Er hielt uns in einem alten Viehwaggon gefangen, weil er vorhatte, uns in die Ozarks zurückzubringen. Aber wir konnten ihm entkommen und fanden schließlich meine Angehörigen wieder. Gemeinsam fuhren wir dann alle nach Kalifornien.«

»Da habt ihr aber Schlimmes erlebt!« rief Rachel aus. »Bin ich froh, daß ihr diesem Mann entkommen konntet!« Dann fügte sie nachdenklich hinzu: »Als Ruby ihren Vater gefunden hatte, wollte sie ihn hier in den Ozarks vorzeigen, nicht wahr?«

Chris nickte und erzählte, wie Ruby und sie Nate Konning gefunden hatten. Sie berichtete auch von Vesters Absicht, ihre Cousine und sie an der Abreise aus den Ozarks zu hindern. Sie hatte soeben ihre Geschichte beendet, als sich ihnen ein anderes Pferd mit einem Buggy näherte.

»Das sind Ruby und Onkel Nate!« rief sie aus. »Sie fahren zu eurem Haus!«

Beide Buggys hielten an, und Ruby wurde herzlich von den Hightons begrüßt. Dann stellte Ruby stolz ihren so lange vermißten Vater vor.

Nachdem sie schnell die wichtigsten Neuigkeiten ausgetauscht hatten, fragte Chris Seth und Rachel: »Wohin wollt ihr beiden eigentlich?«

»Nach Possum Hollow«, wies Seth mit seiner Hand. »Wir benötigen einige Sachen aus der Gemischtwarenhandlung, die wir nicht selber anpflanzen oder herstellen können. Hört einmal, warum kommt ihr nicht mit uns in die Stadt und übernachtet anschließend bei uns?«

Alle stimmten begeistert zu, und Chris setzte sich wieder zwischen Seth und Rachel. Nate wendete seinen Buggy und folgte dem der Hightons. Bevor die Stadt erreicht war, hatte Chris ihren Freunden auch von dem Brand und dem Tod von Iris' Großvater berichtet.

In Herrn Galvins Gemischtwarenhandlung unterhielt man sich weiter über den Tod von Rufus Hurley und das anstehende Begräbnis. Nate hatte zugesagt, die Trauerfeier in der kleinen Kirche, in der der alte Pastor lange Zeit gewirkt hatte, zu leiten.

Die Dämmerung zog langsam in die Täler ein, als die beiden Gespanne die Stadt verließen. Diesmal fuhr Ruby mit den Hightons, und Onkel Nate ließ Chris sein gemietetes Pferd lenken. Unterwegs sagte er zu Chris: »Ruby erzählte mir, daß du heute spazierengegangen bist, um nachzudenken.«

Da sie erkannte, daß diese halbfragende Bemerkung die Art ihres Onkels war, um mit ihr ins Gespräch zu kommen, erzählte Chris ihm von ihrem Gebet und von dem Plan, den sie sich ausgedacht hatte. Auch berichtete sie ihm, daß sie bei der Umsetzung von zwei Ideen in die Tat keinen Erfolg gehabt hatte.

Nate hörte ihr nachdenklich zu und meinte schließlich: »Die Situation, in der sich diese beiden Frauen befinden, ist völlig verfahren, aber gib noch nicht auf, Chris!«

»Das werde ich auch nicht. Zuerst war ich sehr traurig, aber mir ist eine neue Idee gekommen. Die will ich jetzt ausprobieren.«

Bevor sie dem Onkel erklären konnte, was sie sich überlegt hatte, erreichte der Buggy den Gipfel einer Anhöhe, und Chris sah das Holzhaus der Hightons unten im Tal vor sich liegen. Wieder kamen ihr mancherlei Erinnerungen in den Sinn. Sie schilderte Nate Konning, wie das Haus ausgesehen hatte, als sie die Hightons kennenlernte.

»Seit damals haben sie aber noch angebaut«, schloß Chris und betrachtete das Haus. Sie lenkte den Buggy auf den Hof und stellte ihn neben der Stute der Hightons ab.

Seth war bereits ausgestiegen und half nun Ruby und Rachel aus dem Wagen. »Seth, wie ich sehe, hast du neben und hinter dem Haus angebaut«, sagte Chris.

»Ja«, erklärte Seth, »Rachel gefiel es nicht, daß das Haus so aussah, als ob dort ein Junggeselle wohne. Deswegen haben wir hinten eine Küche angebaut und einen zusätzlichen Raum für das Baby.«

»Seth!« rief Rachel, offensichtlich verlegen, aus und stieß ihrem Mann mit dem Ellbogen in die Seite.

»Ein Baby?« jubelte Chris und blickte das Ehepaar strahlend an.

»Eines Tages«, antwortete Rachel.

Seth räusperte sich und wechselte das Thema. »Chris, erinnerst du dich noch an meinen alten Ford?« Er zeigte auf einen Pferdestall, in dem sich der Wagen befand.

»Und ob ich mich daran erinnere! Das war das erste Auto, das Ruby und ich in unserem Leben je sahen!«

»Er fährt nicht mehr«, erwiderte Seth. »Aber die Stute zieht unseren Buggy an jeden gewünschten Ort.«

Er wandte sich an seine Frau. »Liebes, führ' die beiden Mädchen doch ins Haus. Nate und ich versorgen rasch die Pferde und kommen dann mit den Einkäufen nach.«

Chris nahm die Einteilung des Hauses der Hightons in sich auf – eine geschützte Veranda auf der Rückseite, ein kombiniertes Eß- und Wohnzimmer, ein Schlafzimmer auf dem Dachboden und die angebaute neue Küche und das Kinderzimmer.

»Macht es euch bequem«, sagte Rachel zu den Mädchen. »Ich hole uns etwas Kaltes zu trinken.«

»Wenn es dir nichts ausmacht, möchte ich mich lieber mit dir unterhalten«, erwiderte Chris und folgte der jungen Frau in die Küche.

»Es würde mich freuen«, meinte Rachel lächelnd.

»Ich komme auch mit«, sagte Ruby. »Erzähl' uns doch von dem Baby.«

Sie unterhielten sich immer noch, als Seth mit einem Zwölfeinhalb-Kilo-Eimer Schweinefett und einem Fünfundzwanzig-Kilo-Sack Mehl unter dem Arm die Küche betrat. Nate trug in der einen Hand einen Kanister mit zwanzig Litern Petroleum. Da der Verschluß des Kanisters fehlte, steckte in seiner Öffnung eine dicke Kartoffel. In der anderen Hand hielt Nate einen Sack getrockneter roter Bohnen.

Chris hörte, wie Seth zu Nate sagte: »Wie ich schon sagte, bin ich früher nie regelmäßig in die Kirche gegangen. Das änderte sich erst, als Rachel und ich heirateten. Wir werden Bruder Rufus ganz sicher vermissen. Aber ich freue mich, daß ich auf meinen Fahrten den Leuten erzählen kann, daß Sie am kommenden Sonntag predigen werden. Vielleicht haben Sie dadurch mehr Zuhörer.«

»Vielen Dank, Seth.«

Chris folgte den Männern zurück ins Wohnzimmer. »Onkel Nate, was ist mit der Beerdigung?«

»Sie findet morgen statt. Einige der Männer heben gerade das Grab aus. Andere bahren heute abend die Leiche in einem der Nachbarhäuser auf. Nach dem Abendessen fahren Seth und ich wieder in die Stadt, um uns zu vergewissern, daß in der Kirche alles bereit ist, und dann wollen wir Iris besuchen, um zu sehen, ob wir dem armen Mädchen irgendwie helfen können.«

Chris hatte bisher erst an sehr wenigen Beerdigungen teilgenommen. Auf dem Lande fand ein Begräbnis im Sommer sehr bald statt, meistens schon einen Tag, nachdem ein Mensch gestorben war. Da es keine Bestattungsunternehmen gab, bahrten Freunde den Leichnam auf und legten ihn im Haus des Verstorbenen in einen selbstgezimmerten Holzsarg. Weil das Haus des verstorbenen Pastors abgebrannt war, hatte ein Nachbar sein Haus zur Verfügung gestellt. Dorthin kamen nun die Nachbarn, um von dem

Toten Abschied zu nehmen und mit seiner einzigen Hinterbliebenen – Iris – zu trauern.

»Ich würde gerne mitfahren, wenn ich darf«, sagte Chris.

»Heute abend?« fragte ihr Onkel. »Bist du da sicher?«

»Ja. Da jeder aus der Umgegend kommt, um Iris das Beileid auszusprechen, wird sich vielleicht auch Rubys Großmutter einfinden. Ich würde mich gerne mit ihr über eine Reihe von Dingen unterhalten.«

Ruby streckte ihren Kopf in das Wohnzimmer. »Hast du deinen Verstand verloren, Chris? Warum willst du mit ihr zusammentreffen?«

»O, das gehört einfach zu dem Plan, den ich mir gemacht habe.«

»Was für ein Plan?« wollte Ruby wissen. Sie betrat das Wohnzimmer, während sie sich ihre Hände mit einem Mehlsack abtrocknete, der als Handtuch diente.

»Nun, zum Beispiel möchte ich sie bitten, sich mit meiner Großmutter zu vertragen.«

Ruby schnaubte. »Das wird sie ganz sicher niemals tun!«

»Ich will sie wenigstens darum bitten«, antwortete Chris ruhig, aber bestimmt. »Willst du auch mitkommen?«

»Du vergißt, daß sie mich und meinen Vati aus dem Haus geworfen hat! Das heißt, nur mein Vati darf sich nicht mehr bei ihr blicken lassen, aber das ist dasselbe, als wenn sie mich hinausgeworfen hätte!«

»Nein, das habe ich nicht vergessen. Aber der Tod bringt die Menschen zum Nachdenken. Manchmal macht er einen Menschen zugänglicher oder verändert ihn sogar.«

»Sie nicht!« behauptete Ruby nachdrücklich. »Ebenso wenig, wie er deine Großmutter ändern wird! Ich sehe keinen Sinn darin, mitzufahren!«

Chris fügte hinzu: »Ich möchte außerdem mit Iris sprechen.«

»Mit Iris?« fragte Ruby ungläubig. »Sie haßt den Boden, über den du gehst!«

»Vielleicht hast du recht. Trotzdem möchte ich jedenfalls,

daß sie weiß, daß mir der Tod ihres Großvaters leid tut. Komm, Ruby, fahr mit mir mit!«

Ruby schüttelte ihren Kopf. »Es tut mir leid, daß der alte Prediger gestorben ist, aber ich habe kein Mitleid mit Iris, nach allem, was sie und die große Bertha dir und mir angetan haben, als wir hier noch zur Schule gingen!«

»Das meinst du doch nicht wirklich, Ruby!« protestierte Chris.

Ruby blieb jedoch bei ihrer Meinung. »Ich bleibe hier bei Rachel.«

Rachel trat aus der Küche. In der Hand hielt sie eine frischgeschälte Kartoffel. Sie warf Chris einen Blick zu und bemerkte, wie aufgewühlt das Mädchen war. »Wenn wir nun beide Buggys nähmen«, schlug die junge Frau vor, »könnten wir heute abend alle miteinander gehen.«

Chris lächelte Rachel dankbar an, aber Ruby erwiderte mit sich überschlagender Stimme: »Wahrscheinlich hängt Vester irgendwo in der Dunkelheit herum und beobachtet uns!«

»Aber er wird uns nicht zu nahe kommen, wenn Onkel Nate und Seth in unserer Nähe sind!« wandte Chris ein.

Ruby erschauerte und zog eine Grimasse. »Ugh! Schon die Art und Weise, wie er einen ansieht, macht, daß ich eine Gänsehaut bekomme!«

»Das geht mir auch so«, gestand Chris ein. »Aber ich glaube, daß Großmutter in größerer Gefahr ist als wir, das heißt, solange wir nicht versuchen, Possum Hollow zu verlassen.«

Ruby strich sich über ihre nackten Arme. »Seht her! Eine Gänsehaut, wie sie schlimmer nicht sein kann – und das nur, weil von Vester die Rede ist.«

Chris überlegte, wie sie ihre Cousine doch noch dazu bewegen konnte, mit ihr in die Stadt zu fahren. »Wir haben beide Grund, uns vor Vester zu fürchten, Ruby, aber ist der *tatsächliche* Grund, daß du nicht mitfahren willst, nicht der, daß du dich fürchtest, im Dunkeln in die Nähe des Friedhofes zu kommen?«

Arglos ging Ruby in die Falle, die Chris ihr da gestellt

hatte: »Ich fürchte mich nicht – nur weil einige Leute sagen, daß es dort spukt!«

Mit Mühe unterdrückte Chris ein triumphierendes Lächeln. »Dann kommst du also heute abend mit?«

An Rubys Gesicht war deutlich abzulesen, daß sie sich zu spät bewußt wurde, in eine Falle gelaufen zu sein. Sie schluckte einige Male schwer und zuckte dann mit den Schultern. »Ich glaube, daß ich doch mitkomme – um dich zu beschützen, Chris.«

Nach dem Abendessen machten sich Chris, Seth und Rachel in dem einen und Ruby und ihr Vater in dem gemieteten Buggy auf den Weg nach Possum Hollow. Weil der Mond noch nicht aufgegangen war, war es stockfinster in den bewaldeten Hügeln und Tälern. Chris fand die Fahrt unheimlich. In Kalifornien gab es kaum Pferde und Buggys. Das Mädchen hatte sich völlig an die Autos gewöhnt, die mit aufgeblendeten Scheinwerfern durch die Nacht fuhren.

Weil Seths alter Ford nicht mehr funktionierte, hatte er beide Gespanne mit Kerosinlampen versorgt. Die Lampen standen auf dem Boden der Buggys und verbreiteten ein schwaches Licht. Wenn Nate oder Seth hörten, daß sich ihnen in der Dunkelheit ein anderes Pferd näherte, hoben sie die Lampen hoch, um den anderen Kutscher zu warnen. Die Pferde selber kamen gut ohne Licht aus, denn sie konnten im Dunkeln viel besser sehen als die Menschen.

Die Unterhaltung zog sich schleppend hin, aber dann räusperte Rachel sich. »Chris, du hast gesagt, daß du mit Rubys Großmutter über einige Dinge sprechen willst. Soweit ich verstanden habe, möchtest du sie dazu bewegen, sich mit deiner Großmutter zu vertragen. Aber würdest du mir verraten, was du sonst noch mit Frau Skaggs zu besprechen hast?«

Schon öffnete Chris den Mund, um Rachels Frage zu beantworten, als ihr plötzlich bewußt wurde, wie undurchführbar ihr Plan war.

Sie ergriff in der Dunkelheit Rachels Hand und flüsterte:

»Es gehört zu dem Plan, den ich mir heute morgen im Wald ausgedacht habe. Aber plötzlich habe ich Angst, daß ich jetzt genauso versage wie mit jenen Ideen, die ich bei meiner Großmutter ausprobiert habe! O, Rachel, was ist, wenn jetzt wieder alles schiefgeht?«

Kapitel 13

Eine schreckliche Verfolgungsjagd in der Nacht

Der Buggy, in dem Chris mit Rachel und Seth saß, fuhr an der kleinen Kirche von Possum Hollow vorbei zu einem der Häuser in der Nachbarschaft. Dorthin kamen all jene Einwohner des Städtchens, die Iris ihr Beileid aussprechen und sich von dem verstorbenen Großvater des Mädchens verabschieden wollten. Der Mond war gerade aufgegangen und beleuchtete die Kreuze und Grabsteine auf dem Friedhof.

Seth hielt sein Pferd vor dem Haus an, das zurückgesetzt von der Straße hinter Bäumen versteckt lag. Chris sah, daß dort bereits andere Pferde und Buggys standen. Kleine Gruppen von Leuten hatten sich in der Nähe der Gespanne zusammengefunden, und man unterhielt sich leise.

Chris stieg von Seths Wagen herunter, als Ruby von dem Gespann ihres Vaters herübereilte. Sie ergriff Chris' nackten Arm und flüsterte: »Hast du es gesehen, als wir an dem Friedhof vorbeikamen?«

»Was soll ich gesehen haben?«

»Das Licht! Ein merkwürdiges Licht, das sich zwischen den Grabsteinen hin und her bewegte!«

»Das war vermutlich einer von den Männern, die das Grab ausgehoben haben und sich nun mit einer Lampe auf dem Heimweg befinden.«

»Nein! Es war ein Geist!« widersprach Ruby heiser.

Chris spürte, wie die Hand ihrer Cousine, die noch immer auf ihrem Arm lag, erzitterte. Sie legte ihre Hand auf die Rubys. »Es gibt doch gar keine Geister! Hör' auf, dir selber Angst zu machen. Komm', wir gehen ins Haus.«

Ruby hielt sie zurück. »Ich bin nicht gerne in der Nähe von toten Menschen.«

»Wir müssen unser Beileid aussprechen und auch versuchen, Iris zu helfen.«

Chris zog die zögernde Ruby mit sich und folgte Onkel Nate, Rachel und Seth durch den Hof zu den zwei brennenden Laternen, die auf dem Geländer der Veranda standen, damit die Besucher den Weg zur Haustür ohne Probleme finden konnten.

Die Erwachsenen nickten den Leuten, die im Dunkeln vor dem Haus standen, ernst zu. Als die fünf Neuankömmlinge die hölzernen Stufen emporstiegen, begann Chris automatisch, auf ihren Zehenspitzen zu gehen, um so leise wie möglich aufzutreten. Sie bemerkte, daß die anderen dasselbe taten, und sie fragte sich, warum sich die Menschen in der Gegenwart eines Toten so offensichtlich darum bemühten, möglichst wenig Lärm zu verursachen.

Chris spürte, wie Rubys Hand ihren Ellbogen ergriff. »Ich *kann* dort nicht hineingehen!« flüsterte sie.

»Natürlich kannst du. Halte dich einfach dicht bei mir.« erwiderte Chris leise.

»Ich bleibe aber lieber hier draußen!«

»Nein, du bleibst nicht draußen«, widersprach Chris. »Vielleicht steht Vester hier irgendwo im Dunkeln herum. Es ist besser, wenn du mit uns ins Haus kommst.«

An der Wand neben der Tür hingen zwei Lampen, deren blasses Licht einen Halbkreis bildete und eine Frau mittleren Alters beschien, die in der Tür stand. Chris kannte sie nicht.

Die Frau sagte kein Wort, sondern trat mit einer einladenden Geste auf die Seite. In dem schwachen Lampenlicht bemerkte Chris in einer Ecke ein altes Harmonium; an den Wänden reihten sich schwere Möbel aneinander. Der Raum roch muffig, als wenn er lange verschlossen gewesen wäre. Chris hörte, wie jemand leise weinte.

Als ihre Augen sich an das schwache Licht gewöhnt hatten, sah sie Iris, die in einem großen Stuhl saß. Sie hatte die Beine unter ihren Körper gezogen und starrte die Wand an. Aber Chris konnte auf ihrem Gesicht deutliche Tränenspuren erkennen.

Eigentlich hatte Chris sofort zu Iris gehen wollen, um sie zu trösten, aber die Frau, die sie eingelassen hatte, bedeutete ihnen, ihr durch eine große Schiebetür zu folgen. Sie betraten einen Raum, der nur von einer einzigen Lampe auf der gegenüberliegenden Wand erhellt wurde. Die blaßgelben Strahlen fielen auf einen Holzsarg, der in der Mitte des Raumes auf zwei Sägeböcken ruhte. Einige Trauernde standen neben dem Sarg und betrachteten schweigend die aufgebahrte Leiche. Andere hatten sich neben den Sarg gesetzt. Niemand sprach ein Wort.

Ruby stand hinter Chris und ergriff deren Hand. Sie flüsterte heiser: »Ich will nicht an den Sarg treten!«

Chris nickte und flüsterte der vor ihr stehenden Rachel zu: »Ich gehe mit Ruby in den anderen Raum zurück.«

Als die beiden Mädchen erneut das Zimmer betraten, kauerte Iris noch immer in ihrer Ecke. Sie befand sich ganz alleine in dem Raum. Chris ging zu dem Mädchen hinüber, wußte aber nicht, was sie sagen sollte. Zögernd berührte sie Iris' Schulter.

Langsam wandte das Mädchen sich um und schaute auf. »Ich kann es einfach nicht glauben, daß er tot ist«, sagte es mit gebrochener Stimme.

Chris kamen all die Gemeinheiten in den Sinn, die Iris und Bertha ihr bis zu ihrer Flucht aus Possum Hollow angetan hatten. Iris hatte damals brutal geredet und gehandelt. Jetzt war sie selber am Boden zerstört und weinte einsam.

Dennoch gelang es Chris, leise zu sagen: »Es tut mir so leid.«

Iris schluchzte und strich mit einem weißen Taschentuch über ihre Augen. »Ihr beiden seid die einzigen Mädchen, die gekommen sind.«

Chris war überrascht. »Wo ist Bertha?«

Iris zuckte die Schulter und meinte bitter: »Wahrscheinlich mag sie nicht in ein Trauerhaus kommen. Vielleicht hat sie Angst, oder sie ist traurig, aber so traurig wie ich kann sie gar nicht sein! Mein Großvater ist tot!« Iris schluchzte und ergriff Chris' und Rubys Hand. »O, was soll ich jetzt nur tun?«

»Wir könnten nach draußen gehen«, schlug Chris vor.

Iris schien sich ihnen gerne anzuschließen, erschauderte jedoch, als die Menschen, die unter den Bäumen standen, sie anstarrten.

»Hier entlang«, flüsterte Iris leise und führte Chris und Ruby um das Haus herum in den Hinterhof.

Die Mädchen blieben in der Nähe des Brunnens stehen, wo der Mond hell leuchtete. Chris konnte sehen, daß Iris' Augen vom Weinen dick geschwollen waren.

Da sie nicht wußte, wie sie anfangen sollte, atmete Chris einmal tief durch und stieß dann hervor: »Können wir irgend etwas für dich tun?«

Iris schüttelte den Kopf. »Großvater war der einzige, der noch von meiner Familie übrig war. Jetzt ist er – « Heftiges Schluchzen ließ sie den Satz unbeendet abbrechen.

Chris versuchte, den dicken Brocken in ihrer Kehle herunterzuschlucken. »Wo – wo wirst du in Zukunft leben?«

»Ich weiß es nicht.« Iris' Stimme war flach, dumpf und ohne Gefühlsregung. »Er war alles, was ich hatte.« Sie warf einen Blick auf das Haus, in dem ihr toter Großvater lag. »Obwohl er Schwierigkeiten mit seinem Herzen hatte, habe ich nicht geglaubt, daß er wirklich – sterben würde.«

Ruby hatte noch kein Wort gesagt, und Chris stellte mit einem schnellen Blick fest, daß Iris' Schicksal ihre Cousine überhaupt nicht berührte. Ruby konnte Iris offensichtlich nicht leiden, und Chris vermochte sie dafür nicht einmal zu schelten. Dennoch empfand Chris in dieser Situation Mitleid mit Iris.

»Kannst du bei Bertha bleiben?«

»Ihre Eltern haben bereits eine ganze Reihe Kinder. Sie werden nicht noch einen weiteren Mund stopfen wollen.«

»Weißt du denn sonst jemanden, bei dem du unterkommen könntest?«

Iris schüttelte langsam ihren Kopf. »Bertha und ich haben wohl jeden gegen uns aufgebracht. Die meisten Leute dürften uns wie streunende Katzen davonjagen wegen all der Dinge, die wir ihren Kindern angetan haben.«

Chris war entsetzt, als sie Ruby vor sich hinflüstern hörte: »Und das geschieht dir auch ganz recht!«

Sie warf ihrer Cousine einen warnenden Blick zu, aber Iris schien die Bemerkung nicht gehört zu haben.

Das Mondlicht glitzerte auf Iris' feuchtem Gesicht. »Chris, Ruby, ich möchte mich bei euch beiden entschuldigen für alles, was Bertha und ich euch angetan haben.«

»Das ist schon in Ordnung«, erwiderte Chris ohne Zögern und streichelte Iris' Schulter. »Vergiß' es!«

»Aber das kann ich nicht! Und daß ihr beiden zu mir gekommen seid, während sich von meinen Mitschülern sonst keiner hier hat blicken lassen, macht alles noch schlimmer. Weder Bertha noch Elston sind gekommen –«

»Sie werden schon noch kommen«, gab Chris sich zuversichtlich.

Iris zuckte mit den Schultern. »Auf jeden Fall bin ich froh, daß ihr beide mir die Gelegenheit gebt, mich wieder mit euch zu vertragen.«

Chris hielt nun den Augenblick für gekommen, einen weiteren Teil jenes Planes in Angriff zu nehmen, den sie am Morgen im Wald unterhalb der Sandsteinböschung geschmiedet hatte. »Bist du gut mit deinem Großvater ausgekommen?«

Iris zog die Nase hoch und nickte. »Wir hatten nie Probleme miteinander. Eigentlich komme ich überhaupt gut mit alten Menschen aus. Vielleicht deshalb, weil ich bei Großvater aufgewachsen bin und die meisten seiner Freunde alt waren. Natürlich gab es auch andere, die zur Kirche kamen, wenn er predigte, aber meistens waren es ältere Leute, die uns besuchten.«

»Kennst du Rubys Großmutter?« fragte Chris.

»Frau Skaggs? Ja. Warum?«

»Kommst du mit ihr aus?«

»Besser als die meisten Menschen, vermute ich.«

»Und wie ist es mit meiner Großmutter?«

»Wohl dasselbe. Ich sehe weder die eine noch die andere

sehr oft, aber wir haben uns bisher immer recht gut verstanden. Warum fragst du?«

»Ja!« stieß Ruby hervor in einem Ton, der sich mehr nach der alten Iris anhörte. »Warum fragst du danach?«

Chris beachtete Ruby nicht und wollte von Iris wissen: »Hast du Rubys Großmutter heute abend hier gesehen? Sie wohnt ja in der Nähe.«

»Nein, bisher habe ich sie nicht gesehen.«

Ruby zog Chris am Ellbogen. »Warum erkundigst du dich nur danach?«

»Ich wollte zuerst mit ihr sprechen, bevor ich dir oder Iris etwas sage, aber da die Gelegenheit jetzt so günstig ist – « Chris unterbrach sich einen Augenblick und fuhr dann hastig fort: »Iris, in einigen Tagen gehen Ruby und ich mit Onkel Nate – Rubys Vater – nach Kalifornien zurück. Meine Familie braucht mich, weil sich mein Vater möglicherweise nach einer neuen Arbeit umsehen muß, und ich muß meiner Stiefmutter bei der Beaufsichtigung der Kinder helfen. Wenn Ruby und ich fort sind, bleiben unsere beiden Großmütter alleine hier zurück. Das Alter macht sich bei ihnen bemerkbar, und sie brauchen jemanden, der sich ihrer annimmt. Und du, Iris, mußt einen Platz zum Wohnen haben und ebenfalls jemanden, der sich um dich kümmert. Was hältst du davon? Könntest du mit einer unserer Großmütter oder auch mit beiden zusammenleben?«

Ruby stotterte überrascht: »Meine Großmutter ist nicht einmal mit mir, ihrer einzigen Blutsverwandten, ausgekommen! Wieso glaubst du also, daß sie sich mit Iris vertragen könnte? Und deine Großmutter – sie hat Molly belogen und dich betrogen! Nicht einmal der Teufel selber könnte mit diesen beiden Frauen auskommen! Iris hat überhaupt keine Chance!«

Iris sah traurig und müde aus. »Ruby hat recht. War es das, worüber du mit mir sprechen wolltest, Chris?«

»Ja«, gab Chris zu. »Nur hatte ich erst mit Rubys Großmutter sprechen wollen, aber da sie nicht hier ist und du wohl – «

»Ich danke dir sehr«, sagte Iris ehrlich. »Aber dieser Plan wird nie gelingen, da führt kein Weg auf der Welt daran vorbei. Jeder hier in der Gegend weiß, wie gemein diese beiden Frauen sein können. Bitte nehmt es mir nicht übel, wenn ich das so frei heraus sage.«

Iris erhob sich plötzlich und eilte durch die Hintertür ins Haus zurück.

»Das war wirklich eine Schnapsidee von dir!« brummte Ruby.

Chris gab keine Antwort. Sie war am Boden zerstört, weil wieder ein Versuch, für ihre Großmutter und deren Schwester zu sorgen, gescheitert war. Schweigend ging sie um das Haus herum in den vorderen Hof. Ruby folgte ihr und schimpfte noch immer über Chris' Idee.

Der vordere Hof lag verlassen da. Chris hörte, wie ein Pferdegespann davonfuhr, und in dem weichen Mondlicht konnte sie sehen, wie zwei weitere Pferde und Buggys bereits die stille Straße hinabfuhren. Gleichzeitig traf ein anderer Buggy ein und hielt vor dem Haus an.

Die Cousinen blieben schweigend in einer dunklen Ecke des Hofes stehen, weil sie sehen wollten, wer die Ankömmlinge waren. Sie hörten, wie eine Männerstimme fragte: »Soll ich warten, Frau Skaggs?«

»Natürlich!« antwortete diese in ärgerlichem Ton. »Ich bleibe nur kurz.«

Chris flüsterte: »Das ist ja deine Großmutter.«

»Ja«, flüsterte Ruby zurück. »Ich bleibe ihr wohl lieber aus den Augen, nachdem ich mitbekommen habe, wie sie meinen Vati aus dem Haus geworfen hat!«

Chris hielt den Atem an. »Er ist aber dort drinnen! Vielleicht kann ich hineinschlüpfen und ihn warnen – «

»Zu spät!« unterbrach Ruby sie. »Sie geht bereits die Stufen hinauf! Du kannst ihr jetzt nicht mehr zuvorkommen!«

»Vielleicht kann ich sie hier draußen aufhalten! Lauf zur Hintertür und sage es deinem Vater. Er muß sowieso zur Kirche gehen.«

Ohne darauf zu warten, was Ruby tun würde, rief Chris leise: »Großmutter Skaggs, ich bin es – Chris Corrigan.«

Die alte Frau blieb unten an den hölzernen Stufen zur Veranda stehen, wandte sich um und spähte in die Dunkelheit. »Wo ist Ruby?«

»Irgendwo hier in der Nähe«, erwiderte Chris vage und eilte zur Veranda. »Kann ich dich einen Augenblick sprechen?«

»Warum?« Die Stimme der alten Frau triefte vor Mißtrauen.

»Du hast sicher von Iris' Großvater gehört – «

»Natürlich!« unterbrach Gussie Skaggs sie. »Warum sollte ich sonst wohl um diese Zeit des Abends hier sein? Ich bin gekommen, um mein Beileid auszusprechen, wie sich das für eine anständige Christin gehört!«

Chris bemühte sich, den verletzenden Ton in der Stimme der alten Frau zu überhören. Sie fragte sich, warum beinahe jeder, den sie kannte, liebevolle, sorgende Großeltern hatte, während Ruby und sie zwei scharfzüngige, bittere Schwestern als Großmütter besaßen.

»Großmutter Skaggs, ich habe gerade eben mit Iris gesprochen. Sie hat keine Angehörigen mehr und steht ganz allein in der Welt. Hier in der Gegend wird niemand sie aufnehmen und ihr eine Heimat geben.«

»Dann soll sie eben alleine leben! Ich lebe alleine. Meine zänkische Schwester lebt auch alleine! Überhaupt leben sehr viele Menschen alleine.«

Chris spürte, wie ihre Hoffnung sank. »Aber Iris ist jung und braucht jemanden, der älter und klüger ist als sie, jemanden, der ihr mehr gibt als nur einen Platz zum Essen und zum Schlafen.«

»Chris, wenn du versuchen willst, mich dazu zu bewegen, das Mädchen aufzunehmen, dann vergiß es! Ich kenne Iris und Bertha ganz genau. Die beiden sind die gemeinsten Kinder von Possum Hollow!«

Etwas in Chris rastete plötzlich aus. Zorn überwältigte sie, und sie stieß hervor: »Gemein?« Das Wort peitschte durch die Stille der Nacht. Dann fügte das Mädchen eine Redewendung hinzu, die sie oft von ihrer verstorbenen Mutter gehört hatte: »Wer im Glashaus sitzt, soll nicht mit Steinen werfen!«

»Du nennst mich gemein, Chris Corrigan?«

Es lag eine Schärfe in der Stimme der alten Frau, die Chris zur Vorsicht mahnte, aber das Mädchen war – was selten vorkam – außer sich vor Wut. »Es tut mir leid, es zu sagen, aber du und meine Großmutter, ihr seid die allerge – «

Chris schloß ihren Mund so heftig, daß man die Zähne aufeinanderschlagen hören konnte. »Es tut mir leid«, murmelte sie.

Sie wirbelte herum und stolperte in die Nacht hinaus. Der Ärger lag noch immer bitter auf ihrer Zunge, und ihre Schuldgefühle zerrissen ihr Inneres. Sie hörte vage, wie Rubys Großmutter die hölzernen Stufen hinaufstieg. Sie merkte auch, daß Ruby ihr von der Hinterseite des Hauses entgegengelaufen kam und dabei leise ihren Namen rief. Aber Chris blieb nicht stehen.

»O, warum?« klagte sie mit zusammengepreßten Zähnen und blickte empor zu dem mit Sternen übersäten Himmel. »Warum geht alles, was ich anpacke, daneben?«

Chris hatte beinahe den Friedhof erreicht und sah die kleine Kirche vor sich, als sie keuchend und mit schmerzenden Rippen stehenblieb. Sie wartete, bis Ruby sie eingeholt hatte.

»Wohin läufst du?« fragte Ruby.

»Zur Kirche. Ich will dort auf Onkel Nate warten.«

Ruby warf einen ängstlichen Blick auf den Friedhof, der im vollen Mondlicht lag. »Warum haben wir nicht beim Haus auf ihn gewartet und sind dann mit ihm im Buggy gefahren?«

Bevor Chris antworten konnte, bellte irgendwo hinter ihnen ein Hund. Beide Mädchen drehten sich rasch um, um nachzuschauen, um was für einen Hund es sich handelte. Am Fuß des bewaldeten Berges ging im blassen Mondlicht ein schwergebauter Mann, der einen Hut mit hängender

Krempe trug, hinter einem Hund her. Beide kamen direkt auf die Mädchen zu.

»Faß' sie, Scratch!« befahl der Mann dem Hund.

»Das ist Vester!« flüsterte Chris.

»Komm'!« Ruby wandte sich in die Richtung, aus der sie gekommen war.

Chris ergriff ihren Arm. »Nicht dort entlang! Er schneidet uns den Weg ab! Hier entlang!«

»Über den Friedhof?«

»Das ist die einzige Möglichkeit!« rief Chris aus. »Komm' mit!«

»Ich kann nicht!«

»Willst du lieber hierbleiben und auf Vester warten?«

»Natürlich nicht! Aber lauf' mir nicht davon und laß' mich nicht mit all den toten Leuten dort alleine!«

Chris ergriff Rubys Hand und zog das Mädchen durch das kleine Holztor. Als sie die ersten Grabsteine hinter sich gelassen hatten, rannte sie los. Mit einem Arm blieb sie an einer Dornenranke hängen, aber sie riß sich los und rannte weiter. Ruby schluchzte vor Angst, als sie so über den vom Mond erleuchteten Friedhof auf das andere Tor zujagten.

Hinter ihnen bellte eifrig der Hund und kam seiner Beute immer näher.

Chris warf einen Blick zurück. »Wohin ist Vester gegangen?« rief sie erschrocken aus.

Auch Ruby schaute zurück. »Vielleicht war das gar nicht Vester! Vielleicht ist es ein Geist!«

Kapitel 14

Eine verblüffende Ankündigung

»Es gibt keine Geister!« keuchte Chris und wich einem Strauch aus, der ein wenig in den Friedhofsweg hineinragte.

Ruby war davon offensichtlich nicht so überzeugt wie ihre Cousine. Der Kiesweg des Friedhofes mutete in dem blassen Mondlicht allerdings in der Tat etwas gespenstisch an. Chris hörte, wie ihre Cousine sich bemühte, ein ängstliches Schluchzen zu unterdrücken.

Chris hielt Rubys Hand so fest, daß sie diese beinahe wie im Schlepptau mit sich zog durch das Labyrinth von Grabsteinen, Büschen und Bäumen. Der bellende Hund, der immer näher kam, trieb die Mädchen vorwärts.

Als sie einen übersichtlichen Abschnitt des Weges erreichten, warf Chris einen Blick zurück. »Ich kann Vester immer noch nicht sehen!« rief sie aus.

»Das geht ja auch nicht, weil es ein Geist war!«

»Nein! Es war Vesters Stimme! Aber wohin ist er bloß gegangen?«

»Es gibt nur noch einen Weg, den Friedhof zu verlassen, und zwar durch das Tor bei der Kirche. Vielleicht sind dort Leute; dann sind wir in Sicherheit!«

Chris konnte das Tor nur schwach erkennen. »Wenn Vester uns zu nahe kommt«, keuchte sie, »dann schreien wir! Irgend jemand wird uns dann sicherlich zu Hilfe kommen!«

»Niemand kann uns helfen, wenn uns ein Geist erwischt!« stieß Ruby hervor.

»Wie oft soll ich dir denn noch sagen, daß es keine Geister gibt!« erwiderte Chris, während sie sich bückte, um einem überhängenden Zweig auszuweichen. »Du bildest dir nur ein, daß – !«

Die Worte blieben ihr im Hals stecken, als sie ihren Kopf

wieder hob. Sie rutschte beinahe aus, als sie vor einem Grabstein aus Marmor, der oben mit einem Engel geschmückt war, abrupt stehenblieb.

Ruby stieß beinahe mit Chris zusammen. Sie sog ihren Atem scharf ein. »Was ist los?« fragte sie leise.

»Schhh! Ich habe gesehen, wie sich dort vor uns am Tor etwas bewegt hat!«

»Das ist der Geist!« flüsterte Ruby heiser.

»Ich sagte: ›Schhhh!‹«

Einen Augenblick lang hielt Chris den Atem an und spähte ängstlich gespannt den einzigen Weg, auf dem sie den Friedhof verlassen konnten, entlang.

»Ich kann nichts sehen!« flüsterte Ruby.

»Ich sehe jetzt auch nichts mehr, aber etwas hat sich dort bewegt!« Chris hockte sich nieder und zog Ruby neben sich. »Am besten, wir verstecken uns und warten ein wenig ab, ob sich am Tor noch etwas tut.«

»Bist du verrückt?« stieß Ruby mit einem heiseren Flüstern hervor. »Wir müssen hier heraus!«

»Nein, warte! Vielleicht ist Vester außen um den Friedhof herumgegangen und hat das Tor vor uns erreicht.« Angestrengt spähte Chris erneut in das fahle Mondlicht. »Vielleicht hat er seinen Hund hinter uns gelassen, damit wir nicht umkehren können und ihm so in die Arme laufen.«

Plötzlich bewegte sich wieder etwas am Tor. Chris atmete tief durch, als sie etwas Weißes sah, das wie ein Leintuch an der Wäscheleine ihrer Stiefmutter flatterte.

Ruby quiekte vor Angst. »Hast du das gesehen? Ich habe dir doch gesagt, daß es ein Geist ist!«

Chris beachtete ihr heftig pochendes Herz nicht, und sie hielt den Atem an, während sie versuchte, das merkwürdige Objekt, das dort vor ihnen flatterte, genauer zu erkennen. Hinter den Mädchen bellte noch immer Vesters Hund.

Dann warnte ihr Verstand: *Chris, du kannst nicht hierbleiben, und du kannst auch nicht zurück. Dir bleibt gar keine andere Wahl, als weiterzugehen!* Aber die Füße des Mädchens wollten sich nicht bewegen. Es kam Chris vor, als wären sie angewurzelt.

Die Haare standen Chris zu Berge, als das merkwürdige Etwas leise zu stöhnen begann.

»Oooooohhhhh!«

Ruby sprang auf und riß dabei so heftig an Chris' Arm, daß beide Mädchen stolperten und beinahe hinfielen. »Das Stöhnen ist ja schrecklich! O, das Gespenst kommt auf uns zu, Chris!«

Chris erlangte ihr Gleichgewicht wieder. »Ich glaube ganz sicher, daß es Vester ist«, wiederholte sie.

Hinter den Mädchen erklang das tiefe Bellen des Hundes.

Chris wirbelte genau in dem Augenblick herum, als der Hund so heftig gegen das geschlossene Holztor prallte, daß er es beinahe aus den Angeln riß.

»Das Gespenst kommt durch das Tor!« kreischte Ruby. »Wir sitzen in der Falle!«

Chris warf dem merkwürdigen weißen Objekt einen weiteren Blick zu. Es bewegte sich erneut, was Ruby dazu veranlaßte, Chris' Hand noch fester zu umklammern.

»Ich sage dir, es kommt, um uns zu holen!« schrie Ruby.

Chris' Mund war trocken vor Angst, und sie hauchte: »Da kommt jemand!« Sie schaute über den Busch, hinter dem Ruby und sie sich versteckt hatten, und sagte dann: »Siehst du es auch? Auf der anderen Seite des Tores. Dort ist jemand mit einer Laterne!«

»Nein! Das ist ein anderer Geist!« jammerte Ruby.

»Es ist ein Mann!« Chris sprang auf und schrie: »Hallo!«

Die Bewegung der Laterne hielt inne. Chris winkte und schrie noch lauter: »Wir sind hier drüben!«

»Wer ist da?« rief der Mann zurück und hob seine Laterne. »Wer ruft da?«

Chris stieß hervor: »Das ist Herr Galvin! Komm' mit!«

»Nein!« Rubys Stimme klang hoch und dünn vor Angst. »Das ist ein anderer Geist, der uns zum Narren halten will!«

»Zum letzten Mal: Es gibt keine Geister.« Chris legte die Hände um ihren Mund. »Sind Sie es, Herr Galvin?«

»Ja!« kam die Antwort. »Wer ist dort?«

»Chris – und Ruby! Bitte warten Sie auf uns!«

Chris befreite sich aus der Umklammerung ihrer Cousine, aber Ruby kreischte erneut: »Mich bekommen keine zehn Pferde durch ein Tor, vor dem ein Geist herumschwebt!«

Dicht hinter ihnen bellte der Hund. Seine Krallen verursachten ein kratzendes Geräusch, als er versuchte, über einen Grabstein zu klettern.

»Wir dürfen uns nicht von dem Hund fangen lassen!« fuhr Chris ihre Cousine an. »Er zerreißt uns vermutlich in tausend Stücke!« Sie ergriff Rubys Hand und rannte auf das Tor zu. »Wir kommen, Herr Galvin!«

Ruby wollte nicht mit und versuchte, ihre Hacken in den Sand zu graben, als Chris auf das weiße Etwas zurannte, das ihnen den Weg zum Tor versperrte. »Du wirst den Geist über den Haufen rennen!« winselte sie. »Oder mitten hindurchlaufen!«

Plötzlich sprang die Erscheinung auf und erreichte Mannsgröße. Ihre fledermausartigen Flügel flatterten wild. Chris kam schlitternd zum Stehen. Vor lauter Angst saß ihr ein dicker Brocken in der Kehle. Ruby stieß so heftig mit ihr zusammen, daß beide Mädchen über einen Grabstein strauchelten und kopfüber in einen Busch fielen.

Verzweifelt kämpfte Chris sich auf die Füße, wobei sie beinahe erneut fiel. Auf der anderen Seite des Zaunes floh das geheimnisvolle weiße Etwas von dem Zaun auf den bewaldeten Berg zu.

»Sieh' nur!« flüsterte Ruby ehrfürchtig. »Wir haben den Geist vertrieben.«

Chris wollte ihr eine Antwort geben, zögerte jedoch, als die geisterhafte Erscheinung im Schatten eines Baumes stehenblieb. Dann vernahmen sie ein Tuten. Der Hund, der die Mädchen bis auf wenige Meter eingeholt hatte, hielt inne.

»Das ist das Horn eines Jägers!« flüsterte Chris. Sie hatte früher schon einmal Kuhhörner gehört, die dazu benutzt wurden, um Hunde von der Spur eines Waschbären zurückzurufen. »Irgend jemand bläst es. Das muß Vester sein!«

»Du meinst, er hat uns überholt und sich versteckt, um uns zu erschrecken?«

Chris nickte. »Und jetzt ruft er seinen Hund zurück. Mach' schon!« drängte sie ihre Cousine und eilte nun weiter auf Herrn Galvin zu, der noch immer auf dem Platz vor dem Friedhofstor stand.

Der Kaufmann hielt die Laterne hoch, als die Mädchen auf ihn zuliefen. »Wer war das, der da in den Wald gerannt ist?« fragte er. »Es sah irgendwie gespensterhaft aus!«

»Ein Mann in einem Bettuch«, erwiderte Chris grimmig. »Vester hat versucht, uns Angst einzujagen!«

»So, so, und was habt ihr Mädchen hier draußen auf dem Friedhof zu suchen?« wollte Herr Galvin wissen.

Chris lachte beinahe vor Erleichterung. Sie legte ihren Arm um Rubys Schulter. »Wir erzählen es Ihnen auf dem Weg zur Kirche«, sagte sie.

Die Mädchen hatten ihren Bericht über das Abenteuer beinahe beendet, als sie die Tür des kleinen Gotteshauses erreichten. »Es ist schon etwas merkwürdig, wenn ein erwachsener Mann jungen Mädchen auf diese Weise einen Schrecken einzujagen sucht«, meinte Herr Galvin, »aber jeder hier weiß, daß Vester ein wenig merkwürdig ist. Ihr Mädchen seht euch besser vor ihm vor.«

Chris nickte und dachte im stillen, daß Vester mit ihnen Katze und Maus spielte. Ihr kam dabei in den Sinn, daß er ebenso tödlich zuschlagen konnte wie eine Katze, der zwei kleine Mäuse hilflos ausgeliefert waren. Aber Chris sagte nichts von ihren Gedanken, denn sie kamen fast gleichzeitig mit Rubys Vater, Seth und Rachel bei der Kirche an. Im Licht ihrer Lampen überprüften sie die Kirche, um dann festzustellen, daß alles für die Trauerfeier am nächsten Tag gerichtet war.

Die Cousinen hatten beschlossen, daß sie den anderen erst auf der Rückfahrt zum Haus der Hightons von ihrem Erlebnis berichten wollten. Chris erzählte Seth und Rachel außerdem von ihren Gesprächen mit Iris und mit Rubys Großmutter. Sie nahm an, daß Ruby ihrem Vater ebenfalls davon Mitteilung machte, während sie mit ihm in dem gemieteten Gespann saß.

Nachdem schließlich alle das Haus der Hightons erreicht

hatten, erörterten sie die Angelegenheit auch noch gemeinsam. Aber niemand wußte so recht, was man gegen Vester unternehmen sollte, denn tatsächlich hatte er ja nichts Ungesetzliches getan. Müde und traurig begaben sich schließlich alle zu Bett.

Chris lag noch eine Weile wach und überlegte, was sie als nächstes tun sollte. Bis jetzt hatten all ihre Pläne versagt. Sie faltete die Hände über der Brust, blickte zu der dunklen Decke auf und betete leise: *Herr, ich habe alles getan, was ich auch nur ersinnen konnte. Ich weiß, daß es dein Wille ist, daß Iris ein Zuhause bekommt, wo jemand für sie sorgt. Und ich weiß, daß es dein Wille ist, daß meine und Rubys Großmutter sich miteinander versöhnen. Ich habe jeden Plan ausprobiert, der mir nur eingefallen ist. Jetzt bitte ich dich zu tun, was ich nicht tun kann, und mich, wenn es dein Wille ist, dazu zu gebrauchen. Amen.*

Am nächsten Tag war bei der Trauerfeier in der Kirche auch der letzte Platz belegt. Chris saß mit Ruby, Onkel Nate, Seth und Rachel in der vordersten Reihe. Als sie einen verstohlenen Blick um sich warf, bemerkte sie, daß Rubys Großmutter in der Nähe der Eingangstür Platz genommen hatte. Ihre eigene Großmutter konnte sie nirgendwo entdecken. Sie war enttäuscht, aber nicht wirklich überrascht.

Nachdem eine Nachbarsfrau das Lied »Auf dir ruht meine Seele« gesungen hatte, erhob sich Nate, ging um den geschlossenen Sarg herum und bestieg die Kanzel.

Auch wenn Nate den alten Prediger erst wenige Stunden vor seinem Tod kennengelernt hatte, hatte er doch von Freunden und Nachbarn viel über Rufus Hurley erfahren. Er gab einen kurzen, bewegenden Bericht über das Leben des Verstorbenen, der als Diener Gottes in den Bergen von Possum Hollow gearbeitet hatte.

»Nun«, fuhr Nate fort, »Bruder Rufus besaß keine großen Reichtümer. Ihm gehörte nicht einmal das Haus, in dem er und seine Enkeltochter Iris lebten, aber er war reich an Freunden, die ihn liebten.«

Chris warf Iris einen Blick zu. Sie saß zwischen zwei hochgewachsenen Frauen, von denen Chris annahm, daß sie Nachbarinnen waren. Sie war überrascht, daß Bertha nicht zu der Trauerfeier gekommen war.

Während ihr Onkel weitersprach, ließ Chris erneut ihren Blick über die Versammlung gleiten. *Großmutter ist tatsächlich nicht gekommen, dachte sie. Wie schade!*

Jetzt konzentrierte sie ihre Aufmerksamkeit wieder auf die Worte ihres Onkels. Sie hörte ihn sagen: »Es ist immer traurig, wenn Gott einen seiner Diener heimruft, denn meistens lassen die Verstorbenen Menschen zurück, die um sie trauern. So wie Iris und Sie alle, die unseren verstorbenen Bruder Rufus so gut gekannt haben. Aber manchmal gebraucht der Herr traurige Anlässe wie diese, um etwas anderes zu erreichen. Ich glaube, daß Gott, der Herr, auch heute etwas anderes erreichen will, auch wenn Sie und ich noch nicht wissen, um was es sich dabei handelt.

Nun wollen wir zum Grab gehen und dort ein letztes Gebet sprechen. Vielleicht sollte ich Ihnen aber vorher noch sagen, daß Bruder Rufus es mir kurz vor seinem Tod noch ermöglicht hat, am kommenden Sonntag in dieser Kirche zu predigen. Es würde mich freuen, wenn Sie alle um elf Uhr hierherkommen würden, um zu hören, was der Herr Ihnen dann durch mich zu sagen hat.«

Er schwieg einen Augenblick und fügte dann leise hinzu: »Die Predigt handelt von den Lügnern und Mördern in unserer Mitte.«

Chris merkte, wie die Menschen in der vollbesetzten Kirche den Atem anhielten. Sie hörte, was die Gottesdienstbesucher, die direkt hinter ihr saßen, einander zuflüsterten: »Hat er ›Mörder‹ gesagt?«

»Und ›Lügner‹!« flüsterte jemand zurück.

Nate Konning fuhr mit dem Gottesdienst fort, als ob er die elektrisierende Wirkung seiner Worte nicht bemerkt hätte. Er beendete die Feier und bedeutete den Trauernden, draußen auf die Sargträger zu warten.

Während die Leute die Kirche verließen, vernahm Chris überall ein aufgeregtes Flüstern.

Ruby gesellte sich draußen vor der Eingangstür zu Chris. »Du liebe Zeit! Mein Vater hat es wirklich verstanden, das

Interesse der Leute an seiner Predigt zu wecken. Am kommenden Sonntag wird wohl kaum einer von ihnen nicht zum Gottesdienst erscheinen.«

Rachel nickte ernsthaft. »Dein Vater hat die Gabe, den Finger direkt auf die Wunde zu legen. Seth und ich werden mit Sicherheit da sein, nicht wahr?« sagte sie und schaute zu ihrem Mann auf.

»Nicht einmal ein Wildpferd könnte mich davon abhalten, herzukommen!« antwortete Seth. »Hmmm. Ich frage mich, wie Nate es geschafft hat, in so kurzer Zeit so viele Informationen zu bekommen, von denen nicht einmal wir, die wir hier seit Jahren wohnen, etwas wußten.«

Chris kannte ihren Onkel erst eine kurze Zeit, aber sie kannte ihn genug, um zu wissen, daß er weder ihr noch Ruby sagen würde, was er vorhatte.

Rubys Vater trat an das Grab und führte das Abschlußritual durch. Nach dem kurzen Gebet traf Chris mit Rubys Großmutter zusammen.

Die alte Frau stand am Rande der Menge. Sie trug ein schwarzes Kleid, das ihr bis auf die Schuhe reichte. Ihren schwarzen, schon lange aus der Mode gekommenen Hut hatte sie mit einer einzigen langen Hutnadel gesichert, die vorne aus dem Hut herausragte.

»Guten Tag«, sagte Chris. Sie war unsicher, ob die alte Frau den Gruß annehmen würde.

»Tag, Chris«, antwortete diese. Beim Nicken ihres Kopfes flog die Krempe ihres Hutes nach vorne.

Chris schaute sich schnell nach Ruby um und konnte gerade noch feststellen, daß diese sich hastig umdrehte. Dann wandte sich Chris wieder Gussie Skaggs zu.

»O, es tut mir so leid, daß Bruder Hurley gestorben ist«, sagte sie, weil sie nicht wußte, was sie sonst sagen sollte.

»Er war – « Zur großen Überraschung des Mädchens brach die Stimme der alten Frau. »Er war ein guter Mann«, schloß Gussie Skaggs dann.

Chris bemerkte einen Schimmer von Mitgefühl in den Augen der alten Frau, der ihr zeigte, daß sein Tod sie wirklich betroffen gemacht hatte. Bisher hatte Chris angenommen, daß nichts auf der Welt das Herz von Großmutter Skaggs oder das ihrer eigenen Großmutter hätte berühren können.

»Ja, das war er«, erwiderte sie dann.

Einen Augenblick lang herrschte ein verlegenes Schweigen. Schließlich meinte Rubys Großmutter leise: »Er war nicht viel älter als ich. Das gibt einem zu denken.«

Nach diesen Worten war Gussie Skaggs offensichtlich der Ansicht, genug über die Angelegenheit gesagt zu haben, denn sie wandte sich zum Gehen und meinte: »Ich sehe jemanden, mit dem ich unbedingt noch sprechen muß.«

Chris war verwirrt, weil sie nicht wußte, was sie von den Worten der alten Frau halten sollte. Sie ging wieder zurück zu Iris. Diese hatte sich von den anderen abgewandt und stand alleine am Grab. Der Sarg war hineingesenkt worden, und einige Männer füllten das Loch bereits wieder auf. Die Schollen fielen mit einem dumpfen Aufprall in die Tiefe.

Iris rannte davon, beide Hände auf ihre Ohren gepreßt, als wollte sie damit das Geräusch der fallenden Erde vertreiben. Ihre Augen hatte sie fest zusammengekniffen, aber darunter traten Tränen hervor und liefen ihr die Wangen hinunter.

»Iris«, sagte Chris leise, um das Mädchen nicht zu erschrecken. »Schaffst du es?«

Das Mädchen öffnete die Augen und streckte seine Hand aus. »O, Chris!« flüsterte es. »Es tut mir so weh!«

Chris zögerte nur einen Augenblick, in dem ihr blitzartig all die schrecklichen Dinge, die Iris über sie gesagt, und all die gemeinen Dinge, die sie ihr angetan hatte, durch den Kopf zuckten. Dann streckte auch sie ihre Arme aus, umarmte Iris und zog sie dicht an sich. »Ich weiß«, flüsterte Chris.

Sie hielten einander umfaßt und wiegten sich in schweigender Trauer hin und her. Chris trauerte nicht so sehr um den Toten wie um dieses Mädchen, das nun ganz alleine im Leben stand und dessen beste Freundin weder am vergangenen Abend noch zur Beerdigung erschienen war.

Chris war sich nicht sicher, wie lange sie so dastand und

Iris mit ihren Armen umfangen hielt, aber als sie sie schließlich freigab, hatte sich ihre Einstellung dem Mädchen gegenüber gewandelt.

Mit festem Blick sah Iris Chris an. »Was dein Onkel über meinen Großvater gesagt hat, war nett, sehr nett.«

Chris nickte, weil sie nicht wußte, was sie auf dieses Kompliment antworten sollte.

Dann runzelte Iris die Stirn. »Aber ich frage mich, was er damit gemeint hat, als er sagte, daß wir am kommenden Sonntag von Lügnern und Mördern hören werden.«

Chris zuckte die Schultern. »Ehrlich gesagt, weiß ich es auch nicht. Wir werden es wohl abwarten müssen.«

»Ich kenne keine Mörder«, schüttelte Iris ihren Kopf, »aber wenn es um Lügner geht, habe ich schon eine gewisse Vorstellung.«

Chris vermutete, daß Iris auf Bertha anspielte, denn obwohl diese vorgab, Iris' beste Freundin zu sein, war sie nicht da, als Iris sie wirklich brauchte.

»Hast du eine Idee, wer hier in der Gegend ein Mörder sein könnte?« fragte Iris.

Chris versuchte, nicht an Vester zu denken, weil sie wirklich nicht alles über ihn wußte. Sie bezweifelte, daß sonst jemand ihn ganz genau kannte. Sie antwortete deshalb: »Nein, ich weiß niemand. Aber Onkel Nate hätte es bestimmt nicht gesagt, wenn er es nicht beweisen könnte.«

Iris lächelte schwach. »Das macht es mir einfacher, bis Sonntag zu leben.« Dann verschwand das Lächeln, und das Mädchen fuhr fort: »Was danach kommt, weiß ich allerdings nicht.«

»Es wird sich zeigen«, erwiderte Chris, die sich schuldig fühlte, weil alles, was sie versucht hatte, vergeblich gewesen war.

»Ich hoffe es so.« Iris tätschelte Chris' Arm. »Danke, daß du gekommen bist. Und danke, daß du mir nicht all die schlechten Dinge, die ich dir und Ruby angetan habe, vorhältst.«

»Es ist alles vergessen«, antwortete Chris und legte ihre Hand auf Iris' Arm.

Iris wandte sich ab. »Dann sehe ich dich am Sonntag.«

»Ja, bis dann«, antwortete Chris.

Sie konnte den Sonntag kaum erwarten und fragte sich, wen ihr Onkel wohl mit den Lügnern und Mördern gemeint hatte.

Eines ist zumindest sicher, sagte sich Chris schließlich, seine Predigt wird auf jeden Fall Probleme mit sich bringen! Und zwar große Probleme!

Kapitel 15

Wer ist ein Mörder?

Am nächsten Morgen hatte sich die Nachricht, daß Nate am Sonntag die Predigt halten sollte, bereits in der ganzen Gegend verbreitet. Es gab wilde Spekulationen darüber, wer wohl ein Mörder sein mochte und wie ein Neuling wie Nate Konning in so kurzer Zeit davon erfahren haben konnte. Schließlich kamen die Leute zu dem Schluß, daß nur der alte Prediger Nate kurz vor seinem Tod davon unterrichtet haben konnte. In seiner bevorstehenden Predigt würde Nate Konning den Bewohnern von Possum Hollow also etwas enthüllen, das bisher niemand außer ihm wußte.

Chris und Ruby, die beide ein Kleid, aber wie gewöhnlich keine Schuhe trugen, hörten all diese Gerüchte und Mutmaßungen, als Nate sie mit dem gemieteten Pferd und Wagen in den Ort gefahren und sie dort bei der Gemischtwarenhandlung abgesetzt hatte. Er hatte die Mädchen angewiesen, jeden Kunden anzusprechen und ihn zum Sonntagsgottesdienst einzuladen.

Ruby tat dies mit großer Freude, denn es gab ihr zugleich die Gelegenheit, noch mehr Menschen davon zu erzählen, daß sie doch einen Vater hatte. Nate Konning hatte mit seiner Ankündigung, er werde über Mörder und Lügner in der Stadt predigen, bereits für große Aufregung gesorgt, und Chris hatte den Eindruck, daß es ihrer Cousine im Gegensatz zu früher jetzt viel besser gefiel, die Tochter eines Predigers zu sein.

Nate selber ging von Haus zu Haus, um die Bewohner zum Gottesdienst einzuladen. Gleichzeitig fuhren Seth und Rachel in die abgelegenen Gebiete von Possum Hollow, in denen sich ein Fremder leicht verirren konnte. Das Ehepaar wollte auch dort die Menschen über den Gottesdienst informieren.

In weniger als einer Stunde wußte ganz Possum Hollow, daß Chris und Ruby unter der hölzernen Überdachung vor Herrn Galvins Geschäft standen. Unter irgendeinem Vorwand fanden sich nun die Bewohner des Ortes ebenfalls dort ein.

Sam Nayton war einer der ersten, der sein Gespann vor dem Laden festband. Ruby flüsterte hinter vorgehaltener Hand: »Ich wette, daß seine klatschsüchtige Frau bereits Wind von der Sache bekommen und ihn jetzt hergeschickt hat, damit er noch mehr herausbekommt. Laß mich mit ihm reden.«

Chris war es recht. Sie trat einen Schritt zurück, als der Mann in dem zerschlissenen Overall seinen Kautabak auf die Straße spie und dann zur Ladentür ging.

»Nein, so was! Wie geht es euch denn, Mädchen?« sagte er und schob einen neuen Tabakpfropfen in seine linke Wange. »Ist das eine Überraschung, euch hier zu sehen.«

Ruby lächelte den Mann freundlich an. »Wir sind hierhergekommen, um jeden dazu einzuladen, die Predigt meines Vaters am kommenden Sonntag zu besuchen. Kommen Sie doch auch, und bringen Sie Ihre Frau mit.«

Sam schüttelte traurig seinen Kopf. »Sie hat noch immer diesen schweren Rheumatismusanfall, so daß ich nicht glaube, daß sie am Sonntag aus dem Haus kann.« Er machte eine Pause und blickte dann um sich, als wolle er sich vergewissern, daß niemand das Gespräch belauschen konnte. »Ruby, ich habe sagen hören, daß dein Vater am Sonntag über Lügner und Mörder sprechen will.«

»Genau das hat er bei der Beerdigung gesagt.«

Sam schob den Tabakpfropfen mit seiner Zunge hinter seine andere Wange, bevor er die Stimme senkte und sich zu Ruby hinüberbeugte. »Er hat dir doch sicher gesagt, wen er damit meint?«

»Nein, das hat er leider nicht. Ich habe zwar gebettelt und gefleht und ihn davon zu überzeugen versucht, daß er es mir ruhig sagen könne, weil ich doch seine Tochter bin, aber er war so verschlossen wie eine Schnappschildkröte. Er hat lediglich gesagt, ›Ruby, Liebes, sag' den Leuten nur, daß sie am nächsten Sonntag in die Kirche kommen sollen.‹ Mehr weiß ich auch nicht. Stimmt's, Chris?«

Als diese nickte, warf Sam erneut einen nervösen Blick um sich und bedeutete den beiden Mädchen, näher zu kommen. Chris zögerte und blieb stehen, als der unangenehme, nach Tabak riechende Atem des Mannes sie streifte.

»Glaubt ihr, daß er Vester gemeint hat?« flüsterte Sam Nayton nun heiser. »Ich meine, mit dem Mörder? Nun, jeder hier weiß ja, daß er ein Lügner ist, aber das gilt nicht für ihn allein. Es gibt viele Lügner hier in der Gegend. Auf jeden Fall bin ich stolz darauf, sagen zu können, daß ich es immer mit der Wahrheit gehalten habe.«

Ruby erwiderte ernst: »So wie ihre Frau, nicht wahr?«

Chris senkte ihren Kopf, damit keiner das Lächeln sah, das sie sich kaum verbeißen konnte bei dieser Anspielung auf das klatschsüchtige Wesen von Frau Nayton.

Der Mann schien den Seitenhieb jedoch nicht zu bemerken. »So ist es! Ich möchte wetten, es ist Vester! Aber wen soll er denn ermordet haben? Und wie wird er sich verhalten, wenn er herausfindet, daß dein Vater es am Sonntag in die ganze, weite Welt hinausposaunen will?«

Chris schluckte schwer und trat wieder einen Schritt zurück. Daran hatte sie noch gar nicht gedacht. Vester war aber derjenige, von dem man am ehesten annehmen konnte, daß er ein Mörder war. Und wenn es sich tatsächlich so verhielt und er davon ausging, daß Onkel Nate dies am Sonntag von der Kanzel aus bekanntgeben wollte, dann war ihr Onkel in großer Gefahr.

Chris warf Ruby einen Blick zu und bemerkte an ihrem Gesichtsausdruck, daß dies auch für sie ein ganz neuer und schrecklicher Gedanke war.

Ruby beendete das Gespräch, indem sie sagte: »Herr Nayton, ich habe nicht die geringste Ahnung, wen mein Vati meinen könnte. Sie sollten Ihre Frau am Sonntag mitbringen; dann werden sie es beide gleichzeitig erfahren.«

Nachdem der Mann gegangen war, blickte Chris Ruby besorgt an. »Ob Onkel Nate wohl darüber nachgedacht hat, was der oder die Betroffenen ihm antun könnten? Vielleicht sollten wir es ihm lieber sagen!«

Die Mädchen rannten barfuß die steinige Straße entlang in die Richtung, in die Nate verschwunden war. Nur etwa einen halben Block weiter begegneten sie Bertha und Elston.

Das Mädchen brach in das hämische Lachen aus, das Chris so gut kannte. »Sieh' mal an, Elston!« sagte sie, während sie breitbeinig mitten auf der Straße stehenblieb.

Anders, als Chris erwartet hatte, setzte sich Rubys hitziges Temperament nicht durch. Statt dessen sagte ihre Cousine: »Guten Morgen, Bertha, guten Morgen, Elston. Schön, euch zu sehen. Chris und ich wollen euch einladen, am Sonntag in die Kirche zu kommen, um die Predigt meines Vaters zu hören.«

Berthas Haltung verlor plötzlich ihren kriegerischen Anstrich. Sie warf ihrem Begleiter einen Blick zu, wandte sich dann wieder Ruby und Chris zu und fragte: »Stimmt es wirklich, daß er das tun will, was ich gehört habe?«

Ruby nickte. »Kommst du auch, ihm zuzuhören?«

Bertha blickte finster vor sich hin und murmelte: »Ich bin schon eine Ewigkeit nicht mehr in der Kirche gewesen.«

Elston Edwards, der barfuß neben dem Mädchen stand, hatte sich bisher nicht an dem Gespräch beteiligt. Chris' Blick ging zu dem Jungen mit den gemeinen braunen Augen und dem ungekämmten braunen Haarschopf.

Ruby fragte: »Und was ist mit dir, Elston?«

Er lächelte und beantwortete ihre Frage mit einer Gegenfrage. »Wirst du auch dort sein?«

»Aber ganz sicher. Ich möchte die Predigt um nichts in der Welt versäumen«, versicherte Ruby ihm.

»Vielleicht brechen die Mauern zusammen oder es geschieht sonst etwas«, antwortete der Junge, während sich sein Lächeln vertiefte, »aber ich werde auch dort sein!«

Chris sah, wie Berthas Mund vor Staunen aufklappte. Sie drehte sich um und starrte den kräftigen, muskulösen Jungen neben sich an. »Du warst doch noch niemals in einer Kirche! Warum solltest du denn –? O, jetzt weiß ich es! Du gehst nur wegen *ihr!«* Bertha warf Ruby einen giftigen Blick zu.

Elston zuckte mit den Schultern. »Und wenn es so wäre?« erwiderte er scharf. »Du hast deine dicke Nase überhaupt nicht in meine Angelegenheiten zu stecken!«

»Dicke Nase?« explodierte Bertha. »Du, ich werde –!«

Chris unterbrach sie. »Hat einer von euch meinen Onkel gesehen? Er ist mit einem Rotfuchs und einem Buggy unterwegs.«

Elston schien froh über diesen Einwurf zu sein. »Er hat das Gespann weiter unten an der Straße abgestellt«, sagte er. »Kommt mit, dann zeige ich es euch!« Der Junge drehte sich um und ging zwischen Chris und Ruby die Straße hinunter.

»Hoffentlich knöpft sich der Mörder – wer immer er auch ist – euch alle vor, auch dich, Elston!« schrie Bertha hinter ihnen her.

Chris bemerkte, daß der Junge selbstbewußt über Berthas Drohung lachte. Dann betrachtete er Ruby von Kopf bis Fuß und meinte: »Ich kann den Unterschied einfach nicht fassen, wo ich dich jetzt in einem Kleid sehe und nicht mehr in dem Jungenoverall, den du früher immer getragen hast.«

Ruby kicherte. Chris verlangsamte ihren Schritt und rollte mit den Augen. *Ich hätte niemals gedacht, daß Ruby einen Jungen so anhimmeln würde!* amüsierte sie sich.

Die Mädchen und Elston trafen mit Nate zusammen, als dieser gerade wieder in den Buggy steigen wollte. Der Wagen neigte sich unter seinem Gewicht schwer zur Seite. Als Nate die drei jungen Leute näher kommen sah, stieg er wieder vom Buggy herab. »Stimmt etwas nicht?« fragte er mit einem besorgten Blick.

Chris und Ruby erzählten ihm schnell, welche Befürchtungen ihnen durch die Worte von Sam Nayton gekommen waren.

Nate strich über sein glattrasiertes Kinn. »An so etwas habe ich überhaupt nicht gedacht. Es ist lieb von euch, daß ihr mich gewarnt habt, aber ich vertraue fest auf Gottes

Schutz. Geht jetzt wieder zu dem Geschäft zurück und sprecht dort mit den Leuten. Ich lade weiter die Leute aus der Nachbarschaft hier ein.«

Auf dem Rückweg zu dem Geschäft warf Ruby immer wieder einen Blick dorthin zurück, wo sie sich von ihrem Vater getrennt hatte. »Hoffentlich passiert ihm wirklich nichts«, sagte sie.

Elston bemühte sich, sie zu beruhigen. »Es wird ihm sicher nichts geschehen. Aber wenn dich das beruhigen würde, Ruby, dann könnte ich ein wenig auf ihn achten.«

»Würdest du das wirklich tun?« fragte Ruby und lächelte den Jungen dankbar an. Elston freute sich, Ruby einen Gefallen erweisen zu können. Er drehte sich um und folgte Nate.

Nachdem er davongegangen war, setzten Chris und Ruby ihren Weg zu dem Geschäft fort. »Du hast dich wirklich sehr verändert!« stellte Chris fest.

Ruby grinste. »Wenn ich meinen Vati dadurch beschützen kann, daß ich irgend so einem Jungen ein Lächeln schenke, warum nicht?«

»Bertha wird ziemlich sauer sein, weil Elston einfach so mit uns davongegangen ist.«

»Tja nun – da kann man halt nichts machen«, erwiderte Ruby gleichmütig. »Wir beide haben uns schon oft in den Haaren gelegen. Und wenn sie sich wieder mit mir anlegen will, dann soll sie das nur probieren. Aber dann wird ihr das noch herzlich leid tun.«

Chris lachte. »In einigen Dingen hast du dich gewaltig verändert, aber in anderen Dingen bist du immer noch dieselbe, alte Ruby!«

Vor dem Geschäft angekommen, fuhren die Cousinen fort, die vorübergehenden Leute einzuladen. Und es schien, als hätte beinahe jeder Einwohner Possum Hollows gerade an diesem Tag das eine oder andere im Laden von Herrn Galvin einzukaufen.

Im Laufe des Vormittags kam auch Iris Hastings vorbei. Sie ging langsam auf die Mädchen zu. Sie trug ein schwarzes Kleid, das bis auf ihre unbeschuhten Füße reichte. Die drei Mädchen sprachen eine Weile miteinander, ohne den Tod von Iris' Großvater zu erwähnen.

»Wann werdet ihr nach Kalifornien zurückfahren?« wollte Iris nach einiger Zeit wissen.

»Mein Vati hat gesagt, daß er und ich am Montag abfahren müssen«, sagt Ruby.

Daraufhin sah Iris Chris an. Ihre Augen waren noch immer rot und geschwollen vom Weinen. »Wirst du dann mit ihnen fahren?«

Chris zögerte mit der Antwort. Unzählige Gedanken rasten ihr durch den Kopf – am meisten in bezug auf Vester und ihre Großmutter und in bezug darauf, was geschehen würde, wenn sie alleine in den Ozarks zurückbleiben würde.

»Ich wollte hier einige Dinge erledigen«, sagte sie schließlich. »Wenn ich das getan habe, fahre ich wieder nach Kalifornien zurück.«

»Bevor du abfährst«, sagte Iris und legte kurz ihre Hand auf Chris' Arm, »könnte ich – könnte ich – dann noch einmal mit dir alleine reden?«

Chris blinzelte überrascht. »Ja, natürlich. Hast du jetzt Zeit?«

Ruby erklärte sich sofort bereit, alleine zurückzubleiben und die Leute zum Gottesdienst einzuladen. Langsam spazierten Chris und Iris gemeinsam zur Kirche.

»Ruby gefällt es sehr, den Leuten erzählen zu können, daß sie ihren Vater gefunden hat«, bemerkte Chris.

»Es ist schön, daß sie es den Leuten heimzahlen kann«, stimmte Iris ihr zu. »Ich meine – sie kann von Glück reden, daß sie einen Vater hat.«

Freundschaftlich drückte Chris Iris' Hand. »Gott ist immer da und will uns in jeder Lage helfen. Natürlich erwartet er von uns, daß wir unseren Teil tun, und daß wir das Richtige tun. Richte dein Vertrauen nur auf ihn, Iris, und er wird auch dir durch diese schwierige Zeit helfen.«

»Das hat mein Großvater auch immer gesagt. Aber was läßt dich so sicher sein, daß es auch stimmt?«

»O, ich sehe schon lange, wie Gott in dem Leben von uns

Menschen am Werk ist, besonders in dem Leben von Ruby und mir.«

»Wie denn?«

»Nun, du hast sicher davon gehört, daß ich im vergangenen Juni nach Hause kam und dabei feststellen mußte, daß meine Stiefmutter mit meinen Geschwistern fortgezogen war. Ich hatte keine Ahnung, wohin sie sich gewandt hatten.«

»Ich habe gehört, daß deine Großmutter deine Stiefmutter angelogen hat, damit sie fortging und dich zurückließ.«

»Das war eine schreckliche Zeit für mich«, berichtete Chris. Die Erinnerung daran ließ ihre Stimme traurig klingen. Doch dann lächelte sie. »Aber schau', was sich alles daraus ergeben hat. Als Ruby und ich davongelaufen waren, schickte meine Großmutter Vester hinter uns her, um uns zurückzubringen. Auf unserer Flucht begegneten Ruby und ich Seth und Rachel. Wir trafen auch in Oklahoma wunderbare Leute. Sie gaben uns den ersten Hinweis, wodurch wir schließlich Rubys Vater ausfindig machen konnten.

Und dann, nachdem Vester Ruby und mich entführt hatte und bevor die Polizei ihn festnahm, trafen wir Spud, und wir flohen und fanden endlich meine Eltern, die uns nach Kalifornien brachten.«

»Wer ist Spud?«

Chris' Gedanken eilten zurück zu dem Jungen mit den Sommersprossen und den grünen Augen. »O, nur so ein Junge, den ich kenne.«

»Wo ist er jetzt?«

»Wieder bei seinen Eltern in New York.« Chris wollte nichts weiter über Spud erzählen, weil er ihr so viel bedeutete. Deswegen wechselte sie das Thema: »Ich habe auch gesehen, daß Gott in Rubys Leben gewirkt hat. Du weißt ja, daß sie jahrelang geglaubt hat, daß ihr Vater gestorben sei. Aber Schritt für Schritt wurden wir zu ihm geführt. Es war Rubys größter Wunsch, mit ihm hierher zurückzukommen und ihn allen Leuten zu zeigen.«

Die Mädchen bogen in den Kirchhof ein und gingen auf einige schattenspendende Bäume zu.

Iris überlegte laut: »Sie hat wahrscheinlich ein Recht dazu, mit ihm zu prahlen und ihn jedem vorzustellen. Ich wünschte mir, ich hätte auch jemanden, der zu mir gehört. Ich hasse es, alleine zu sein! Vielleicht bin ich darum auch so wütend auf Großvater, daß er gestorben ist!«

Chris war überrascht. »Das meinst du doch nicht im Ernst!«

»Nein, vermutlich nicht. Eigentlich bin ich völlig durcheinander, Chris! Zuerst konnte ich es gar nicht glauben, daß er tot war. Dann wurde ich zornig auf ihn, und jetzt habe ich deswegen schreckliche Schuldgefühle.«

»Das ist mir in Kalifornien auch einmal so ergangen. Ich hatte eine wirklich gute Freundin, die Twyla hieß. Ihre Eltern waren so arm, daß sie – daß sie – « Chris' Stimme schwankte. »Sie mußten all ihre Geschwister an fremde Leute verkaufen, und schließlich verkauften sie auch Twyla.«

»Das ist ja schrecklich! Ich erinnere mich, daß Großvater mir einmal aus der Zeitung vorgelesen hat, daß das in manchen Familien geschieht.«

»Für mich«, so fuhr Chris fort, »war der Verlust von Twyla so, als ob jemand gestorben wäre. Zuerst konnte ich nicht glauben, was geschehen war. Dann wurde ich wütend, dann fühlte ich mich schuldig, und schließlich – schließlich habe ich es akzeptiert.«

»Du meinst – das muß ein Mensch durchmachen, bevor er mit seinem Leben weiterfahren kann?«

Chris nickte und schaute Iris dann festentschlossen an. »Aber eines habe ich nicht akzeptiert«, sagte sie bestimmt. »Das ist die Art und Weise, in der sich meine Großmutter mir gegenüber verhalten hat. Und die Art und Weise, in der Rubys Großmutter sich Ruby gegenüber verhalten hat. Je mehr ich über dich nachdenke, desto mehr meine ich – « Ihre Stimme verklang, und sie schaute auf zu den umliegenden Bergen.

»Was meinst du?« drängte Iris.

». . . desto mehr bin ich entschlossen, erst dann nach Kalifornien zurückzukehren, wenn ich das erledigt habe, was ich mir vorgenommen hatte«, beendete Chris ihren Satz.

»Ich habe gehört, daß deine Großmutter mit Vesters Hilfe deine Rückfahrt verhindern will. Aber sie können dich nicht davon abhalten, wenn du mit Ruby und ihrem Vater mitfährst!« Iris schwieg einen Augenblick und fügte dann mit leiser Stimme hinzu: »Ich habe gehört, daß es sich bei Vester um den Mörder handeln könnte, von dem dein Onkel neulich sprach. Wenn das so ist, nun, dann kommen vielleicht weder du noch Ruby jemals wieder nach Kalifornien zurück.«

Ein kalter Schauer lief Chris den Rücken hinunter. *Auch Großmutter ist in Gefahr!* dachte sie. *Aber sie ist auch die einzige Person, die dieses ganze Problem aus der Welt schaffen könnte!*

Chris wandte sich abrupt Iris zu und sagte: »Ich muß sofort zu meiner Großmutter! Aber – geht es dir jetzt besser?«

»Mir geht es gut. Ich mußte nur einmal mit jemandem reden. Danke, Chris. Du bist wirklich eine Freundin.«

Chris begann bei diesen Worten zu strahlen. »Sagst du Ruby bitte, wohin ich gegangen bin?«

»Natürlich – aber hüte dich vor Vester!«

»Am hellichten Tag wird mir wohl nichts passieren.«

Chris zweifelte nicht an ihrer eigenen Sicherheit, wohl aber an der ihrer Großmutter. Diese lebte ja ganz alleine an einem abgelegenen Ort in den bewaldeten Bergen. Vester konnte seine Drohung gegenüber der Großmutter jederzeit wahrmachen. Chris eilte die Straße hinunter.

Kapitel 16

Schwierigkeiten in der Kirche

Großmutter Dunnigan saß in ihrem Schaukelstuhl aus Walnußholz und zog heftig an ihrer Maiskolbenpfeife, während sie Chris zuhörte. Als diese geendet hatte, nahm die Großmutter die Pfeife aus dem Mund und schwenkte sie durch die Luft. »Du hast mächtig viele Wünsche heute, Chris. Also, du willst, daß ich am Sonntag mit zum Gottesdienst komme und mich mit meiner nichtsnutzigen Schwester versöhne, und ich soll Vester sagen, daß ich keinen Fluch auf ihn gelegt habe, und« – sie schwieg einen Augenblick, um nachzudenken.

Chris kam ihrer Großmutter zu Hilfe und fuhr fort: »Und du sollst darüber nachdenken, ob Iris nicht bei dir wohnen könnte, und du sollst sagen, ob du mir vergibst und ob du wirklich verstehst, warum ich im vergangenen Sommer davongelaufen bin. O ja, und du sollst versprechen, daß du nicht versuchen wirst, mich von der Heimreise abzuhalten, und daß du auch nicht zuläßt, daß Vester es versucht.«

Die Großmutter zog erneut an der übelriechenden Pfeife und blies eine Wolke an die Decke, bevor sie antwortete. »Selbst in Märchen werden einem Menschen gewöhnlich nur drei Wünsche zugestanden. Du aber hast viel mehr Wünsche.«

»Sie sind alle wichtig, Großmutter. Und du kannst sie alle erfüllen.«

»Ich kann Gussie nicht zwingen, sich mit mir zu vertragen, selbst wenn ich es von meiner Seite aus wollte.«

»Du könntest es aber versuchen, Großmutter!«

»Warum sollte ich? Laß' sie den ersten Schritt tun. Sie hat den Streit begonnen!«

»Was hat sie denn getan?«

Die Großmutter runzelte die Stirn und zog nachdenklich

an der Pfeife. »Das geht dich nichts an«, sagte sie schließlich.

Chris versuchte, auf den Busch zu klopfen. »Du kannst dich nicht mehr an den Grund erinnern, nicht wahr?«

»Natürlich kann ich das! Als wir Mädchen waren, hingen wir aneinander wie Erbsen in der Schale. Wir wohnten zusammen, bis wir heirateten. Dann, eines Tages, hat sie – nein – ich will darüber nicht reden.«

»Also gut, aber du könntest all die anderen Dinge erfüllen, um die ich dich gebeten habe. Du kannst mir vergeben, daß ich davongelaufen bin, und du könntest sagen, daß du wirklich verstehst, daß mein Platz bei meinen Eltern und Geschwistern ist.«

»Chris, du bist die ganze Familie, die ich noch habe. Wenn du hierbleibst, bekommst du alles, was ein Mädchen deines Alters sich wünscht.« Die Stimme der Großmutter wurde weicher. »Ich habe viel Liebe zu vergeben, aber wenn ich das nicht kann, dann ist es aber, als ob diese Liebe sich in Essig verwandelt und mich dazu veranlaßt, eigensüchtige und gemeine Dinge zu tun.«

»Großmutter, ich habe dich lieb, und ich würde gerne bei dir bleiben, aber ich kann es nicht. Für dich gibt es andere Möglichkeiten.«

Die Großmutter antwortete nicht. Statt dessen beugte sie sich hinab und zog ihren langen, dunklen Rock hoch, so daß ihre Knöchel sichtbar wurden. Chris erblickte einen häßlichen, schwarzen Bluterguß.

»Was ist geschehen?« schrie sie auf und beugte sich nieder, um ihn näher anzusehen.

»Ich wäre beinahe in den Brunnen gefallen, als ich Wasser holen wollte. Aber es war kein Zufall. Ganz sicher nicht! Jemand hatte einen Draht über den Boden gespannt.«

»War es Vester?«

»Er muß es gewesen sein. Da ich halbblind bin, habe ich den Draht nicht gesehen und bin darüber gestolpert. Beinahe wäre ich kopfüber in den Brunnen gefallen, aber ich konnte mich gerade noch an dem Brunnenseil festhalten, so daß ich mein Gleichgewicht zurückbekam.«

»O, Großmutter, er könnte es wieder versuchen, es sei denn, du sagst ihm, daß kein Fluch auf ihm liegt!«

»Ganz sicher wird er es wieder versuchen, aber ich werde ihm trotzdem nicht sagen, daß ich ihn nicht wirklich verflucht habe!«

Chris mußte einsehen, daß es mit ihrer starrköpfigen Großmutter kein Diskutieren über diesen Punkt gab. So wechselte sie zu einem anderen Thema: »Ich frage mich, warum Vester ein so gemeiner Mensch geworden ist.«

»Ich weiß, warum er so ist, denn ich kannte seinen Vater – Troy Hardesty. Er war ein eifriger, aber zugleich auch strenger und unnachgiebiger Prediger. Es war nur so, daß er selber nicht tat, was er predigte. Er hatte nicht mehr Liebe für seinen Jungen wie eine Schlange für ein Küken.

Troy hat Vester sehr oft geschlagen, schon, als dieser noch ein kleines Kind war. Stolz sagte er jedem, der es hören wollte, daß er damit nur der Bibel gehorche. Denn die Bibel warne vor der Gefahr, die Rute zu schonen und so die Kinder zu verderben. Aber ich weiß es besser. Troy hatte einen gemeinen Zug in sich. Er brauchte einfach eine Entschuldigung, um den Jungen zu schlagen, weil er selber kein ordentliches Leben führte. Unter uns gesagt, ich habe gesehen, wie dieser Prediger schwankend aus einer Kneipe kam! Andere haben ihn andere Dinge tun sehen, die ein Mann im Talar eigentlich nicht tun sollte.

Tatsächlich hatte Troy Hardesty einen so gemeinen Charakter, daß er seine eigene Frau davonjagte, als Vester etwa zwölf Jahre war. Daraufhin bekamen der Vater und sein halberwachsener Sohn Streit miteinander. Vester hat sich auf seinen Vater gestürzt, aber er war natürlich noch nicht groß und stark genug, und so ist er ebenfalls davongelaufen.«

Die Großmutter hielt einen Augenblick inne und betrachtete den Kopf ihrer Pfeife, bevor sie fortfuhr: »Ein paar Tage später fanden einige Waschbärenjäger Troys Leiche. Der Sheriff meinte, daß Troy auf den Sandsteinklippen gesessen haben und dann von dort oben heruntergestürzt sein muß.«

Chris nickte. »Ich kenne diese Klippen.«

Die Großmutter beendete ihren Bericht: »Der Sheriff sagte, es sei ein Unfall gewesen, aber viele Menschen hier in der Gegend sind da anderer Ansicht. Sie nehmen an, daß Troy herabgestoßen wurde.«

»O, Großmutter! Wie schrecklich!«

Ungeachtet ihrer eigenen Abneigung dem bärtigen, pockennarbigen Alkoholschmuggler gegenüber, empfand Chris eine gewisse Symphatie und ein wenig Verständnis für Vester. Gleichzeitig wuchs in ihr die Angst vor dem, was Vester ihr und ihren Lieben antun konnte.

Die Großmutter fuhr fort: »Vester hat mir einmal gesagt, daß er die Kirche hasse und sich dem Aberglauben und der Hexerei zugewandt habe.«

Chris fragte sich, wie ihre Großmutter sich eine Christin nennen und dennoch den Aberglauben dazu verwenden konnte, um andere Leute mit Flüchen unter Druck zu setzen. Aber sie hatte nicht den Mut, ihre Großmutter danach zu fragen.

»Ich besitze in dieser Welt nicht mehr viel«, erklärte die Großmutter. »Ich habe nur noch Macht über manche Menschen aufgrund dessen, was *sie* glauben, daß ich tun kann. So wie Vester.«

Chris verstand nicht, warum ein Mensch Macht über einen anderen Menschen besitzen wollte, aber sie erkannte, daß die Großmutter ihr die Wahrheit gesagt hatte. So bat sie: »Bitte, Großmutter, sage doch Vester, daß du in Wirklichkeit gar keinen Fluch auf ihn gelegt hast; dann wird er dich in Ruhe lassen!«

»Das werde ich nicht tun! Und jetzt will ich nichts mehr davon hören!«

Da regte sich der Dickkopf in Chris. »Sagst du das, damit ich nicht abreise?«

»Ich weiß nicht, wovon du redest!« antwortete die Großmutter listig.

»Du glaubst, daß ich zu viel Angst habe, abzureisen, solange dein Leben in Gefahr ist. Und du denkst, daß ich es nicht fertigbringe, dich alleine zu lassen, weil du nicht mehr gesund bist und immer schlechter siehst. Du rechnest doch mit all diesen Dingen, um mich davon abzuhalten, dich zu verlassen. Stimmt's oder habe ich recht?«

Die Großmutter zog schweigend an ihrer Pfeife, ohne aufzublicken.

Chris regte sich zunehmend auf. Sie befürchtete, daß sie die Ziele, die sie sich für ihre Reise in die Ozarks gesetzt hatte, nicht rechtzeitig in die Tat würde umsetzen können. Ihr Gewissen ließ es nicht zu, unter den gegebenen Umständen abzureisen und die Großmutter alleinzulassen. Aber den Gedanken, sich von ihren Eltern und Geschwistern trennen zu müssen, konnte sie auch nicht vertragen.

»Ich gehe nach draußen, um nachzudenken«, kündigte sie an.

»Würdest du dabei bitte die Hühner füttern und das Schwein tränken?«

Chris bemerkte eine Spur von Triumph in der Stimme ihrer Großmutter. Es war, als ob die alte Frau mit dieser einfachen Bitte durchklingen ließ, daß sie gewonnen hatte und Chris die Ozarks nicht verlassen würde.

Dem Mädchen war elend zumute, als es die Anweisungen seiner Großmutter ausführte. Es hatte das Gefühl, sich in einer Falle zu befinden, und es kämpfte mit Enttäuschung und Zorn. Der einzige Ausweg, der noch blieb, war das Gebet.

Ich werde es Ruby nicht sagen, beschloß Chris. Es hat keinen Sinn, wenn sie sich auch noch aufregt. Sie genießt es so, allen Leuten ihren Vater zu zeigen.

Nachdem sie das Schwein gefüttert hatte, drehte Chris sich um. Im gleichen Augenblick bemerkte sie, wie Vester gerade im Wald verschwand.

Er beobachtet uns! dachte sie, während ihr Herz vor Furcht jagte. *Es ist nur eine Frage der Zeit, bis er etwas Schreckliches tut – wenn er einen von uns alleine erwischt.* Chris erschauerte, obwohl es ein heißer, schwüler Tag war.

Chris wollte nicht für alle Zeit bei ihrer Großmutter bleiben. Sie mochte es nicht, wenn man sie austrickste und hereinlegte. Auf der anderen Seite würde ihr Gewissen ihr keine Ruhe lassen, wenn sie die alte Frau alleine zurückließ. Deswegen beschloß Chris, die nächsten zwei Tage und Nächte bei ihrer Großmutter zu verbringen.

Die Großmutter war die ganze Zeit freundlich und angenehm. Aber sie ließ immer wieder Gegenstände fallen und behauptete dann, ihre Hände könnten wegen der Arthritis nicht mehr richtig zufassen. Sie lief gegen Möbel und Türrahmen und beklagte sich, daß sie nicht mehr gut genug sehen könne. Dreimal strauchelte sie in Chris' Gegenwart und fiel beinahe auf den Boden.

Ich glaube, sie tut das alles nur, um mein Mitgefühl zu wecken, damit ich hierbleibe, dachte Chris. *Aber ganz sicher bin ich mir da auch wieder nicht. Es ist ein klarer Fall, daß sie jemanden braucht, der für sie sorgt, aber derjenige muß ich doch nicht sein, oder?*

Chris fühlte sich trotzdem mehr und mehr schuldig, daß sie ihre Großmutter verlassen wollte. Bisher war sie mit allem, was sie sich vorgenommen hatte, gescheitert, und es blieb ihr nur noch wenig Zeit. Sie mußte entweder nach Kalifornien zurückkehren oder nachgeben und hierbleiben.

Immer wieder betete sie leise: *Herr, ich habe alles getan, was ich konnte! Ich brauche deine Hilfe, und zwar schnell!*

Als der Sonntag anbrach, kletterte Chris vom Speicher des Holzhauses ihrer Großmutter hinunter. Die Großmutter nahm gerade ihre falschen Zähne aus dem Glas neben ihrem Bett.

Chris fragte: »Bleibst du bei deinem Entschluß, heute nicht mit zur Kirche zu gehen? Es wäre schön, wenn ich dort neben dir sitzen könnte.«

»Ich habe gerade darüber nachgedacht. Wenn ich sicher wäre, daß Gussie nicht in die Kirche käme, würde ich vielleicht gehen.«

»Ich hoffe, daß sie da *ist«,* entgegnete Chris, während sie ihr Gesicht mit kaltem Wasser wusch und es dann mit einem Stück Baumwollstoff abtrocknete.

»Wenn sie da ist, dann gehe ich wieder! Da gibt es gar nichts.«

»Aber du kommst mit?«

»Wir werden sehen«, antwortete die Großmutter.

Ein wenig später kamen Seth und Rachel in einem flachen Wagen, der von zwei Pferden gezogen wurde. Sie hatten leere Kisten in den Wagen gestellt, damit Chris und ihre Großmutter darauf sitzen konnten.

Zögernd schlurfte die alte Frau aus dem Haus. Sie trug ein traurig wirkendes, schwarzes Kleid, das sie vom Hals bis zu den Handgelenken und zu den Knöcheln einhüllte. Der einfache, schwarze Strohhut auf ihrem Kopf wurde aufgehellt durch einen Strauß roter Kirschen auf der Krempe. Die einfachen, schwarzen Schuhe, die die Großmutter an diesem Tag angezogen hatte, hatte Chris nie zuvor gesehen. Sie hatten keine Löcher für die kleinen Zehen wie die anderen Schuhe der Großmutter.

Chris fühlte sich glücklich, als sie nach Possum Hollow fuhren. Sie war richtig dankbar, daß ihre Großmutter zur Kirche ging. Dennoch empfand sie auch ein Gefühl der Angst. Sie war sich nicht sicher, ob das durch das Thema der Predigt ihres Onkels kam oder ob es dafür noch einen anderen Grund gab.

Als sie die Kirche erreichten, standen bereits zahlreiche Buggys und flache Wagen im Kirchhof. Dazwischen befanden sich auch einige gesattelte Pferde. Chris war überrascht, als sie Elston erblickte. Er trug saubere Hosen und ein kurzärmliges Hemd und fühlte sich offensichtlich recht unwohl darin. Chris bemerkte, wie der Junge Ruby beobachtete, die gemeinsam mit ihrem Vater in dem gemieteten Gespann eintraf. Als die Großmutter stehenblieb, um sich mit einer anderen älteren Frau zu unterhalten, schloß Chris sich Seth und Rachel an, die Ruby und Nate begrüßen wollten.

»Ruby, du siehst heute so gut aus wie noch nie!« rief Chris aus. »Welch ein hübsches Kleid! Und dieser Hut!«

Obwohl es in einem einfachen Grau gehalten war, wirkte das Kleid an Ruby irgendwie fröhlich. »Es war ein altes Kleid von Rachel«, erklärte Ruby. »Sie hat hier und da einige Falten eingenäht, damit es mir paßt. Und sie hat mir den Hut geliehen.«

Das Gespräch der beiden Mädchen wurde bald durch einige Bewohner von Possum Hollow unterbrochen, die Ruby und ihren Vater begrüßen wollten. Chris bemerkte sowohl Respekt wie Neugierde in ihrem Verhalten. »Die Leute sind offenbar sehr gespannt, weil dein Vater heute Lügner und Mörder an den Pranger stellen will«, flüsterte Chris Ruby zu, als sich die Erwachsenen miteinander unterhielten. »Aber ich glaube, daß Elston nur gekommen ist, um dich zu sehen.«

Selbstbewußt betastete Ruby das Band auf ihrem Strohhut. »Ah, das ist sicher nicht der Grund!« widersprach sie. Aber gleichzeitig warf sie Elston einen Blick zu und lächelte.

Chris lenkte ihre Aufmerksamkeit auf den Eingang der Kirche, wo Iris alleine auf den Stufen stand. Sie fragte sich erneut, wo wohl Bertha sein mochte. Dann wandte sie sich an ihre Großmutter, die zu ihnen getreten war. »Würde es dir etwas ausmachen, wenn ich Iris bitten würde, bei uns zu sitzen, Großmutter?«

»Das macht mir nichts aus. Aber ich weiß, worauf du hinauswillst, Chris Corrigan, und das wird dir nicht gelingen.«

Obwohl jeder in Possum Hollow jeden kannte, war es Chris wichtig, Iris ihrer Großmutter gewissermaßen vorzustellen. Iris nahm Chris' Einladung, bei ihnen zu sitzen, dankbar an.

Als sie die Kirche betreten wollten, fragte Chris Iris: »Hast du Bertha gesehen?«

»Seit Großvaters Tod nicht mehr«, erwiderte Iris traurig. »Sie hat sich als eine schöne Freundin erwiesen, nicht wahr?«

»Urteile nicht zu hart über sie«, entgegnete Chris. »Manche Menschen wissen nicht, was sie sagen sollen, wenn jemand gestorben ist.«

Iris stieß hervor: »Es wäre gar nicht notwendig gewesen, irgend etwas zu *sagen!* Sie hätte einfach dasein können! So wie du, Chris. Obwohl du jeden Grund der Welt gehabt hättest, dich von mir fernzuhalten.«

Ein Kirchendiener bedeutete ihnen, ihm zu folgen. Als sie an einem offenen Fenster vorbeigingen, erblickte Chris Vester, der gegen ein Rad von Onkel Nates Buggy lehnte. Plötzlich fühlte sich Chris sehr aufgeregt. Dann jedoch beruhigte sie sich mit dem Gedanken: *Er wird bestimmt nichts unternehmen, solange so viele Leute dabei sind!*

Die Kirche war bereits voll besetzt, und Chris wurde mit ihrer Großmutter und Iris zu Plätzen in der vordersten Reihe geführt. Chris saß zwischen ihrer Großmutter und Iris. Sie hätte Ruby gerne gesagt, daß sich Vester draußen aufhielt, aber ihre Cousine hatte bereits mit Seth und Rachel in einer der mittleren Bankreihen Platz genommen.

Nate Konning betrat den Kirchenraum durch eine Tür auf Chris' rechter Seite, von der sie annahm, daß sie zur Sakristei führte. Ihr Onkel stieg die zwei Stufen zu der Plattform vor der Kanzel empor und setzte sich dort auf einen Stuhl mit einer geraden Lehne, während Herr Galvin aufstand, um das gemeinschaftliche Singen zu leiten.

Als er die Gottesdienstbesucher aufforderte, sich ebenfalls von ihren Plätzen zu erheben, wandte Chris ihren Kopf zur Eingangstür. Sie hatte halb und halb erwartet, Vester dort zu sehen, aber statt dessen betrat Rubys Großmutter die Kirche, gestützt auf den Arm eines Kirchendieners. Er wies ihr einen Platz in der letzten Reihe in der Nähe der Tür an.

Chris war so aufgeregt, daß sie Rubys Aufmerksamkeit auf sich ziehen wollte, aber ihre Cousine verstand ihre Zeichensprache nicht. Als das Singen begann, stieß die Großmutter ihre Enkelin sanft mit dem Ellbogen an, um ihr zu zeigen, daß sie ihr unangemessenes Verhalten mißbilligte.

Immer stärker wurde in Chris das Gefühl, daß irgend etwas Schreckliches bevorstand. Sie versuchte, ihre Ahnungen zu vertreiben, indem sie mit der Versammlung laut »Vorwärts, Christi Streiter« sang. Iris sang nicht mit, aber zu Chris' Überraschung stimmte die Großmutter kräftig in das Lied ein.

Sie waren beim zweiten Liedvers, als ein Kirchendiener

den Gang entlang kam und Nate bedeutete, zu ihm zu kommen. Nate erhob sich und beugte sich über das Geländer der Plattform, um zu hören, was der Mann ihm zu sagen hatte. Dann nickte er und wechselte einige Worte mit Herrn Galvin, der mit Elan den Gesang leitete.

Wo geht Onkel Nate denn nur hin? fragte sich Chris, als dieser die Plattform verließ und zur Hintertür hinausging.

Dann kam ihr in den Sinn, wer sich im Hof aufhielt, und sie schrie in Gedanken: *Vester ist dort draußen! Geh' nicht alleine hinaus, Onkel Nate!* Sie schaute ihre Großmutter bittend an, da sie von ihr die Erlaubnis haben wollte, die Kirche verlassen zu dürfen, aber die Großmutter schüttelte den Kopf und hielt sie am Arm fest.

Chris wandte sich um und war überrascht, als sie merkte, daß alle Leute auf die Hintertür starrten. Ruby machte eine Bewegung, als wollte sie dorthin gehen, aber Rachel schien sie zurückzuhalten. Ruby nickte und sang weiter.

Nate war noch nicht zurückgekehrt, als die Gottesdienstbesucher, die sich inzwischen gesetzt hatten, beim letzten Vers des zweiten Liedes »O Gnade Gottes, wunderbar« angelangt waren. Chris machte sich mehr und mehr Sorgen um ihren Onkel. Als sie Ruby wieder einen Blick zuwarf, sah sie, wie diese Seth am Ärmel zog und ihm etwas zuflüsterte. Daraufhin nickte Seth, sprach kurz mit Rachel und ging dann durch den Seitengang auf die Hintertür zu, während Ruby ihm folgte.

Bevor sie die Tür jedoch erreicht hatten, öffnete sich diese, und ein Raunen ging durch die Reihen.

Nates Anzug zeigte deutliche Spuren einer Rauferei. Sein rechter Jackenärmel war am Schultersaum ausgerissen. Sein Haar war zerzaust, und er hatte eine kleine Platzwunde auf seiner Unterlippe. Unter dem einen Auge prangte ein Bluterguß.

Bei diesem Anblick sank der Arm von Herrn Galvin herab, und die singenden Gottesdienstbesucher verstummten einer nach dem anderen.

Chris beobachtete hilflos, wie Seth und Ruby auf Nate zutraten. Aufgeregt sprachen sie auf ihn ein, doch dann kehrte Seth zu seinem Platz zurück. Nate hielt seine Tochter einen Augenblick lang in seinem Arm, bevor er sie ruhig zu ihrem Platz zurückgeleitete.

In der kleinen Kirche war es mucksmäuschenstill, als Nate die Stufen zu der Plattform erneut emporstieg, dem Gesangsleiter bedeutete, sich zu setzen und dann die Kanzel betrat.

»Ich glaube nicht, daß Gott, der Herr, es uns verübeln wird, wenn wir jetzt nicht mehr weitersingen und ich mit meiner Predigt beginne. Ich danke Ihnen allen sehr, daß Sie gekommen sind, und ich werde versuchen, etwas zu sagen, das das Leben eines jeden von Ihnen verändern möge.«

Er berührte vorsichtig seine gesprungene Lippe und betrachtete dann seinen Finger. »Ein gottloser Mensch hat dort draußen versucht, die Räder von meinem Buggy abzunehmen. Ich habe ihn aufgefordert, davon abzulassen, aber er wollte nicht. Nachdem ich ihm beide Wangen hingehalten habe, habe ich ihn niedergeschlagen.«

Chris flüsterte ihrer Großmutter zu: »Das war Vester!«

»Dieser Prediger hat Mumm«, erwiderte diese mit offensichtlichem Beifall.

Nate fuhr fort: »Nach meinem Dafürhalten hat Gott mich beauftragt, heute an dieser Stelle die Wahrheit des Evangeliums zu verkündigen, ungeachtet dessen, was auch immer geschehen mag. Und genau das werde ich auch tun.«

Er machte eine Pause, und Chris spürte die elektrische Spannung im Raum. Sie beobachtete fasziniert, wie der Blick ihres Onkels schweigend über die Versammlung glitt. Schließlich fuhr er fort:

»Wie ich sehe, haben wir einige Lügner unter uns.«

Chris hörte, wie die Leute in der Kirche die Luft anhielten.

Erneut blickte Nate im Raum umher. »Und ich sehe auch einen oder zwei Mörder unter uns.«

Diesmal schnappten alle Gottesdienstbesucher so hörbar nach Luft, daß Chris um sich schaute. Aber sie war nicht die einzige, die das tat: Jeder schien um sich zu blicken und sich zu fragen, wen denn der Prediger nur meinen konnte.

Mit fester Stimme forderte Nate die Anwesenden auf: »Also, wenn Sie Ihren Kopf beugen, werde ich den Herrn bitten, die Predigt zu segnen. Dann werde ich sagen, was ich zu sagen habe!«

Chris' Herz schlug heftig vor Aufregung und Vorahnung. Sie war sich sicher, daß sich jeder in der Kirche ebenso wie sie selber fragte: *Wer sind die Lügner? Und wer sind die Mörder?*

Ihr Onkel würde, so, wie sie ihn kannte, nicht vorsätzlich einen Aufruhr verursachen, aber was würde dann geschehen? Chris konnte den Beginn der Predigt kaum erwarten.

Kapitel 17

Eine schreckliche Überraschung

Nate betete kurz und öffnete anschließend seine Bibel. Dann stellte er sich neben die Kanzel, so daß sich zwischen ihm und seinen Zuhörern keine Barriere mehr befand. Nun ließ er seine Augen einen lang erscheinenden Augenblick über die Versammlung gleiten. Chris hatte den Eindruck, daß er dabei jedem einzelnen der Anwesenden direkt ins Herz schaute.

Die ersten Worte des Gastpredigers waren verblüffend direkt: »Haben wir heute irgendwelche Lügner unter uns?« Er machte eine Pause und fragte dann etwas lauter: »Ist vielleicht irgend jemand in diesem Raum ein Mörder?«

Chris hörte die Aufregung und das Flüstern um sich herum, als Nate den Finger auf einen Bibelabschnitt legte und laut vorlas.

»Im ersten Johannesbrief, Kapitel vier, Vers zwanzig, heißt es: ›Wenn jemand behauptet: Ich liebe Gott, und dabei seinen Bruder haßt, dann ist er ein Lügner. Wenn er seinen Bruder, den er sieht, nicht liebt, dann kann er Gott, den er nicht sieht, erst recht nicht lieben.‹«

Nate hob seine Augen von dem Buch und ließ seinen Blick erneut über die Versammlung gleiten. »Dies ist der erste Teil meines Predigttextes. Der zweite Teil stammt aus dem ersten Johannesbrief, Kapitel drei, Vers fünfzehn.« Er senkte seinen Blick wieder, und sein Finger glitt über die Zeilen. »Wer seinen Bruder haßt, ist ein Mörder. Ihr wißt, daß kein Mörder Anteil am ewigen Leben bekommt.«

Jedesmal, wenn Nate das Wort »Mörder« aussprach, hob sich seine Stimme ein wenig. Chris spürte in sich eine Spannung, als ihr Onkel die Bibel sinken ließ. Sein linkes Auge schwoll merkbar an, und Chris ahnte, daß er es gegen Ende des Gottesdienstes nicht mehr würde öffnen können.

»Ich habe den Eindruck gewonnen, daß manch einer von Ihnen hierhergekommen ist in der Annahme, ich würde heute über die Sünde des einen oder anderen hier im Raum reden«, stellte Nate mit einem schwachen Lächeln fest. »Nun, das werde ich nicht tun. Meine Aufgabe ist es, das Evangelium zu predigen. Die Aufgabe des Heiligen Geistes ist es, schuldige Menschen zu überführen, einschließlich derjenigen, die behaupten, keine Lügner und Mörder zu sein und sich das sogar auch noch selber einreden.«

Chris spürte, daß die Leute enttäuscht waren, daß der Gastprediger nicht den Namen eines unbekannten Mörders enthüllen wollte, aber Nate Konning schien das nicht zu interessieren.

Er fuhr fort: »Und so frage ich noch einmal: Befinden sich heute Lügner in der Kirche? Sind Mörder unter uns? Schauen Sie nicht um sich herum und denken Sie nicht über diesen Bruder oder jene Schwester nach. Schauen Sie statt dessen tief in Ihr eigenes Herz und geben Sie Gott – nicht mir – die Antwort auf diese Fragen.«

Eine unangenehme Stille senkte sich über die Versammlung. Chris konnte sie spüren. Sie vermutete außerdem, daß die deutlichen Worte der Bibel das Herz und das Gewissen vieler Leute – auch das eigene, das ihrer Großmutter und auch das von Rubys Großmutter – getroffen hatten. Aber wie würden die Gottesdienstbesucher diese Worte aus dem Munde eines Gastpredigers aufnehmen, selbst *wenn* es Worte aus der Heiligen Schrift waren?

Chris verspürte das starke Verlangen, ihrer Großmutter neben sich einen Blick zuzuwerfen, aber sie fürchtete, ein solcher Blick könnte zu offensichtlich sein. Außerdem hegte sie die Befürchtung, die Großmutter könnte einen ihrer nervösen Anfälle bekommen und den Prediger laut beschimpfen.

Aber Chris konnte es nicht lassen, ihren Kopf ganz langsam zu wenden und einen verstohlenen Blick auf Rubys Großmutter, die in der letzten Reihe saß, zu werfen. Großmutter Skaggs Gesicht war hart wie Granit, und sein Ausdruck war kalt wie Stahl.

Als Chris ihren Blick herumschweifen ließ, fiel er auch auf Ruby, die ihre Augenbrauen leicht hob als Zeichen dafür, daß sie ihre Cousine beobachtete. Dann, als ob sie sich fragte, wem hinten in der Kirche Chris' Interesse galt, wandte auch Ruby sich um. Überraschung breitete sich auf ihrem Gesicht aus.

Chris war sich deshalb sicher, daß Ruby von der Anwesenheit ihrer Großmutter in der Kirche bisher nichts gewußt hatte. Ihr Kopf war noch immer nach hinten gerichtet, als ihre Großmutter ihr erneut mit dem Ellbogen in die Seite stieß, und so konzentrierte Chris sich wieder auf den Prediger.

Onkel Nate fuhr mit seiner Predigt fort; die offene Bibel lag in seiner linken Hand. »Nun, manche von Ihnen fragen sich jetzt vielleicht: ›Warum sollte ich mich angesprochen fühlen?‹ Lassen Sie mich Ihnen deshalb noch einen dritten Vers vorlesen.«

Er blätterte schnell einige Seiten um und kündigte an: »In Matthäus heißt es im sechsten Kapitel in den Versen vierzehn und fünfzehn: ›Wenn ihr den anderen verzeiht, was sie euch angetan haben, dann wird auch euer Vater im Himmel euch eure Schuld vergeben. Wenn ihr aber den anderen nicht verzeiht, dann wird euer Vater euch eure Verfehlungen auch nicht vergeben.‹«

Chris bemerkte, daß eine erneute Bewegung unter den Anwesenden entstand, als Nate wiederum eine Pause machte. Dann fuhr er mit einem matten Lächeln fort: »Nachdem jener Sünder mich draußen auf den Mund und in ein Auge geboxt hatte«, – vorsichtig berührte Nate dabei den Bluterguß unter seinem linken Auge, – »sagte ich ihm, daß ich ihm seine Schläge vergeben hätte, und dann bat ich den Herrn, ihm *und* mir zu vergeben.«

In seiner ruhigen und besonnenen Art und Weise sprach Nate Konning nun über jeden der drei Bibelverse. Er verdeutlichte sie mit Geschichten von Leuten, die er in seinem Heimatland Texas und in Kalifornien, wo er jetzt lebte, kennengelernt hatte.

Chris beobachtete besorgt, wie das Auge ihres Onkels

immer mehr anschwoll, so daß er beinahe nichts mehr dadurch sehen konnte. Außerdem platzten seine Lippen immer mehr auf. Gegen Ende seiner Predigt waren seine Worte daher zunehmend schwieriger zu verstehen.

»Bevor ich zum Schluß komme, muß ich Sie alle noch einmal fragen: Befinden sich heute Lügner in der Kirche? Gibt es Mörder unter uns? Wenn das der Fall ist, dann wissen Sie, was Sie zu tun haben, denn die Bibel sagt Ihnen das ganz deutlich.

Stehen Sie auf von Ihrem Platz und schließen Sie jetzt Frieden mit Ihrem Bruder, mit Ihrer Schwester. Warum Sie das tun sollen, fragen Sie? Aus dem besten Grund in der Welt. Die Heilige Schrift macht das unübersehbar klar: Der Herr wird Ihnen nicht vergeben, es sei denn, Sie vergeben zuvor Ihrem Nächsten.

Fahren Sie jetzt nicht fort, dem anderen Vorwürfe zu machen, denn die Bibel sagt nicht, daß wir solches tun sollen. Die Bibel sagt uns nichts darüber, wem wir die Schuld zuschieben sollen. Sie haben keinen Grund, um zu sagen: ›Es ist seine Schuld, oder es ist ihre Schuld!‹ O nein! Gott spricht nicht von Schuldzuweisungen, und er sagt auch nicht, daß der andere sich zuerst zu entschuldigen hat!

Nur eines zählt: Ob Sie selber schuldig sind oder nicht. Wenn Sie also schuldig sind, dann sollten Sie ihre Angelegenheit jetzt sofort mit Ihrem Bruder oder Ihrer Schwester in Ordnung bringen. Und dann sollten Sie hierher zu diesem Altar kommen und Ihre Sache mit Gott in Ordnung bringen. Wenn Sie dabei Hilfe brauchen, bin ich für Sie da.

Verstehen Sie mich nicht falsch: Es ist nicht so, daß Sie mir eine Antwort geben müssen. Sie müssen dem Herrn eine Antwort geben – früher oder später. Das ist einzig und allein Ihre Sache. Wie also werden Sie sich entscheiden?«

Nate schloß seine Bibel. Er ging die wenigen Stufen hinunter und stellte sich abwartend hinter den Altar.

Chris zögerte noch immer, ihre Großmutter anzuschauen. Sie spürte, daß diese aufgeregt war und unter einer großen Spannung stand. Chris hoffte, daß ihre Großmutter hier in der Kirche keine Szene machen würde.

Herr Galvin erhob sich. Er forderte die Gottesdienstbesucher auf, sich ebenfalls zu erheben und das Lied »So wie ich bin« zu singen. Als Chris wie die anderen aufstand, konnte sie der Versuchung nicht widerstehen, einen Blick auf Rubys Großmutter zu werfen. Großmutter Skaggs stand vollkommen gerade – unbeugsam, gespannt und zornerfüllt. Sie schien den Prediger, der alleine hinter dem Altar stand, finster anzusehen.

Genau in diesem Augenblick spürte Chris, wie sich ihre Großmutter umdrehte, um festzustellen, was Chris' Aufmerksamkeit auf sich gelenkt hatte. Rubys Großmutter sah von dem Prediger weg und begegnete dem Blick ihrer Schwester.

»O!« stieß Chris' Großmutter offensichtlich überrascht hervor.

Dadurch wurde Chris bewußt, daß ihre Großmutter erst jetzt bemerkte, daß auch ihre Schwester an dem Gottesdienst teilgenommen hatte.

Die zwei Schwestern starrten einander feindselig an. Chris war traurig, weil die Predigt ihres Onkels die beiden alten Frauen anscheinend nicht berührt hatte. Im Gegenteil: Sie erschienen noch starrköpfiger als je zuvor.

Andere Gottesdienstbesucher jedoch waren offensichtlich von den Worten der Predigt angesprochen. Sie traten auf die Gänge hinaus und gingen weinend auf andere Personen zu.

Die hoffnungsvollen Worte des alten Liedes erfüllten jetzt die Kirche: »O Lamm Gottes, ich komme, ich komme.«

Als Iris ihren Arm berührte, wandte Chris sich um. Tränen standen in den Augen des Mädchens, als es Chris' Hand ergriff. »O, Chris! Ich war mir bisher überhaupt nicht bewußt, wie viele schlechten Dinge Bertha und ich dir angetan haben! Und trotzdem warst du so nett zu mir nach Großvaters Tod! Vergib mir, bitte!«

»Natürlich vergebe ich dir!« erwiderte Chris und beugte sich zu ihr hinüber.

Iris schluchzte; eine Träne rann über ihre Wange. »Ich

muß zum Altar treten, um auch Gott um Vergebung zu bitten.«

Chris nickte und wollte ihre Hand aus Iris' Hand lösen. Aber Iris flüsterte flehend: »Kommst du mit? Bitte!«

Andere Leute gingen nach vorne, als Chris zu ihrer Großmutter sagte: »Iris möchte, daß ich mit ihr zum Altar gehe.«

Die Großmutter nickte; ihr Gesicht war so unbeweglich wie ein gefrorener Teich.

Chris holte tief Atem und fragte sich, ob sie es wagen konnte, ihrer offenbar sehr zornigen Großmutter einen Vorschlag zu machen. Aber dann beschloß sie, den Versuch zu wagen. »Großmutter, warum gehst du nicht zu deiner Schwester und sprichst dich mit ihr aus?«

Die dunklen Augen der Großmutter blitzten in derselben Art und Weise, wie Chris es schon so oft gesehen hatte. »Ich weiß, worauf du hinaus willst, Chris Corrigan, und das funktioniert nicht! *Sie* hat angefangen! Also soll sie zu *mir* kommen!«

Chris prallte zurück bei dem scharfen Ton der Großmutter. Als sie einen Blick in den hinteren Teil der Kirche warf, sah sie, daß Ruby neben ihrer Großmutter stand und auf sie einredete. Dann richtete Ruby sich auf, begegnete Chris' Blick und zuckte mit den Schultern. Rubys Großmutter starrte mit steinernem Blick nach vorne auf den Prediger, der jenen Leuten beistand, die am Altar niedergekniet waren.

Langsam seufzte Chris und nickte verstehend. *Es ist sinnlos,* dachte sie. *Sie werden sich niemals vertragen!* »Laß' uns gehen, Iris«, sagte sie leise.

Vor dem Altar herrschte ein solches Gedränge, daß Chris Iris darum herumführte auf die Seite, auf der normalerweise der Pastor stand. Dort knieten die beiden Mädchen nieder, und Chris legte ihren Arm um Iris' Schulter. Als sie sich nach vorne beugte, berührte ihre Stirn beinahe den Altar.

Nach einiger Zeit hob Chris ihren Kopf und bemerkte, daß so ziemlich alle Leute die Kirche verlassen hatten.

Chris' Großmutter schlurfte durch die Vordertür, während ihre Schwester die Kirche durch den Seiteneingang verließ.

Ich habe wieder versagt! dachte Chris und kämpfte gegen die Tränen. *Und meine Gebete sind auch nicht beantwortet worden! Das schmerzt noch mehr als alles andere.*

Sie warf einen Blick auf ihren Onkel, der neben einem Mann am Altar kniete. Chris sah die vor Stolz glänzenden Augen ihrer Cousine, die in der Nähe ihres Vaters stand. *Es muß wunderbar sein zu wissen, daß der eigene Vater das Leben von Menschen so verändern kann,* dachte Chris.

Arm in Arm verließen Chris und Iris die Kirche. Als sie nach draußen kamen, blickte Iris zum Himmel auf und rief: »Hey! Es bezieht sich! Vielleicht wird es nun endlich regnen!«

»Es sieht in der Tat so aus, als ob in Kürze ein Gewitter aufzieht. Siehst du die Blitze in der Ferne?«

»Hoffentlich regnet es ordentlich!« meinte Iris. »Ich habe die Wälder noch niemals so trocken gesehen!«

Chris nickte und blickte sich auf dem Kirchhof um. Ihre Großmutter, Seth und Rachel standen neben dem flachen Wagen und redeten miteinander. Forschend glitt der Blick des Mädchens weiter über den Kirchhof, obwohl es nicht wirklich damit rechnete, Vester dort irgendwo zu sehen. Gleichzeitig fragte Chris sich jedoch, wo er jetzt wohl stecken konnte. Er war nirgendwo zu sehen, aber sie bemerkte, daß Bertha und Elston gemeinsam im Schatten der Kirche standen. Bisher hatte Chris Bertha nicht gesehen.

Drei ältere Frauen zogen Iris auf die Seite. Chris wollte auf ihre Großmutter zugehen, aber Elston hielt sie auf. Sie konnte Berthas mißbilligenden Kommentar hören, aber Elston kümmerte sich nicht um das Mädchen.

»Chris, ich – nun«, begann er, »es tut mir leid wegen all der Dinge, die ich dir und Ruby angetan habe, als ihr noch hier gewohnt habt.«

Chris wartete, merkte dann aber, daß Elston sich nicht dazu überwinden konnte, sie deshalb um Vergebung zu bitten. Daher lächelte sie den Jungen an: »Es ist alles in Ordnung, Elston.«

Elston nickte dankbar und drehte sich um, wandte sich dann jedoch erneut Chris zu und sagte leise: »Vester ist nun fort, aber er hat alles vom Wald aus beobachtet. Er hat offenbar nichts Gutes im Sinn.«

Aus diesen Worten wurde Chris deutlich, daß Elston nicht wußte, daß es Vester gewesen war, der sich mit ihrem Onkel geprügelt hatte. Das Mädchen überlegte, daß Vester nach dem Kampf mit Nate Konning wohl noch wütender und gefährlicher sein würde, als das bisher der Fall gewesen war.

Ob er darauf wartet, Onkel Nate noch einmal in die Finger zu bekommen? fragte sie sich, schüttelte dann aber den Kopf. *Nein, ganz sicher nicht, solange Seth dabei ist. Aber vielleicht ist er hinter Großmutter her oder hinter Ruby – oder hinter mir.*

Chris ging hinüber zu Seths Wagen. Während sie ihre Großmutter anschaute, dachte sie an die wenigen Worte, die den größten Teil ihrer Probleme lösen konnten, wenn die Großmutter sie nur aussprechen würde. Aber diese war viel zu starrköpfig, um das zu tun.

»Chris, ich habe gerade deiner Großmutter erzählt, wie tapfer es von deinem Onkel war, eine solche Predigt zu halten«, sagte Rachel.

»Hmmmm!« murmelte die Großmutter mißbilligend. »Der Anfang der Predigt war sehr gut, aber dann fing er an, sich immer mehr in die Angelegenheiten anderer Leute einzumischen.«

»Aber Großmutter, du hast doch gesagt, daß er Mumm habe!«

»Damit war ich zu voreilig, Chris. Ich werde froh sein, wenn er wieder in Kalifornien ist.«

Seth hob eine Augenbraue. »Vielleicht geht er nicht wieder dorthin. Ich habe gerade gehört, wie sich einige der Ältesten und Diakone miteinander unterhielten. Sie wollen Nate bitten, in Possum Hollow zu bleiben und Prediger der Gemeinde zu werden.«

Chris rief aus: »Wirklich? Ist das wahr?«

»Es ist die reine Wahrheit!« antwortete Seth.

Chris sah sich nach Ruby um und wandte sich dann wieder an Seth. »Weiß Ruby das schon?«

Seth zuckte mit der Schulter. »Das weiß ich nicht, aber sicher weiß Nate noch nichts davon, denn er ist noch immer in der Kirche. Außerdem nehme ich an, daß die Leute es Nate erst sagen werden, wenn sie sich heute nachmittag getroffen und es offiziell besprochen haben. Zumindest habe ich es so von ihnen gehört.«

Chris' Gedanken überstürzten sich bei dieser unerwarteten Nachricht. *Wenn die Kirche Onkel Nate als Prediger beruft und er diesen Ruf annimmt, dann werden er und Ruby hier in den Ozarks bleiben,* dachte sie. *Aber was bedeutet das für mich?*

»Ich muß mit Ruby sprechen!« kündigte sie abrupt an. Sie rannte über den Kirchhof zurück in das kleine Bauwerk. Nate Konning stand noch immer am Altar, vertieft in ein Seelsorgegespräch mit einem Mann. Ruby jedoch befand sich nicht mehr dort.

Chris sah, daß Herr Galvin in der Nähe der Seitentür mit einer kleinen Gruppe von Leuten sprach. Sie eilte zu ihm hinüber. »Entschuldigen Sie, Herr Galvin, aber haben Sie gesehen, wohin Ruby gegangen ist?«

»Ja, warum? Sie ging vor wenigen Minuten aus dieser Tür heraus.«

»Danke!« erwiderte Chris und machte Anstalten, wieder nach draußen zu gehen.

Da fuhr der Kaufmann fort: »Sie verließ die Kirche sofort, nachdem ich ihr gesagt hatte, daß der Kirchenvorstand darüber nachdenkt, ihren Vater zum Prediger von Possum Hollow zu berufen.«

»Oh?« stieß Chris besorgt hervor. Sie stürmte durch die Tür, gerade als in der Ferne ein Donner rollte und ein Blitz über den bedrohlich aussehenden Himmel zuckte.

Elston rief hinter ihr her: »Wenn du nach Ruby suchst, sie ist gerade in den Wald gerannt.« Er zeigte ihr die

Richtung und fügte hinzu: »Sie hat so etwas davon gesagt, daß sie in Ruhe nachdenken wolle.«

»Elston, würdest du bitte meiner Großmutter sagen, daß ich hinter Ruby hergehe?«

»In Ordnung«, antwortete dieser, »aber du beeilst dich lieber, sonst werdet ihr beide vom Regen überrascht.«

Chris rannte in den zundertrockenen Wald, als wieder ein Blitz über den Himmel zuckte und ein weiterer Donner zu hören war.

Während sie auf der Suche nach ihrer Cousine durch den Wald hastete, verschwendete Chris keinen einzigen Gedanken daran, daß dort irgendwo zwischen den Bäumen vielleicht der zornige, rachsüchtige Vester auf sie wartete.

Kapitel 18

In der Feuerfalle

Chris war schon ein gutes Stück in den Wald hineingelaufen, als sie sich wieder an Vester erinnerte. Ängstlich schaute sie hinter sich, aber es war niemand zu sehen. »Ruby! Ruby! Wo bist du?« rief sie.

Ein Blitz erhellte den Himmel, gefolgt von einem lauten Donnerschlag. Doch von ihrer Cousine kam keine Antwort.

Keuchend rannte Chris einen steilen Berghang hoch und rief dabei immer wieder Rubys Namen. Gleichzeitig blickte sie ständig über ihre Schultern zurück und betete leise: *O Herr, laß' Vester sie nicht finden!*

Oben auf dem Hang kletterte Chris auf einen alten Baumstumpf und blickte forschend in alle Richtungen. Plötzlich stutzte sie. »Ach, da bist du ja!« rief sie aus.

Chris sprang von dem Baumstumpf herunter und hastete zwischen den Bäumen hindurch zu der Stelle, wo sie Ruby mühsam auf dem steilen Hang daherlaufen gesehen hatte. Bald hatte sie sie erreicht. Chris war aufgeregt, aber erleichtert. »Ruby, wohin gehst du?« fragte sie.

»Ich wollte nur ein Stück laufen. O, Chris, hast du gehört, was sie vorhaben?«

Chris nickte. »Aber vielleicht ändern sie ihre Meinung ja noch, oder vielleicht lehnt dein Vater die Stelle auch ab, wenn sie sie ihm anbieten!«

»Das Angebot kam einfach so schrecklich überraschend. Deshalb mußte ich irgendwo in Ruhe darüber nachdenken.«

»Aber weiter als bis hierhin solltest du auf gar keinen Fall gehen.« Chris warf einen ängstlichen Blick auf den Himmel, der sich immer mehr bezog. »Es sieht aus, als ob es bald in Strömen regnen wird.«

Ein weiterer Blitz ließ Chris zusammenzucken. Sie wußte, daß ein einziger Blitzschlag den trockenen Wald in ein Flammenmeer verwandeln konnte. Sie schüttelte diesen Gedanken ab und blickte ihre Cousine an.

»Elston hat gesagt, daß Vester beobachtet hat, wie die Leute die Kirche verließen, und daß er dann hier in diesem Teil des Waldes verschwunden ist. Wir sollten deshalb lieber zurückgehen.«

»Sobald ich wieder vernünftig atmen kann.«

»Sollen wir uns hier ein wenig setzen und miteinander reden?« fragte Chris.

Ruby zuckte mit den Schultern, ordnete sorgfältig ihr Sonntagskleid und setzte sich behutsam auf einen gefallenen Baumstamm. Auch Chris setzte sich und wartete darauf, was ihre Cousine ihr zu sagen hatte.

Immer noch außer Atem von dem Aufstieg, begann Ruby: »Ich kann den Gedanken nicht ertragen, daß ich von dir getrennt leben müßte, Chris. Aber er ist mein Vati, und deswegen werde ich wohl bei ihm bleiben, egal, wie er sich entscheidet.«

»Ich verstehe dich, aber ich hätte niemals geglaubt, daß du so etwas sagen würdest.«

»Du meinst, daß es nicht richtig ist?«

»O, nein!« Chris schüttelte ihren Kopf, so daß ihre braunen Zöpfe wild umherflogen. »Dein Platz ist bei deinem Vater. Ich meinte nur, daß ich niemals gedacht hätte, daß du hier in den Ozarks bleiben wolltest – aus welchem Grund auch immer.«

»Ich habe es mir nicht ausgesucht, das weißt du. Glaub' mir, es gibt keinen Ort, wo ich lieber leben würde als in Kalifornien. Aber wenn Vati hierbleibt, dann bleibe ich auch.«

Chris überlegte einen Augenblick lang, ob sie Ruby sagen sollte, daß sie selber möglicherweise auch hierbleiben mußte wegen ihrer Großmutter. *Jetzt noch nicht, beschloß sie dann. Wir müssen erst aus diesem Wald heraus, bevor Vester kommt oder wir vom Regen überrascht werden,* überlegte sie, da sie Ruby nicht in Unruhe versetzen wollte.

»Du hast natürlich recht, daß du hierbleibst, wenn dein

Vati auch bleibt«, sagte Chris. »Aber ich mag gar nicht daran denken, daß wir beide dann nicht mehr zusammensein werden.«

»Ich auch nicht.« Rubys Stimme klang leise und traurig. Dann erhellte sich ihr Gesicht. »Auf jeden Fall müssen wir zuerst alle nach Kalifornien zurückkehren. Vati hat sich verpflichtet, den Bullen für Herrn Farnham nach Lone River zu bringen, und ich muß seiner Frau während der Zugfahrt behilflich sein. Und du mußt dich um die kleinen Kinder kümmern, Chris. Anschließend werden mein Vati und ich dann allerdings wohl so schnell wie möglich hierher zurückkommen müssen.«

Beide Mädchen schauten auf, als ein gezackter Blitzstrahl den Himmel erhellte. Er war so nahe, daß Chris ausrechnete, wie weit das Gewitter noch von ihnen entfernt war. Leise begann sie zu zählen: *Ein Mississippi, zwei Mississippi, drei Miss* – sie brach ab, als ein ohrenbetäubender Donnerschlag ertönte.

»Hilfe!« schrie Chris, sprang auf und blickte auf den drohenden Himmel. »Das war nahe!«

»Und es kommt noch näher!« Ruby sprang ebenfalls auf ihre Füße und klopfte die Rückseite ihres Kleides ab. »Am besten laufen wir sofort zur Kirche zurück!«

So schnell, wie sie es wagten, eilten die beiden Cousinen den steilen, bewaldeten Berghang hinab, während sich Donner und Blitze beständig abwechselten. Normalerweise hatte Chris keine Angst vor Gewittern, aber seit ihr Pferd in diesem Sommer während eines Rittes von einem Blitzschlag getroffen worden war, besaß sie großen Respekt vor dieser Naturgewalt.

Während die Cousinen Seite an Seite weiterliefen, stieß Ruby keuchend hervor: »Wenn mein Vati und ich nach Possum Hollow umziehen, meinst du dann, daß du auch bald wieder hierher zurückkehrst?«

Beim Weiterlaufen dachte Chris darüber nach, daß sie Ruby wohl eigentlich sagen sollte, was sich im Haus der Großmutter ereignet hatte, seit sich die Mädchen zum letzten Mal gesehen hatten.

Aber bevor Chris antworten konnte, fuhr Ruby fort: »Vielleicht solltest du genau das tun, Chris! Wenn du hierbleibst, wird sich deine Großmutter freuen, und Vester wird uns in Ruhe lassen.«

Chris hielt schlitternd inne und ergriff den Arm ihrer Cousine. »Soll ich dir einmal etwas sagen? Ich habe Vester draußen vor der Kirche gesehen, kurz bevor der Gottesdienst begann. Ich bin sicher, daß er es war, der deinem Vater das blaue Auge und die aufgeplatzte Lippe verpaßt hat. Unmittelbar nach dem Gottesdienst hat Elston ihn dann wiedergesehen, so daß er vielleicht – «

Ruby spähte ängstlich in alle Richtungen. »Glaubst du, daß er uns am hellichten Tag belästigen wird?«

»Nun ja, Tatsache ist, daß wir hier draußen im Wald alleine *sind.*« In diesem Augenblick zuckte ein erneuter Blitz über den Himmel, dem ein heftiger Donnerschlag folgte, begleitet von einem lauten Krachen, gerade oberhalb des Bergkammes hinter ihnen.

»Der Blitz hat eingeschlagen!« schrie Chris. »Bestimmt in einen Baum. Vielleicht brennt es gleich. Wir müssen hier heraus!«

Schon wollte sie losrennen, aber Ruby zog an ihrer Hand. »Wir könnten Vester genau in die Arme laufen! Ich meine, wenn er uns gefolgt ist und wir denselben Weg zurück nehmen, den wir hergekommen sind.«

»Du hast recht!« stimmte Chris zu und spähte durch den Schatten der Bäume. »Laß' uns doch in einem Halbkreis nach links laufen und so zur Kirche zurückkehren.«

Nach nur wenigen hundert Metern hielt Chris inne und schnüffelte. »Ich rieche Rauch!« Sie wandte sich um und blickte den Weg zurück, den sie gekommen waren. »Schau' doch!« Sie deutete auf die Flammen, die gerade von dem Baum, der von dem Blitz getroffen worden war, auf die umstehenden Bäume übersprangen.

»Nichts wie weg hier!« schrie Ruby und hastete den Berghang weiter hinunter. Plötzlich blieb sie stehen. »O – o!«

Kaum dreißig Meter entfernt stand Vester breitbeinig und herausfordernd vor ihnen.

»He, ihr da!« rief er und ließ ein Streichholz von dem einen in den anderen Mundwinkel rollen. »Nicht so hastig! Wollt ihr euch nicht ein wenig mit mir unterhalten?« Er grinste und zeigte dabei seine gelben, tabakbefleckten Zähne.

»Gehen Sie uns aus dem Weg!« schrie Ruby.

»Das ist nun aber gar nicht nett von dir, Ruby«, erwiderte der Mann drohend, während er über seinen roten Bart strich. »Wißt ihr was, etwas weiter dort drüben befindet sich unter einem Felsen eine kleine Höhle.« Er deutete unbestimmt nach links. »Sie ist groß genug, um uns alle vor dem Regen zu schützen.«

»Es regnet nicht!« gab Ruby bissig zurück. »Gehen Sie uns jetzt aus dem Weg oder nicht?«

Chris ergriff die Hand ihrer jähzornigen Cousine und flüsterte: »Es hat keinen Sinn, mit ihm zu reden! Laß' uns nach rechts gehen und einen großen Bogen um ihn machen!«

Als die Mädchen davonlaufen wollten, rief Vester: »Aber, aber. Ihr wißt doch, daß ihr an mir nicht vorbeikommt. Ich kann euch immer den Weg abschneiden.«

»Laß' uns zurückgehen!« flüsterte Ruby.

Chris warf einen Blick über ihre Schulter. »Das geht nicht! Der ganze Berg brennt!«

Die Mädchen schauten erst einander, dann Vester an.

Dieser rollte das Streichholz wieder in die andere Ecke seines Mundes und rief: »Kommt ihr jetzt in die Höhle oder nicht?«

»Nein!« antwortete Ruby herausfordernd.

»Schhhh!« zischte Chris ihr leise zu. »Mach' ihn nicht wütend!«

»Wie ihr wollt!« Vester ergriff das Streichholz und entzündete es mit dem Nagel seines Daumens. »Eure letzte Chance, Mädchen!«

Unschlüssig blieben die beiden Cousinen stehen, während das Streichholz in der Hand des Mannes aufflammte.

Dann beugte sich Vester sehr betont nieder und hielt das Streichholz an den trockenen Busch zu seinen Füßen. Eine Rauchwolke stieg auf. Dann zeigten sich kleine, züngelnde und prasselnde Flammen.

»Was soll denn das?« flüsterte Ruby.

»Er will uns den Weg abschneiden!« antwortete Chris mit furchtsamer Stimme. Sie blickte um sich. Der Himmel hinter ihnen war bereits hell erleuchtet von den Flammen, die von einem Baum auf den nächsten übergriffen und die Luft mit einem lauten Prasseln erfüllten.

Chris wandte sich wieder ihrer Cousine zu. »Wir können uns entweder nach rechts oder nach links halten, aber ich kenne diesen Teil des Waldes nicht. Weißt du hier Bescheid?«

»Nein. Ich war noch nie hier.«

Chris' Gedanken überstürzten sich. Sie suchte nach einem Fluchtweg aus dem Flammenmeer. Ihre Augen hingen wie gebannt an den auflodernden Flammen vor ihr, die jetzt so heiß und so hoch aufschlugen, daß Vester zurückzuckte und einige Schritte rückwärts machte. Der Brandgeruch hinter ihnen wurde immer stärker.

»Als Vester die Höhle erwähnte, hat er nach links gezeigt,« überlegte Chris. »Das bedeutet, daß er diesen Teil des Waldes recht gut kennen muß. Aber vielleicht weiß er in dem Wald auf der anderen Seite nicht so gut Bescheid.«

»Dann müssen wir versuchen, dort entlang zu entkommen!«

Die Mädchen rannten nach rechts, während über ihnen ein trockenes Gewitter losbrach. Blitze und Donner wechselten sich ab, ohne daß ein Tropfen Regen fiel.

Vester, der im Augenblick durch die Flammen bedrängt wurde, schickte den Mädchen einen Fluch nach und schrie: »Ihr entkommt mir ja doch nicht!«

Chris warf einen Blick zurück. »Er kommt hinter uns her!«

»Lauf' schneller!« kreischte Ruby.

Die Mädchen kletterten einen steilen Hügel empor. Sie stolperten dabei über vorstehende Wurzeln und kämpften mit tiefhängenden Zweigen und verzweigtem Unterholz. Manchmal stürzten sie zu Boden, wobei sie sich die Kleider zerrissen und ihre neuen Schuhe aufstießen.

Chris wandte ihren Kopf in die Richtung, aus der sie gekommen waren. »Er ist weg!«

Forschend blickten die beiden Mädchen um sich, aber ihr Verfolger war verschwunden.

»Wo kann er denn nur abgeblieben sein?« fragte Ruby besorgt.

»Ich mache mir mehr Sorgen über die Richtung, in der sich der Waldbrand ausdehnt«, erwiderte Chris. Ruby und sie befanden sich in einem immer länger werdenden Korridor von Flammen. Intensiv spähte das Mädchen durch den starken Rauch und meinte schließlich: »Wenn wir noch ein Stück weiterlaufen, können wir nach rechts abbiegen und dort den Hügel hinabsteigen. Dann haben wir das Feuer, das er gelegt hat, umgangen.«

Ruby schüttelte ihren Kopf. »Das Feuer, das der Blitz entzündet hat, können wir aber nicht umgehen! Es breitet sich rasend schnell nach allen Seiten aus!«

Die Mädchen begannen erneut zu laufen. Sie hörten, wie das Feuer krachte und prasselte, während es sich durch den Wald fraß und völlig außer Kontrolle geriet.

Plötzlich streckte Ruby die Hand aus und blieb stehen. »Dort unten ist Vester! Siehst du ihn? Er hat eine Abkürzung genommen und uns überholt!«

Hastig blickte Chris um sich und suchte nach Sicherheit, aber es fand sich keine. »Wir können diesen Weg nicht nehmen!« stieß sie hervor. »Es bleibt uns nichts anderes übrig, als zurückzugehen!«

»Aber das Feuer!« Rubys Stimme klang schrill vor Angst. »Sieh' doch, wie schnell sich die Flammen von dem Gipfel des Berges nach unten ausdehnen und wie sie von Baum zu Baum springen! Und das Feuer, das Vester gelegt hat, kommt genau so schnell den Berg hoch!«

»Uns bleibt keine andere Wahl! Wir müssen wieder zwischen den beiden Bränden hindurchlaufen und das Feuer, das Vester gelegt hat, am anderen Ende überholen! Wir können dann darum herumlaufen und zur Kirche hinunterrennen, wo wir in Sicherheit sind!«

Die Mädchen hasteten den Weg zurück, den sie gekommen waren. Inzwischen hatte der Rauch von beiden Brandherden zugenommen und der Himmel hatte sich noch mehr verdunkelt. Im stillen betete Chris darum, daß ein heftiger Regen die beiden Feuer löschen möge. Ununterbrochen zuckten zahllose Blitze über den Himmel, gefolgt von ohrenbetäubenden Donnerschlägen, deren Echo von den Bergen widerklang.

Nach einer Weile blickte Ruby zurück und verkündete, daß sie Vester nicht mehr sehen konnte. »Vielleicht hat ihm das Feuer den Weg abgeschnitten!« fügte sie hoffnungsvoll hinzu.

Chris' wache Augen prüften den Weg vor ihr, als sie einen weiteren Bergkamm erklommen. Dann machte ihr Herz einen Sprung: »Schau' nur, dort!«

Sie wies auf die Ausläufer der beiden Brandherde. Diese bewegten sich prasselnd aufeinander zu. Die Flammen sprangen von Baum zu Baum, und es sah ganz danach aus, daß sie auf dem nächsten Berghang aufeinandertreffen würden.

Verzweifelt schrie Ruby: »Die zwei Feuerlinien stoßen aufeinander, bevor wir die eine umrunden und uns in Sicherheit bringen können!«

Chris schluckte schwer; ihre blauen Augen suchten verzweifelt nach einem anderen Ausweg. Ihre Lage wurde immer bedrohlicher.

Ein Blick auf den Berghang zeigte, daß der Blitz zumindest zwei weitere Bäume entzündet hatte. Flammen und Rauch stiegen an verschiedenen Stellen empor, und diese lagen so nahe an der ersten Einschlagstelle, daß abzusehen war, daß sich die Brandherde in Kürze vereinigen und einen riesigen Feuerwall bilden würden.

Chris wirbelte herum, um zurückzublicken. Der schwarze Himmel schien mit tanzenden Flammen übersät zu sein. Einen Augenblick lang fragte sich das Mädchen, ob Vester im Feuer umgekommen war. Aber dann mußte es seine ganze Aufmerksamkeit wieder auf seine eigene Situation richten.

»O, Chris«, klagte Ruby, »was sollen wir jetzt nur tun?«

»In der Senke an diesem Berg befindet sich ein Freiraum, der völlig mit Felsblöcken bedeckt ist!« zeigte Chris. »Siehst du ihn?«

»Ja, aber was hilft uns das?«

»Vielleicht ist er so groß, daß das Feuer daran vorbeibrennt! Jedenfalls ist er unsere einzige Chance!«

Chris rannte auf die offene Stelle zu. Ruby folgte einen Schritt hinter ihr. Sie erreichten den Fuß des Hügels und maßen voller Angst die Ausdehnung der felsenübersäten Fläche. Diese war nicht ganz so groß wie die Böschung, an der Chris einige Tage zuvor gesessen hatte, aber dennoch war der felsige Bereich inmitten eines Gebietes mit Bäumen und Unterholz eine Oase der Sicherheit, die nicht brennen würde.

Etwa fünfzig Meter vor ihnen sprang ein Reh mit weißem Schwanz in Panik davon. Ganz in der Nähe hörte Chris die ängstlichen, quieckenden Laute von kleinen Tieren, die vor der herannahenden Feuersbrunst um ihr Leben flohen. Die Tiere beachteten die Mädchen in ihrer Nähe nicht.

Als Chris und Ruby um eine Ecke des Felsenvorsprunges kamen, erklang ein mürrisches, überraschtes *wuf!* aus dem dichten Unterholz.

Chris hielt kurz inne. »Was war das?«

»Was war was?« fragte Ruby und rang nach Atem.

»Ich dachte, ich hätte einen Hund gehört.«

»Hier draußen gibt es keine Hunde – « Rubys Worte wurden abgeschnitten durch das Knacken und Rascheln eines großen Tieres, das durch das Unterholz auf ihrer rechten Seite brach.

Chris schluckte schwer und stammelte: »Das klang wie ein – ein Bär!«

»Es gibt kaum noch Bären in den Ozarks!«

Chris' Herz klopfte heftig vor Erschöpfung und Furcht. Sie warf erneut einen Blick auf den Felsenvorsprung, den

Ruby und sie erreichen wollten. »Was ist das für ein schwarzer Fleck auf dem Felsen dort vorne?«

Ruby hustete vom Rauch und rieb ihre Augen, bevor sie antwortete: »Vielleicht ist das die Höhle, die Vester erwähnte!«

»Das kann nicht sein! Er hat in die entgegengesetzte Richtung gezeigt. Egal, laß' uns nachsehen.«

Die Mädchen stolperten fast völlig erschöpft auf die dunkle Stelle in dem Felsen zu. »Es ist keine Höhle«, stellte Chris fest, »aber ich denke, wir können uns hineinzwängen und so dem Feuer und dem Rauch entgehen.«

Chris spähte vorsichtig in den Eingang. Sie erblickte einen kleinen, dunklen Raum von etwa einem Meter Höhe und eineinhalb Meter Breite. »Pfff«, stieß sie hervor und zog eine Grimasse. »Das stinkt ja fürchterlich! Es muß der Bau irgendeines Tieres sein!«

»Ist das Tier dort drinnen?« zuckte Ruby zurück.

»Nein. Ich kann die hintere Wand sehen. Ich denke, daß wir drinnen sicherer sind als draußen.«

Die Mädchen krochen nacheinander in den Bau, wobei Chris die Führung übernahm. Der Raum war kühl und feucht, aber der furchtbare Gestank verursachte Chris beinahe Übelkeit. Wenigstens roch es aber nicht nach Rauch. Die Cousinen krochen nach hinten und ließen sich erschöpft auf den Boden sinken.

»Hier drinnen sind wir sicher!« meinte Ruby mit einem Grinsen.

Chris war zu erregt, um antworten zu können. Das Gewitter tobte unaufhörlich weiter, und der Waldbrand toste heftig um ihren felsigen Unterschlupf herum.

Plötzlich richtete Chris sich lauschend auf.

»Was hörst du?« fragte Ruby heiser, da ihre Kehle immer noch vom Rauch kratzte.

»Schhhh!« flüsterte Chris verbissen.

Jemand – oder etwas – näherte sich dem Bau. Nach dem Klang der Schritte konnte Chris schließen, daß es sich um jemanden oder etwas Großes handeln mußte.

Flüsternd fragte Ruby: »Ist es Vester?«

Ein leiser, gutturaler Laut erklang draußen vor dem Eingang. Die Mädchen umklammerten einander fest. Sekunden später erschien ein massiver Kopf in der Öffnung vorne am Bau.

»Es ist ein Bär!« kreischte Chris.

Kapitel 19

Angst und Schrecken am Rande des Abgrundes

Chris lief es eiskalt den Rücken hinunter. Sie preßte sich eng an die Wand und konzentrierte ihre Augen auf den Kopf des riesigen, schwarzen Tieres, das den Eingang versperrte. Zwar waren durch die Jagd die Bären in den Ozarks nahezu ausgestorben, aber vereinzelt gab es doch noch einige Exemplare. Nun hatte das Feuer diesen zweihundert Kilo schweren Koloß offensichtlich ins Freie getrieben. Das Tier stank fürchterlich, und Chris wurde klar, was sie die ganze Zeit in ihrem Unterschlupf gerochen hatte. Ruby und sie waren in eine Bärenhöhle geraten!

Chris zischte ihrer Cousine zu: »Rühr' dich ja nicht!«

»Wir können aber nicht hierbleiben!« flüsterte Ruby zurück.

»Wir kommen an dem Bären doch nicht vorbei! Und selbst, wenn es es uns gelingen würde, befänden wir uns dann wieder mitten in dem Feuer!«

Der Bär stand auf allen vier Pfoten, starrte in die Höhle und schnüffelte laut. Chris spürte, wie ein Schauer nach dem anderen über ihren Rücken lief und wie sich ihre Arme mit einer Gänsehaut überzogen. Sie starrte in angstvoller Faszination auf die riesigen Vordertatzen, die mit mächtigen, gebogenen Klauen ausgestattet waren.

Chris hörte, wie Ruby ein leises, schnüffelndes Geräusch von sich gab. Auch der Bär vernahm es, und er streckte seinen Kopf vor, als ob er feststellen wollte, welch merkwürdige Tiere sich im tiefen Schatten der Höhle aufhielten.

Chris beugte sich zu Rubys Ohr hinüber und flüsterte: »Taste einmal umher und versuche, ob du einen Stock oder so etwas finden kannst.«

Der Bär gab ein *Uff!* von sich und schwang den Kopf hin und her.

Entsetzt stieß Ruby hervor: »Er kommt zu uns herein!«

Chris brachte ihre Cousine zum Schweigen und suchte nun auch selber auf dem Boden der Höhle nach irgendeiner Waffe, mit der sie sich verteidigen konnten. *Vielleicht hat der Bär ebenso viel Angst vor uns wie wir vor ihm,* dachte das Mädchen nervös. *Oder vielleicht versucht er nur, dem Feuer zu entfliehen, und er tut uns nichts, wenn wir ihm nichts tun!*

Ruby lehnte sich hinüber und flüsterte Chris ins Ohr: »Ich habe nichts gefunden!«

»Ich auch nicht«, antwortete Chris etwas zu laut.

Der Bär stieß ein überraschtes *Uff!* hervor und wich einige schlurfende Schritte zurück. Dann wandte er sich um und rannte in seiner rollenden Gangart etwa zwanzig Schritte zurück, um schließlich stehenzubleiben, sich erneut umzudrehen und in die Richtung der Höhle zu blicken.

Chris flüsterte: »Ich glaube, er kann sich nicht entscheiden, ob er sich mehr vor uns oder mehr vor dem Feuer fürchten soll.«

»Hoffentlich verschwindet er bald!«

»Sei lieber leise! Wenn dies seine Höhle ist, wird er sie nicht so schnell aufgeben!«

»Ich hatte immer gemeint, um diese Jahreszeit hätten die Bären keine Höhlen.«

»Nach dem Gestank zu urteilen, muß er erst kürzlich hiergewesen sein. Und wenn er meint, er sei hier drinnen sicherer als draußen in dem Feuer – «

»Sprich' nicht weiter!« Ruby schüttelte entsetzt den Kopf.

Chris' Augen hingen fest an dem Bären. Er erhob sich auf seine Hinterbeine und stand aufrecht wie ein Mensch. Er schien ebenso groß zu sein wie die Bäume, die hinter ihm brannten.

Eine Sekunde später ließ sich der Bär wieder auf alle vier Pfoten fallen, wobei er noch immer den Eingang der Höhle beobachtete. Die beiden Mädchen saßen regungslos.

Schließlich flüsterte Ruby mit zitternder Stimme: »Ich mußte daran denken, was mein Vati in seiner Predigt gesagt hat. Ich war sehr nahe daran, all die Menschen zu hassen, die früher so schreckliche Dinge zu mir gesagt haben, weil ich keinen Vati hätte und so.

Es hat mir richtig gut getan, ihnen meinen Vati zu zeigen und ihnen klarzumachen, wie verkehrt ihre Meinung war! Ich habe es ihnen so richtig heimgezahlt.« Ruby kicherte nervös.

Chris beobachtete den Bären, ohne ihrer Cousine eine Antwort zu geben. Das Tier bewegte sich nicht vom Fleck, sondern gab lediglich laute schnüffelnde Geräusche von sich.

Rubys Stimme war kaum vernehmbar. »Ich weiß nicht, ob ich die Leute tatsächlich *gehaßt* habe, aber, nun – ich glaube, daß ich ganz nahe daran war, auch zu den Lügnern und Mördern zu gehören, meinst du nicht auch?«

Chris wünschte, ihre Cousine würde endlich den Mund halten, aber dann wurde ihr klar, daß der drohende Tod Rubys Gewissen bewegte. Leise fragte sie: »Würdest du den Leuten sagen mögen, daß es dir leid tut? Würdest du dich mit ihnen vertragen wollen?«

»Ich würde alles tun, um aus diesen Schwierigkeiten herauszukommen, aber ich kann ja gar nichts tun!«

»Du könntest beten!«

»Du weißt, daß ich das nicht kann. Aber wenn du beten willst, wäre mir das recht.«

Chris nickte. Ihre Augen hingen noch immer an dem riesigen Tier, das sie beobachtete. Einen Augenblick lang dachte sie, daß sie sich freuen würde, wenn Vester erschiene und den Bären vertreiben würde. Doch dann erschauerte sie. *Nein, ich habe es lieber mit einem Bären zu tun*! dachte sie.

»Chris, betest du?«

»Noch nicht.«

»Sag' Gott, daß es mir sehr leid tut, daß ich es den Leuten heimzahlen wollte, weil sie mir soviel Böses angetan haben.«

»Ich werde es ihm sagen.« Chris freute sich darüber, daß ihre Cousine inzwischen so weit gekommen war, wenn sie auch selber noch immer nicht mit Gott reden wollte.

Normalerweise hätte Chris mit geschlossenen Augen gebetet, aber diesmal hielt sie sie weiter auf den Bären gerichtet, und sie betete mit kaum vernehmbarer Stimme. Sie bat Gott um Hilfe, um aus ihrer Notlage herauszukommen, und ließ dann wegen Ruby ihre Stimme etwas lauter werden: »Herr, vernimm die Worte meiner Cousine und vergib ihr.«

Nach diesem Gebet ließ Chris ihre Blicke von dem Bären über den Himmel gleiten. Das Gewitter schien sich ein wenig entfernt zu haben. Im Unterbewußten bemerkte sie, daß sich das Feuer hinter dem Bären an dem Felsenvorsprung vorbeigefressen hatte. Zurückgeblieben war schwarzer Boden mit qualmendem Gras und rauchenden Büschen, die noch wenige Augenblicke zuvor gebrannt hatten.

»O Herr!« stieß Ruby hervor und deutete auf den Bären.

Chris war sich nicht sicher, ob sie Rubys Aufschrei als Gebet oder als schreckhaften Ausruf deuten sollte. Sie sah, wie sich das Tier laut schnüffelnd erneut auf seine Hinterpfoten erhob. Es machte einen Schritt rückwärts, fletschte seine mächtigen Zähne und fiel dann schwerfällig auf seine vier Pfoten zurück. Dann watschelte es in seiner rollenden Gangart direkt auf die Höhle zu.

»Er kommt zurück!« stieß Ruby quiekend hervor.

Der Bär brummte aus tiefer Brust. Er öffnete sein Maul, zeigte seine vielen Zähne und begann, sie erneut drohend zu fletschen.

»Er wird uns zerreißen!« flüsterte Ruby heiser.

Chris erinnerte sich plötzlich daran, daß sie einmal gelesen hatte, auf welche Weise einige junge Männer, die in dem Hochgebirge Kaliforniens als Umweltschützer arbeiteten, Bären so abgeschreckt hatten, daß diese geflohen waren.

Mit vor Angst trockenem Mund erklärte Chris: »Ich habe gelesen, daß, wenn man auf Töpfe schlägt und schreit – «

»Wir haben aber keine Töpfe!« wurde sie von Ruby

unterbrochen, die sofort verstanden hatte, worauf ihre Cousine hinauswollte.

»Dann klatschen wir in die Hände und schreien laut! Vielleicht – «

Bevor sie ihren Satz beenden konnte, stieß Ruby einen durchdringenden Schrei aus, der beinahe Chris' Trommelfell zerriß. Es war ihre instinktive Reaktion auf Chris' Vorschlag, dem Bären Angst einzujagen und ihn so zu vertreiben.

Es schien tatsächlich zu funktionieren, denn der Bär gab ein überraschtes Grunzen von sich, wirbelte herum und blieb halb abgewendet vom Eingang stehen.

»Er verschwindet!« stieß Chris hervor. »Klatsch' in die Hände!«

»Husch, husch!« schrie Ruby. »Verschwinde!«

Chris hatte diese Worte schon oft gehört, wenn jemand streunende Katzen oder Hühner davonjagte. Sie jetzt in dieser Situation zu hören, ließ sie auflachen.

Der Bär rannte davon. Seine lockere, rollende Gangart erinnerte Chris an zwei Jungen, die am Nationalfeiertag am Sackhüpfen teilgenommen hatten. Das Tier lief über den mit Felsen bedeckten Boden und dann in das Gebiet hinein, über das gerade das Feuer gerast war. Kaum hatte es zwei Schritte über die verbrannte Erde getan, als es einen Schmerzensschrei ausstieß und zornig grunzend hinunter ins Tal lief.

»Er ist fort!« rief Chris aus. Auf Händen und Füßen kroch sie zum Höhleneingang, wo sie nach draußen spähen konnte. Als sie hinausschaute, sah sie, wie sich das Feuer weiter unterhalb noch immer durch die Natur fraß. Nur ein Streifen unberührten Waldes war noch zu sehen.

»Komm mit!« schrie sie und sprang auf. »Laß' uns durch diesen Streifen laufen und dann einen Bogen zu der Kirche schlagen!«

Die Mädchen hasteten auf den letzten Fluchtweg zu. Die Richtung, in der sie gingen, lag entgegengesetzt zu der Richtung, in der sich der Bär entfernt hatte.

Hoffnungsvoll meinte Ruby: »Ich denke, wir haben diesem Bären einen solchen Schrecken eingejagt, daß er inzwischen schon den nächsten Bundesstaat erreicht hat!«

In diesem Augenblick öffnete der dunkle, drohende Himmel seine Schleusen, und der langerwartete Regen strömte herab.

Ruby jubelte: »Der Regen wird das Feuer ganz sicher löschen!«

»Das hoffe ich sehr!« antwortete Chris und rannte schnell, aber vorsichtig, um nicht hinzufallen, den steilen Berg hinunter.

In wenigen Minuten waren die beiden Mädchen völlig durchnäßt. Schwer atmend, aber unversehrt, erreichten sie den Rand des Waldes. Chris keuchte: »Laß' uns einen Augenblick stehenbleiben! Mein Herz zerspringt fast!«

Die Cousinen hielten eine kurze Rast und blickten sich um. Sie hatten den Wald hinter sich gelassen und befanden sich jetzt in einem offenen Gelände. Auf ihrer linken Seite sah Chris hinter hohen Bäumen Häuser stehen. *Dort liegt Possum Hollow, und dort werden wir in Sicherheit sein,* dachte sie. Zu ihrer Rechten erkannte Chris die Spitzen der steilen Sandsteinklippen, die sie gesehen hatte, als sie kürzlich im Wald spazierengegangen war, um nachzudenken.

In der Ferne hinter ihnen loderte der Wald noch immer, obwohl es inzwischen heftig regnete. Aber das Gewitter ließ immer mehr nach.

»Wir werden es schaffen«, stellte Chris zwischen zwei Atemzügen fest.

Ruby lachte vor Erleichterung. Sie warf ihren Kopf nach hinten und ließ den Regen über ihr Gesicht laufen. »In Sicherheit! Wir sind in – «

»Ha!« Die Stimme eines Mannes unterbrach Rubys frohen Jauchzer.

Vester Hardesty trat aus dem Wald in das offene Gelände hinaus und stellte sich zwischen die beiden Mädchen und Possum Hollow. Sein schwarzer Hut war regengetränkt, und sein roter Bart klebte an seinem pockennarbigen Gesicht.

»Hier seid ihr also!« sagte der Mann. Seine gelben Zähne blitzten durch seinen Bart. »Ich hatte angenommen, daß ihr beide im Feuer verbrannt wäret!«

Er breitete seine Arme aus und begann, auf die Mädchen zuzugehen. »Wie habe ich mich abgemüht, euch beide zu finden! Wenn mir das nicht gelungen wäre, hätte dieser Fluch, den Chris' scheußliche Großmutter auf mich gelegt hat, mich bestimmt umgebracht!«

Chris und Ruby klammerten sich aneinander. Nach ihrem schnellen Lauf in dem strömenden Regen standen sie jetzt hier auf der Lichtung und mußten noch immer heftig nach Atem ringen. Voller Angst blickten sie Vester jetzt entgegen.

Es lag ein gemeines Glänzen in den Augen des Mannes. »Es hat keinen Sinn mehr, mir noch weiter davonzulaufen!« warnte er die Mädchen.

Chris wußte, daß Ruby und sie zu erschöpft waren, um Vester entkommen zu können. Er war in den zerklüfteten Bergen der Ozarks zu Hause und befand sich in einem wesentlich besseren körperlichen Zustand als sie. Aber sie ergriff instinktiv Rubys Hand, um davonzulaufen. Da bemerkte sie eine leichte Bewegung in dem Gebüsch im Rücken des Mannes.

»Der Bär!« kreischte sie.

Vester stieß ein boshaftes Lachen hervor. »Mit diesem alten Trick legst du mich nicht herein!«

Doch der Bär stürzte sich brüllend aus dem Gebüsch und rannte direkt auf Vester zu, der seine Aufmerksamkeit jetzt dem rasenden Tier zuwandte, allerdings als verzweifeltes Opfer mit vor Angst klappernden Zähnen.

Als Chris Ruby auf die Seite zog, bemerkte sie, daß der Bär seinen Fuß merkwürdig bewegte – so, als ob er Schmerzen hätte.

Er hat sich verbrannt, und er ist wütend! dachte sie.

Der Bär brüllte tatsächlich vor Schmerz und Zorn und stürzte sich auf den unbewaffneten Mann. Vester drehte sich um und rannte davon.

Ruby rief hinter dem Bären her, als wäre er ein Hund: »Such ihn, mein Bärchen! Faß' ihn!«

Erleichtert und zugleich besorgt beobachtete Chris die beinahe komisch wirkende Jagd. Normalerweise konnte ein Mensch einem Bären nicht entkommen, aber wegen seiner verbrannten Pfote konnte der Bär offensichtlich nicht so schnell laufen wie sonst. Statt dessen bewegte er sich vorsichtig hinter Vester her, quer durch das Gebüsch und den Berg hinunter. Vester hatte inzwischen begonnen, eine Anhöhe hinaufzuklettern.

Hinter dieser Anhöhe konnte Chris die Wipfel einiger verstreut stehender Bäume erkennen. Sie vermutete, daß Vester versuchen wollte, einen davon zu ersteigen, um sich in Sicherheit zu bringen. Zugleich dachte das Mädchen aber auch daran, daß Schwarzbären ebenfalls auf Bäume klettern konnten.

Plötzlich jedoch wurde Chris bewußt, in welche Richtung Vester rannte, und sie stieß einen schrillen Schrei aus: »Vester! Stehenbleiben! Sie können nicht dorthin laufen! Sie laufen direkt auf einen Abgrund zu!«

Vester schien sie nicht zu hören und rannte weiter.

Obwohl der Mann Chris das Leben so schwer gemacht hatte, tat er ihr leid. Sie wußte, daß er direkt in den Tod rannte.

Hilflos schaute sie zu, wie Vester die kleine Anhöhe erreichte und dann auf der anderen Seite verschwand. Der Bär war noch immer hinter ihm her.

»Er hat sich selber eine Falle gestellt!« sagte Ruby ungläubig. »Wenn der Bär ihn nicht erwischt, dann fällt er über die Klippen in den Abgrund, und der ist gut dreißig Meter tief!«

Sie verstummte, als von jenseits der Anhöhe ein durchdringender, heiserer Schrei ertönte.

»Jetzt ist es zu spät!« sagte Chris traurig. »Er ist über die Klippen gestürzt!«

Die beiden erschreckten Mädchen verharrten noch immer an derselben Stelle. Sie waren unsicher, was sie als nächstes tun sollten.

Es waren keine weiteren menschlichen Laute zu hören. Dann jedoch tauchte der Bär wieder auf der Anhöhe auf und grunzte drohend.

»Bleib' stehen und rühr' dich nicht!« warnte Chris, als sie spürte, daß Ruby davonlaufen wollte. »Vielleicht bemerkt er uns nicht.«

Der Bär rannte über die Anhöhe, ohne sich offenbar der Anwesenheit der Mädchen bewußt zu sein. Dann verschwand er im Gebüsch.

Ruby stieß einen großen Seufzer der Erleichterung aus. »Komm' weiter!« drängte sie. »Wir sollten schnell zurück zu der Kirche gehen, solange wir noch können! Zwar sind wir dem Bären entkommen, aber es ist immer noch möglich, daß uns das Feuer doch noch erwischt!«

Chris schüttelte ihren Kopf. »Wir können noch nicht gehen. Wir müssen zuerst nachsehen, was mit Vester geschehen ist.«

»Was? Du hast doch gehört, wie er geschrieen hat, als er in den Abgrund stürzte. Wir müssen es nur noch dem Sheriff sagen.«

Chris hätte sich gerne mit Rubys Vorschlag einverstanden erklärt, aber es war ihr nicht möglich. »Ich muß nachsehen«, erklärte sie.

Ruby grunzte enttäuscht und mißbilligend, aber sie wußte, daß ihr nichts anderes übrigblieb, als ihrer Cousine zu folgen. So erklommen die Mädchen den Abhang, der zu dem Abgrund führte. Weder von Vester noch von dem Bären war weit und breit etwas zu sehen. Nichts regte sich.

»Er tut mir schon irgendwie leid, aber – «

»Ich muß näher heran«, sagte Chris und zog Ruby mit sich.

»Was? Du könntest auch hinabstürzen!«

Chris gab keine Antwort, sondern bewegte sich vorsichtig auf den Rand der Klippe zu und spähte nach unten.

Ihre Augen suchten den niederprasselnden Regen zu durchdringen, um den Talboden unten abzusuchen. Es lagen dort riesige Felsblöcke und kleine Gesteinsbrocken, aber von Vester fehlte jede Spur.

»Wo könnte er nur –?« fragte Chris, als Ruby sich vorsichtig neben sie stellte.

»Ohhhhhh!« Ein Stöhnen drang von links zu den Mädchen hinüber.

»Das ist Vester!« stieß Chris hervor.

Knapp einen Meter unterhalb des Randes der Klippe umklammerte der schwergebaute Mann eine hervorstehende Baumwurzel. Mit den Spitzen seiner schweren Stiefel stützte er sich auf einem winzigen, vom Regen schlüpfrigen Felsenvorsprung.

»Helft mir!« schrie der Mann. Er hatte seinen Hut verloren, und sein Haar und sein Bart klebten an seinem Kopf. In seinen Augen stand Verzweiflung.

Einen Augenblick lang stand Chris erstarrt da. Dann ließ sie sich auf ihre Knie sinken. »Ruby, gib' mir die Hand!«

»Warum sollten wir ihm helfen?«

»Ruby, spiel' jetzt nicht verrückt, sondern hilf mir!«

»Wir können gar nichts für ihn tun! Er ist zu schwer!«

»Dann lauf' zur Kirche hinunter und hol' Hilfe! Ich bleibe hier und tue, was ich kann!« Sie streckte ihren rechten Arm über den Rand der Klippe. »Vester, halten Sie sich an meiner Hand fest!«

Langsam löste der Mann seine rechte Hand von der Baumwurzel und streckte sie nach oben. »Mir tut von innen alles so weh!« flüsterte er mit schmerzverzerrter Stimme.

»Paß' auf, Chris, er wird dich über die Klippe ziehen!« warnte Ruby.

»Dann *hilf* mir!«

Ruby murmelte etwas, ließ sich dann aber neben Chris auf ihre Knie fallen. Genau in diesem Augenblick schloß sich Vesters schmutzige, nasse Hand um Chris' Handgelenk. Im selben Moment löste sich plötzlich die Wurzel, die er mit seiner linken Hand umklammert hielt.

Chris wurde flach über den schlüpfrigen Boden gerissen und drohte kopfüber in den Abgrund hinabzustürzen!

Kapitel 20

Die Heimreise

»Ruby!« schrie Chris und streckte verzweifelt ihre freie Hand nach ihrer Cousine aus.

Ruby warf sich nach vorne, ergriff Chris' linken Arm oberhalb des Handgelenkes und zog so fest, wie sie nur konnte. Im selben Augenblick ruhte Vesters Gewicht nicht mehr so schwer an Chris' anderer Hand. Dadurch rutschte das Mädchen nicht mehr weiter nach vorne. Es hing jetzt mit seinen Schultern über den Rand des Abgrundes.

Chris' Herz pochte laut, als sie sich auf dem matschigen Untergrund nach hinten schob, bis nur noch ihr Gesicht über den Klippenrand ragte. Vester, dessen Füße wieder einen Halt gefunden hatten, blickte unentwegt zu ihr empor. Seine ganze Sicherheit hing nur an der kleinen Hand des Mädchens.

»Meine Füße haben gerade noch rechtzeitig einen winzigen Felsenvorsprung gefunden«, erklärte er mit schwacher Stimme. »Aber ich weiß nicht, wie lange er hält – «

»Sehen Sie eine andere Wurzel oder sonst etwas, woran Sie sich festhalten können?« drängte Chris. Ruby wies sie an: »Stemme dich mit deinen Füßen gegen den felsigen Boden, so daß du mich zurückhalten kannst, wenn er wieder nach unten rutscht!«

»Ich versuche es, aber der Boden ist sehr schlüpfrig! Wenn Vester wieder fällt, zieht er uns beide mit hinunter!«

»Wenn ich anfange zu rutschen, dann läßt du los! Nein, sag' jetzt nichts! Halte uns nur fest!« Chris blickte wieder über den Klippenrand. »Vester, haben Sie einen andern Halt gefunden?«

»Ich habe einen Felsensims gefunden. Er ist schlüpfrig wie ein schmutziges Schwein, aber etwas anderes finde ich nicht.«

»Was ist mit Ihren Füßen?«

»Ich habe meine Zehenspitzen in eine Spalte oder so etwas gesteckt.«

»Gut! Stützen Sie jetzt Ihr Gewicht etwas darauf. Sehen Sie, ob Sie sich selber nach oben ziehen können. Vorsichtig! Ja, genau so! Und während ich jetzt an Ihrer Hand ziehe, bewegen Sie die andere zu der abgebrochenen Wurzel dort.«

»Ich versuche es, aber in mir brennt alles!«

»Denken Sie nicht daran! Strecken Sie nur Ihre Hand aus!«

Währenddessen strömte der Regen unaufhörlich hinab und rann über das Gesicht des Mädchens. Chris beobachtete voller Erstaunen, wie der Mann, der bis jetzt ihr Feind gewesen war, ihre Anweisungen befolgte. »Nun«, fuhr sie fort und schüttelte das Wasser von ihren Augen und ihrem Mund, »bewegen Sie Ihren untersten Fuß langsam nach oben. Schauen Sie, ob Sie wieder einen anderen Halt finden können.«

Ganz langsam und mit viel Mühe arbeitete sich der verletzte Mann nach oben, bis seine Hand, mit der er Chris' Handgelenk umklammerte, gerade über dem Klippenrand lag. »Ergreifen Sie jetzt die Klippenkante«, ordnete Chris an, »und tasten Sie nach dem Schößling dort. Ich halte Ihre andere Hand fest. Ruby, paß' auf, daß du *jetzt* nicht ins Rutschen kommst!«

Ohne auf eine Antwort zu warten, sprach das Mädchen weiter auf Vester ein: »Haben Sie den jungen Schößling fest im Griff?« Er nickte, und dann kommandierte sie: »Mit einem kräftigen Ruck sollten Sie es schaffen, über den Rand zu kommen. Okay, alle zusammen jetzt! Ziehen!«

Ruby zog an Chris' linkem Arm, und Chris' rechte Hand zog an der Hand des Mannes. Langsam erschien der Kopf des Mannes über dem Abgrund, gefolgt von seinen Schultern.

»Weiterziehen!« schrie Chris und keuchte vor Anstrengung. »Wir müssen seinen Oberkörper auf den Boden bekommen!«

Plötzlich stieß Ruby einen entsetzten Schrei aus und begann, mit den Füßen nach vorne auf den Abgrund zuzuschlittern.

»Laß' los und rette dich!« schrie Chris.

Sofort ließ Ruby Chris' Hand los und griff wild nach dem einzigen verfügbaren Halt – nach demselben kleinen Baum, den auch Vester krampfhaft umklammerte.

Die junge Pflanze gab kleine, dumpfe Reißlaute von sich. Chris warnte: »Ihr zieht sie samt der Wurzeln aus dem Boden!«

Ruby hatte ihre gefährliche Rutschpartie beenden können. Sie ließ den kleinen Schößling los und bewegte sich auf dem Bauch vorsichtig nach hinten, fort von der gefährlichen Klippe.

»Ruby, geh' ein wenig weiter zurück und häng' dich an meine Beine!« befahl Chris. »Vester, lassen Sie meine Hand los und klammern Sie Ihre Finger in den Boden – feste! Ich ergreife Sie an Ihrem Overall und ziehe mit beiden Händen. Legen Sie sich auf ihren Brustkorb, wenn Sie können!«

Der Schößling löste sich aus der Erde. Schnell ließ Vester ihn fallen und krallte seine Finger in den Boden. Chris ergriff seinen Overall und zog mit aller Kraft, während Ruby an Chris' Beinen hing.

Langsam bewegten sich die Schultern des Mannes nach vorne, dann sein Oberkörper. Er fiel mit dem Gesicht nach unten auf den Boden. Ruby ließ Chris los und beeilte sich, zusammen mit ihrer Cousine die Träger von Vesters Overall zu fassen. Keuchend und stöhnend vor Anstrengung zerrten die Mädchen den Mann über den schlüpfrigen Grund, bis sich auch seine Beine auf festem Boden befanden.

Dann brachen sie alle drei oben auf der Klippe zusammen.

Chris lächelte schwach. »Gott sei Dank! Wir haben es geschafft!«

*

Chris blieb bei dem wimmernden Mann, der auf seinem Bauch auf dem Boden lag. Währenddessen rannte Ruby durch den Sturm nach Possum Hollow, um Hilfe zu holen. Als sie mit mehreren Männern zurückkehrte, war der Waldbrand beinahe erloschen, aber der Regen strömte noch immer heftig.

Herr Galvin brachte Vester in einem flachen, gefederten Wagen zum nächsten Arzt. Einige Zeit später saßen Chris und Ruby sicher und in trockenen Kleidern, die von einigen Frauen aus der Nachbarschaft herbeigebracht worden waren, wieder in der kleinen Kirche. Auch ihre Großmütter, Nate und Iris waren dort.

Die beiden Mädchen berichteten, wie sie sich im tiefen Wald befunden hatten, als das Feuer ausbrach. Dann erzählten sie von ihrer Begegnung mit dem Bären und mit Vester und von der unglaublichen Rettungsaktion.

Als sie ihre Geschichte beendet hatten, schwiegen alle vor Verwunderung und Dankbarkeit. Nate sprach ein Dankgebet für die Rettung der Mädchen und bat Gott, Vester wieder gesund werden zu lassen.

Als Nate »Amen« gesagt hatte, ergriff Chris' Großmutter das Wort. »Vester wird ganz sicher wieder gesund. Und ich werde ihm sagen, daß ich keinen Fluch auf ihn gelegt habe. Ich habe so etwas nie getan. Er hat das nur geglaubt, und das hat ihn in große Schwierigkeiten gebracht.«

Chris lächelte. »Danke, Großmutter. Dann hat er keinen Grund mehr, dir etwas anzutun.« Sie schwieg einen Augenblick und fügte dann vorsichtig hinzu: »Großmutter, als Ruby und ich mit den Rettern aus dem Wald kamen, da meine ich bemerkt zu haben – du und Großmutter Skaggs, ihr habt euch an den Händen gehalten, nicht wahr? Was ist geschehen?«

Die Großmutter nickte. In ihren dunklen Augen lag plötzlich ein so weiches Leuchten, wie Chris es nie zuvor gesehen hatte. »Ach, weißt du, mir hat ganz sicher nicht gefallen, was Nate in seiner Predigt gesagt hat über die Leute, die deshalb Lügner und Mörder sind, weil sie mit ihren Mitmenschen nicht auskommen können.«

»Es sind die Worte des Herrn, Großmutter, nicht meine!« erinnerte Nate die Frau.

Die Großmutter lächelte ein wenig. »Jedenfalls – als Gussie und ich das Feuer beobachteten und nicht wußten, ob ihr schon tot oder ob ihr noch am Leben wart, nun, da stellten wir beide fest, daß wir ganz schön töricht gewesen sind. Und wir kamen endlich zur Vernunft und haben getan, was wir nach der Bibel zu tun hatten.«

Rubys Großmutter fügte hinzu: »Hepzibah und ich sahen ein, daß, wenn euch beiden etwas zustoßen würde, es dann nur unsere Schuld wäre.«

»Gussie hat recht«, ergänzte Chris' Großmutter und lächelte ihre ältere Schwester an. »Das Warten und die Ungewißheit haben uns beiden schwer zugesetzt, und so haben wir einander und Gott um Vergebung gebeten.«

»Wir können ja beide nicht aus unserer Haut heraus«, fuhr Rubys Großmutter fort, »aber wir haben einen neuen Anfang gemacht. Ich habe auch Nate hier um Vergebung gebeten, daß ich ihm gesagt habe, er solle nie wieder über meine Türschwelle kommen. Und wenn Hepzibah und mir noch einige Jahre bleiben und Gott es will, wollen wir versuchen, so miteinander zu leben, wie wir es getan haben, als wir noch Mädchen waren!«

Chris' Großmutter warf einen Blick auf Iris, die still am anderen Ende der Bank saß. »Gussie und ich haben Iris gefragt, ob sie nicht bei uns bleiben will. Und sie hat zugestimmt.«

Leise rief Chris aus: »O, da freue ich mich aber! Für euch alle!« Sie stand auf und ging hinüber zu Iris, um sie zu umarmen.

»Du bist die beste Freundin, die ich jemals hatte, Chris. Das werde ich dir niemals vergessen. Danke für alles, was du getan hast.«

»Das ist schon in Ordnung, Iris. Ich bin ja so froh, daß ich helfen konnte.«

In aller Aufregung hatte Chris ganz die Neuigkeit vergessen, die Ruby dazu veranlaßt hatten, überhaupt in den Wald zu gehen. »Onkel Nate, erzähle uns von deiner Berufung, hier als Prediger zu arbeiten.«

»Nun, die Kirchenältesten haben mich gebeten, ihr Gemeindeprediger zu werden, aber ich habe ihnen gesagt, daß ich ihnen meine Antwort erst geben kann, wenn wir alle nach Lone River zurückgekehrt sind.«

Ruby seufzte erleichtert.

»Wirst du morgen zurück nach St. Louis fahren, Onkel Nate?« fragte Chris.

»Ja, Chris. Ruby und ich müssen aufbrechen. Kommst du mit uns?«

»Das hängt davon ab – «, antwortete das Mädchen und schaute seine Großmutter an.

»Es ist, wie du gesagt hast, Chris Corrigan, du gehörst zu deiner Familie. Ich war sehr selbstsüchtig, als ich von dir verlangt habe, hier bei mir zu bleiben. Wenn du mir also vergibst – «

Chris ließ die Großmutter nicht aussprechen. Sie warf die Arme um die alte Frau, weinte vor Freude und flüsterte: »Natürlich vergebe ich dir!«

*

Am Nachmittag des zweiten Tages der Zugreise zurück nach Westen fanden Chris und Ruby endlich Gelegenheit, sich eine Weile ungestört miteinander zu unterhalten. Die zwei Farnham-Kinder, zu deren Versorgung Chris angestellt worden war, machten einen Mittagsschlaf, und ihr Vater und ihre Mutter wollten sich ebenfalls ein wenig alleine unterhalten. So saßen die Cousinen in einem ansonsten unbesetzten Abteil und beobachteten, wie die Landschaft am Fenster vorüberflog.

»Weißt du noch, Ruby, was dein Vater gesagt hat über Matthäus 18, Vers 19, wo es heißt: ›Wenn zwei von euch gemeinsam um irgend etwas bitten, wird es ihnen von meinem Vater im Himmel gegeben werden‹? Ich bin fest davon überzeugt, daß das der Grund ist, warum sich in den

Ozarks alles geändert hat. Und jetzt sind wir beinahe schon wieder zu Hause.«

Ruby nickte schweigend.

Chris fuhr fort: »Und mein Zuhause ist überall dort, wo Vati und Molly sind, zusammen mit Elizabeth, Martha, Sarah, Iola und Joey. Und Unfug natürlich nicht zu vergessen.«

»Und mein Platz ist bei meinem Vati, wohin er auch immer geht«, stimmte Ruby zu. »Die einzige Ausnahme ist wohl der Viehwaggon mit dem riesigen Bullen, den Herr Farnham gekauft hat.«

»Glaubst du, daß dein Vati sich entschließt, Prediger von Possum Hollow zu werden?«

»Ich habe überhaupt keine Ahnung, aber wenn er es tut, dann gehe ich mit ihm. Natürlich würde ich lieber in Kalifornien bleiben.«

»Es ist vielleicht selbstsüchtig«, überlegte Chris nachdenklich, »aber ich hoffe, daß er die Berufung nicht annimmt. Ich würde es sehr schlimm finden, wenn wir so weit voneinander entfernt leben müßten.«

»Das gilt auch für mich, Chris. Ich habe auch gerade daran gedacht, wie schön es sein wird, wenn wir beide am Montag gemeinsam in die Schule gehen.«

»Hoffentlich klappt es. Bevor wir in die Ozarks fuhren, hat mir mein Vati allerdings gesagt, daß er vielleicht seinen Job als Cowboy verliert und daß er dann nach einer neuen Arbeitsstelle suchen muß. Aber selbst wenn er seine Arbeit behält, müssen wir wohl aus dem Scheunenhaus ausziehen.«

»Bekommt ihr dann ein richtiges Haus?«

»Das können wir uns nicht leisten. Es wird wohl eher eine Wellblechhütte sein. Aber eines Tages – eines Tages –« Das Mädchen konnte einen Augenblick lang nicht weitersprechen, doch dann fuhr es leidenschaftlich fort: »Was auch geschieht, wir werden unser ›bleibendes Zuhause‹ finden, und dann werden wir niemals mehr umziehen müssen.«

Ruby drückte impulsiv die Hand ihrer Cousine. »Ich weiß, daß du es schaffen wirst!«

Chris lächelte. »Danke.«

»Was ist mit Spud? Glaubst du, daß du ihn jemals wiedersehen wirst?«

»Ich hoffe es«, meinte Chris sehnsüchtig. »Vielleicht wartet ja ein Brief auf mich, wenn ich heimkomme.« Heim! Das Wort gab Chris ein warmes, glückliches Gefühl.

Ungeachtet der Gefahren, denen sie sich bisher in ihrem Leben hatte stellen müssen, und ungeachtet der Schwierigkeiten, die vielleicht noch vor ihr lagen, war sich Chris sicher, daß sich die Dinge zum Guten entwickeln würden, weil Gott, der Herr, für sie sorgte, und weil sie zu einer Familie gehörte, deren Mitglieder einander liebhatten.

Sicher und geborgen in ihrem tiefen und festen Glauben an Gott und an ihre Familie beugte sich Chris nach vorne, um aus dem Fenster zu schauen. *Die Zukunft wird bestimmt aufregend!* sagte sie sich.

Das Pfeifen des Zuges klang traurig und einsam und doch gleichzeitig irgendwie fröhlich. So war auch das Leben, und Chris gefiel es.

Der Zug fuhr weiter nach Westen und trug die Cousinen in eine Welt voll neuer Erfahrungen, neuer Herausforderungen und großer Abenteuer.

Dank

Der Autor bedankt sich herzlich für die Hilfe und Informationen, die er von den folgenden Personen und Organisationen erhalten hat: William M. Shepherd von der Arkansas Natural Heritage Commission; Keith Sutton, zuständig für Öffentlichkeitsarbeit bei der Arkansas Game and Fish Commission; Jennifer Danley, Natursachverständige der Arkansas State Parks; Jamie Worth vom Ozark Nationalpark und vom Buffalo Ranger District; Wallace Keck vom Devil's Den State Park; und Neil Compton, M. D., einem Universitätsarzt im Ruhestand, der sich aktiv für den Naturschutz einsetzt.

Der Autor ist voll verantwortlich für die Genauigkeit der Details seiner Arbeit. Gleichwohl erlaubte er sich im Interesse des Handlungsablaufes der Geschichte eine gewisse künstlerische Freiheit.

Weitere Titel von Lee Roody

Zwei auf der Flucht
Ein amerikanisches Abenteuer
(Band 1)
184 Seiten, Bestell-Nr. 56129

Auf der Flucht quer durch die Vereinigten Staaten erleben zwei junge Mädchen tolle Abenteuer. Sie werden verfolgt, geraten mehr als einmal in höchste Lebensgefahr. Sie kämpfen sich tapfer durch. Aber letztlich ist es ihr Glaube und das Gebet, daß sie ihre verlorene Familie wiederfinden – trotz der letztlich alles verursachenden Weltwirtschaftskrise.

Die verzweifelte Suche
Ein amerikanisches Abenteuer
(Band 2)
208 Seiten, Bestell-Nr. 56133

Nach langem Suchen – endlich die Familie gefunden! Jetzt treten neue Probleme auf. Der Vater ist arbeitslos. Sie haben kein bleibendes Zuhause. Kein Geld ist vorhanden. Können sie überhaupt überleben?

Gefahr am Donnerberg
Ein amerikanisches Abenteuer
(Band 3)
224 Seiten, Bestell-Nr. 56135

Chris und Ruby haben kaum ihren Fuß nach »Mother Lodge« gesetzt, als sie geradewegs in massive Probleme hineingeraten. Jugendliche der kleinen Stadt quälen einen betrunkenen Schäfer. Chris hilft instinktiv dem Mann, handelt sich damit aber Ärger bei den »Quälgeistern« ein. Als Ruby den Rädelsführer packte, ging der Streit los. Ein Onkel der Jugendlichen griff ein und beendete den Kampf. Ruby zeigte dem Helfer ein Bild von ihrem vermißten Vater. Erst reagierte er überrascht, doch dann tut er so, als habe er ihn nie gesehen. Geheimnisvolle Vorgänge gehen weiter. Warum versucht jemand, Chris und Ruby zu stoppen, ihren Vater zu suchen? Erst recht gefährlich wird es bei der verlassenen Farm unterm Donnerberg. Chris und Ruby fühlen, daß sie in Gefahr sind. Aber warum?

Das Versteck in der Höhle
Ein amerikanisches Abenteuer
(Band 4)
224 Seiten, Bestell-Nr. 56137

Chris Corrigan hatte den Mann, mit dem sie auf der Straße zusammenstieß, nie zuvor gesehen. Es stellte sich heraus, daß es sich bei ihm um den Hauptverdächtigen eines geheimnisvollen Pfandhausdiebstahls handelt. Warum hatte er lediglich eine goldene Uhr gestohlen? Besteht da ein Zusammenhang mit der Tatsache, daß sie einen Tag zuvor ins Pfandhaus gebracht wurde? Warum hatte er sie wohl am helllichten Tag entwendet?
Am Abend desselben Tages wird im Haus der Corrigans eingebrochen. Was hatte der Einbrecher dort gesucht? Die Corrigans waren doch arm wie die Kirchenmäuse! Dann wird Unfug mit der gestohlenen Uhr entdeckt, und die Teile des Puzzles reihen sich Stück für Stück aneinander.
Doch am nächsten Morgen ist die Uhr erneut verschwunden, und jetzt wird Chris des Diebstahls beschuldigt!
Chris muß um ihren guten Ruf kämpfen. Sie muß die Uhr mit ihrem geheimnisvollen Inhalt unbedingt finden.

Bitte fragen Sie in Ihrer Buchhandlung nach diesen Büchern!